国学解读丛书◎第二辑

高宏存 李正堂 总主编

唐诗百首解读

张曙霞 著

天津古籍出版社

图书在版编目（CIP）数据

唐诗百首解读 / 张曙霞著. —天津：天津古籍出版社， 2011.1

（国学解读丛书 / 高宏存，李正堂主编. 第2辑）

ISBN 978-7-80696-878-9

Ⅰ.①唐… Ⅱ.①张… Ⅲ.①唐诗—通俗读物 Ⅳ.①I222.742

中国版本图书馆CIP数据核字（2010）第231445号

唐诗百首解读

张曙霞/著

出版人/刘文君

*

天津古籍出版社出版

（天津市西康路35号 邮编300051）

http://www.tjabc.net

E-mail:tjgj@tjabc.net

山东新华印刷厂印刷

全国新华书店发行

开本787×1092毫米 1/16 印张18.5

2011年 1 月第 1 版 2011年 1 月第 1 次印刷

ISBN 978-7-80696-878-9

定 价：28.00元

序言

唐诗是中华民族的瑰宝，千余年来一直受到世人的爱重，传诵不歇。今天，不少家长用唐诗作孩子的启蒙教材，从孩子牙牙学语时就开始教以唐诗，不为听懂，只为让孩子感受那份节奏之美、韵律之美。小学、中学、大学语文教材中唐诗也无一不占重要一席。这些都说明了唐诗是如此深入人心，体现了唐诗在中国文学和文化中的独特地位。

唐诗是美的，“明月松间照，清泉石上流”，明丽清新的景致让我们的胸腔润泽了一千多年。唐诗是真的，“可怜无定河边骨，犹是春闺梦里人”，触目惊心地“把人生有价值的东西毁灭给人看”，令人不寒而栗，使我们对无论中国还是外国，无论过去、现在还是未来的一切非正义战争都深恶痛绝，对战争这一人类最丑陋的疤痕心怀怵惕。唐诗是善的，“年年岁岁花相似，岁岁年年人不同”的哲理让我们岁华易逝、人生易老的惆怅在“异代不同时”的同感中会心一笑，心情也随之轻松了不少，生命的焦灼感得到缓解；“还君明珠双泪垂，恨不相逢未嫁时”也可以为徘徊在情感或人生的两扇门之间的人们提供一个有益的借鉴，同时也是难得的心灵抚慰。正如四海本是一家，而古今也并不隔阂！

晚唐诗人薛能在《嘉陵驿见贾岛旧题》中骄傲地说“唐人独解诗”！这是唐人对自己时代的自信。跟此前的朝代比，这是无愧的。唐代在不到300年的时间里，给我们遗留下50 000余首诗歌，为唐以前有文字记载以来遗留下的所有诗篇总和的三倍有余，独具风格的著名诗人有五六十个，也大大超过唐以前著名诗人的总和。跟唐以后的各朝相比，其数量也是可观的。提及古代文学，人们习惯说唐诗、宋词、元曲、明清小说，诗歌已成为唐朝的“品牌”。尽管唐以后各朝留下的诗歌并不比唐代少，但只要提到中国诗歌，人们最先想到的一定是唐诗，想要学习中国诗歌，人们最先拿起的也是唐诗。

唐诗有如此辉煌的成就，是与唐朝的独特性分不开的。

其一，唐朝的经济，在开国至安史之乱之前的100余年里，一直处于上升状态。这在杜甫《忆昔》诗中说得最为明白："忆昔开元全盛日，小邑犹藏万家室。稻米流脂粟米白，公私仓廪俱丰实。九州道路无豺虎，远行不劳吉日出。齐纨鲁缟车班班，男耕女桑不相失。宫中圣人奏云门，天下朋友皆胶漆。百余年间未灾变，叔孙礼乐萧何律。"社会的繁荣发展，国家的富裕强大是唐诗发展的根本基础。

其二，承长期分裂的南北朝和短命的隋朝而建立起来的唐王朝，对各民族文化和各种外来文化采取兼容并包的政策。首先是对少数民族与汉族一视同仁，这与唐皇帝李氏是鲜卑化的汉人有关系。帮助父亲李渊开国并得以继承皇位的唐太宗就说："自古皆贵中华，贱夷狄，朕独爱之如一。"这有利于各民族的融合，相互学习，共同发展。其次，唐代有广泛的国际文化交流。中国传统的音乐、舞蹈、绘画、雕塑乃至饮食、服饰等日常生活，都受到其他民族文化的影响而有所发展。这对唐诗内容的丰富性、题材的多样性、艺术的多彩化是有不可忽视的影响的。与此相关的是，唐代妇女有较高的社会地位，男女较为平等，妇女在行为上受到的约束较少，这对于唐诗也有很重要的影响。这一点也是此后的朝代所难以企及的。

其三，唐朝对各种思想采取了兼容并包的态度。儒学是立国之本，这一点，统治者和当时的文化阶层都是清楚的。道教和佛教在唐王朝立国以前就有了很好的发展。唐皇帝姓李，他们就把据说是老子李耳创立的道教奉为国教。唐王朝有好几个佞佛的皇帝，譬如武则天、唐宪宗等。总之，儒、释、道三教并立，三教融合，是唐思想界的典型特征。这对唐人思想的开放性、多样性、丰富性的形成，是有很大的助益的。它们对诗歌都有不同程度的影响。如儒学中匡济天下的思想对诗人建功立业的抱负和功成身退思想的形成和强化，佛教特别是禅宗对于空明澄澈的诗境，道教对于富于理想和想象的诗歌意境，都是有很大影响的。

其四,统治者相对开明,政治比较宽松。这是唐诗发展的良好环境。唐王朝统治者吸取秦灭隋亡的教训,政治相对清明。文人们指斥时政、批评朝廷,一般来说不会招致什么太严重的后果。例如,白居易在《杜陵叟》中对各级官吏对农民的盘剥发出"剥我身上帛,夺我口中粟。虐人害物即豺狼,何必钩爪锯牙食人肉"的严词指斥,并没有什么顾虑。白居易在《重赋》中又说:"昨日输残税,因窥官库门。缯帛如山积,丝絮如云屯。号为羡余物,随月献至尊。夺我身上暖,买尔眼前恩。进入琼林库,岁久化为尘。"表面上是骂官吏,骨子里谁不知道是骂皇帝呢?一个普通老百姓是否有机会窥见官库门是有疑问的,但白居易作为一个朝廷官员,敢于把皇帝的一点"私房钱"拿来指指点点,说话又那么难听,这就需要最高统治者有足够的度量。杜甫《丽人行》直指皇帝本人的奢靡、好色、昏聩、任用外戚,直接点出宠妃杨玉环及其姐妹、外戚兼奸相杨国忠的名字,甚至暗示杨国忠与杨贵妃的暧昧关系,竟也没有什么不良后果。张祜在《集灵台》诗中说:"虢国夫人承主恩,平明骑马入宫门。却嫌脂粉污颜色,淡扫蛾眉朝至尊。"直接披露玄宗皇帝的好色淫乱,杨贵妃一家的秽乱宫廷、干扰朝政、横行霸道,居然也并不得罪。种种这些,说明唐王朝统治者的胸襟与气度。这与宋代统治者支持并提倡"存天理,灭人欲",明清两朝统治者动不动大兴文字狱相比,不啻有天壤之别。唐代这种相对宽松的社会环境,对于培养诗人勇于承担的社会责任感,无疑是极为有益的。

其五,唐王朝为了巩固其统治,制定了从寒门庶族中选拔人才的科举制度,打破了高门大族对仕途的垄断。其中进士科是科举中最重要的,而进士考试以诗赋为考试内容。由此又派生出与之相关的行卷之风。所谓行卷,即考生考前将自己平日的诗赋投递给主考官或有名望的人看,希望获得他们的赏识或推荐。这种决定文士前途命运的考试,加上相应的行卷之风,大大促进了唐代诗歌的创作。

最后,诗歌本身经过从汉朝到隋朝八代诗人的不懈努力,加之唐人的继续研讨,终于形成了成熟的五七言古今体诗歌范式,供给唐代诗人们自由选用。

综上种种，使唐诗获得了盛况空前的成就，同时也是后代难以企及的成就。

唐代写诗的风气极盛，赏诗的风气也极盛。唐诗可吟、可读、可诵、可唱，既可娱己，又能娱人。除了考试等功利的目的外，写诗者可以抒写性灵，驰骋才力，赏诗者获得美感的享受、心灵的慰藉、情绪的宣泄、氛围的营造、性情的陶冶。因此，唐代形成了广泛的爱诗、写诗、赏诗的风气。唐代诗人的身份极为复杂，上至帝王将相、文人武士，下及村夫渔妇、僧道伶工，涉及社会各阶层。许多诗人把诗歌当作事业。杜甫说"诗是吾家事"，贾岛曰"一日不作诗，心源如废井"，李贺则留下动人的传说——每日骑着马，背着盛诗的锦囊，四处寻诗。白居易《与元九书》中的一段话最能说明唐诗是如何深入社会生活的各个层面的："礼吏部举选人多以仆私试赋判传为准的，其余诗句亦往往在人口中。……及再来长安，又闻有军使高霞寓者，欲聘娼妓，妓大夸曰：'我诵得白学士《长恨歌》，岂同他妓哉？'由是增价。……昨过汉南日，适遇主人集众乐娱他宾，诸妓见仆来，指而相顾曰：'此是《秦中吟》、《长恨歌》主耳。'自长安抵江西，三四千里，凡乡校、佛寺、逆旅、行舟之中，往往有题仆诗者；士庶、僧徒、孀妇、处女之口，每每有咏仆诗者。此诚雕虫之戏，不足为多，然今时俗所重，正在此耳！"元稹《白氏长庆集序》中也谈到白诗"二十年间，禁省、观寺、邮候、墙壁之上无不书，王公、妾妇、牛童、马走之口无不道"。许多唐诗还流传国外，贾岛在《哭孟郊》诗中就说孟郊"诗随过海船"。元稹《白氏长庆集序》中也说白居易诗"鸡林贾人求市颇切，自云本国宰相每以百金换一篇，其甚伪者，宰相辄能辨别之。自篇章以来，未有如是流传之广者"。

经济发展，国力强盛，生活相对富裕、安定，使诗人有足够的自信和热情来抒写时代、社会和人生，也使唐人有开放的头脑，开阔的心胸，广泛吸收外来新鲜事物的魄力。社会环境相对宽松、自由，使唐代诗人最自由，其诗歌创作不论是内容上，还是艺术上，都敢于创新。因此唐代既有反映风景与生活的山水田园诗派，也有反映战争和边关的边塞诗派，既有诗风平易的元白诗派，也出现了诗风奇崛的韩孟诗派。

许多诗歌理论的提出，既是经验的总结，也是对实践的指导。如韩孟诗派发扬杜甫的“语不惊人死不休”的理论，又提出了“笔补造化天无功”、“诗胆大于天”的惊人观点和“不平则鸣”的创作原则；元白诗派则提出“文章合为时而著，歌诗合为事而作”的现实主义主张。

与此相关，唐代诗人性情率真，敢于并乐于放口直言。除了广泛深入地反应社会生活外，对个人情感也并不遮遮掩掩。如孟郊《登科后》写自己考中进士后的狂喜：“昔日龌龊不足夸，今朝放荡思无涯。春风得意马蹄疾，一日看遍长安花。”也有人据此批评他的“轻狂”，确实，如此得意之情溢于言表，似乎稍嫌露骨。但不也正因为这种率真，才使人们千余年来喜闻乐诵吗？那种无遮掩的快乐在特定的时刻不仅是需要的，也是自然的，是痛快淋漓的，也是能引起不同时空的人们的共鸣的。也许正是这种坦诚真率在后代和今日的现实世界中正变得越来越稀少，我们才更觉得唐诗里的这种品质尤为难能可贵吧。而这，也正是我们更加热爱唐诗的理由吧！

唐朝其实是个重武轻文的时代，连李白也发出“万言不值一杯水”的愤慨之言。温庭筠在《蔡中郎坟》中也说“今日爱才非昔日，莫抛心力作词人”。反之，杨炯则发出“宁为百夫长，胜作一书生”的豪迈之言。王维也说“忘身辞凤阙，报国取龙庭。岂学书生辈，窗间老一经”。不过，尽管如此，也并没有妨碍唐诗取得辉煌灿烂的成就。主要原因是，唐诗不是游离于生活之外的无病呻吟，而是与人们的利益、情感和生活直接挂钩的，与社会生活各方面血肉相连的。

本书以主题分类，以便于读者阅读和拣寻，也作为本书的一个特点。需要提及的是，不少诗歌是兼类的，本书只能根据需要将其放入其中一类，读者自己完全可以有其他的选择。本书各章内不同诗人按其所处的年代先后为序。

唐诗穿越时空，泽被千年，就让我们继续好好珍爱这一家传瑰宝吧！

目录

contents

一、明月松间照，清泉石上流

——沁人心脾的山水诗

【导读】

江山如此多娇

“江山如此多娇，引无数英雄尽折腰”，道说山水的魅力，可谓既凝练，又有气魄。但中国古代政治家们为之折腰的“江山”，绝不仅仅是山水，还有后面与之相关联的权利、利益、野心以及“普天之下，莫非王土；率土之滨，莫非王臣”的梦想与自豪。要想看到大自然没有被人类野心和自私污染的纯净的山水，要想看到山水与普通人的息息相关的感情，还是到唐诗里来吧。

诗歌以山水田园为描写对象，起于南北朝时期晋宋之交的陶渊明与谢灵运，陶诗多咏田园，谢诗模范山水，各有突出成就。前代的探索和成果为唐代诗人提供了重要的艺术借鉴和发展基础。

唐代产生了大量的山水田园诗篇，并形成一个影响很大的山水田园诗派。代表诗人是王维、孟浩然，还有储光羲、常建、祖咏、裴迪等人。当然，山水诗和田园诗虽然关系密切，但在表现对象上还是有所侧重的。这一章我们先谈山水诗。

山水诗在唐朝大盛，是有其原因的。其一，盛唐时期社会安定，国力强大，社会的政治、经济、文化全面繁荣，文人士大夫的物质生活优裕，为漫游行旅、赏玩山水提供了条件。其二，“天下名山僧占多”，唐代佛、道二教盛行，文人们或隐遁山水虔诚向佛，或游历山川求仙访道，有更多机会接触自然。其三，儒家传统的行万里路，读万卷书思想，在思想活跃、国力强盛的唐代得到发展，知识分子为国建功立业之心很强，人们或为求仕、或为求学奔走各地，遍览祖国名胜山水。其四，由隐而仕是唐朝入仕的一条捷径，这是一部分读书人能较长时间生活在山林之中，与自然亲密接触。最后，许多有才华的人或因游宦、或因贬谪，自然接触了许多独特的山水风光，如白居易、柳宗元、刘禹锡。

当然王维、孟浩然是山水诗最重要的代表，诗仙李白、诗圣杜甫自然也当仁不让，此外，盛唐的韦应物，中唐的韩愈、柳宗元、白居易，晚唐的李商隐等人也都写出了一些杰出的山水诗篇。

“秀才不出门，便知天下事”，你也可以在唐诗里徜徉祖国山水，这里不仅有自然美，更有那发现美的眼睛，触抚美的心灵，还有高洁的灵魂，渊雅的涵养，睿智的洞察。

“江山风月，本无常主，闲者便是主人”（苏轼），“清风朗月不用一钱买”（李白），睿哲的诗人早已发现了江山的美好与胸怀广博，所以他们在山水的怀里歌哭、欢笑，享受它的宁静，发现它的绚烂。“一生好入名山游”的李白最知其中真味。

“到此悔读书，朝朝近浮名”（孟郊《游终南山》），一接近山水，就不免让人感受到人生的真谛，感受到过分追求名利或成功的无意义，感受到流水洗涤后灵魂的纯净。

“明月松间照，清泉石上流”，这清明的境界浸润了王维，浸润了唐人、宋人，浸润了明人、清人，也一直浸润着今天的我们。不必担心，我们的子子孙孙也必能呼吸到这大自然的芳香沁美呢！

蜀道难么？蜀道也美。“会当凌绝顶，一览众山小”，就把我们的壮志和山水合而为一吧！

“夕阳无限好，只是近黄昏”，不必惆怅，明天的太阳还会升起。只要有山水和我们同在，我们就还有永久的精神家园。

【原文】

宿建德江[1]

孟浩然[2]

移舟泊烟渚[3]，日暮客愁新。

野旷天低树，江清月近人。

【注释】

①建德江：浙江上游流经建德县的一段，今名新安江。

②孟浩然：689～740年，盛唐诗人，湖北襄阳（今湖北襄樊）人，世称孟襄阳。曾隐居鹿门山。因他未曾入仕，又称之为孟山人。孟浩然的一生，也曾徘徊于求官与归隐的矛盾之中，40岁时，游长安，应进士举不第。和王维交谊甚笃。后漫游吴越，穷极山水之胜。后又曾赴长安谋求官职，但仍无结果，遂还归故园。开元二十八年（740年）诗人王昌龄游襄阳，和他相聚甚欢，触动旧疾，病故，年52岁。孟浩然的诗更多地抒写了个人的怀抱，给开元诗坛带来了新鲜气息。他在当时即享有盛名。现有《孟浩然集》。

③渚（zhǔ）：水中的小洲。

【经典原意】

移船近岸，停泊在烟水笼罩的小洲边。正是傍晚时分，让远行在外的人不禁又平添一段新愁。

抬眼望去，原野无比开阔，以至于感觉整个天空正像一个穹庐，低低地罩在树梢。江水清澈平静，明月倒映水中，感觉它与人如此亲近，伸手就可以触摸到。

【当代阐释】

得与失之间

堪与亲情、友情、爱情相比的，大概就是乡情了。什么是乡情？余光中先生广为流传的《乡愁》大概是一个绝好的回答，所谓乡情，最根本的就是思念父母之情，此外，就是思念爱人、亲人、友人，思念生于斯长于斯的故土的山山水水、一草一木。

孟浩然似乎是个特别恋乡的人。他 40 岁前压根就没离开过家乡,40 岁后虽然为了求官开始出远门,却似乎总有无穷无尽的、剪不断理还乱的乡愁。

建德江边,孟浩然的船停泊在烟水缭绕的江边,孤独之情油然而生,何况又正值傍晚,"黄昏效应"把这种惆惘愁思又进一步放大了。宽阔的原野,低垂的天幕,清澈的江水,近在手边的明月的倒影,是足以强化这种孤独、清寂之感的。也正因为孤独之情才使他对江边旷野的景色观察得如此细腻精确。

孟诗中这种乡愁比比皆是:"浦上摇归恋,舟中失梦魂";"风鸣两岸叶,月照一孤舟";"岘山不可见,风景令人愁";"乡泪客中尽,孤帆天际看";"家本洞湖上,岁时归思催。客心徒欲速,江路苦邅回";"今宵有明月,乡思远凄凄";"乡园万余里,失路一相悲"……

终身未仕的孟浩然也许确实不适宜城市生活、官场生活。他在《北涧泛舟》中说"沿洄自有趣,何必五湖中?"又在《问舟子》中说"湾头正堪泊,淮里足风波",性情淡泊的他不适合去名利场中与人争竞。他还常常在山水与功名之间、官场与家园之间徘徊,"中年废丘壑,上国旅风尘。忠欲事明主,孝思侍老亲"。

这是天性所然。他自述"我爱陶家趣,园林无俗情","尝读《高士传》,最嘉陶征君,日耽田园趣,自谓羲皇人","尝读远公传,永怀尘外踪",如此率性认真的生命怎么可能在"风波一荡薄,鱼鸟不可依"的宦海沉浮呢?"只应守索莫,还掩故园扉"也许不仅仅是一句失意的牢骚,更是其心灵深处真正的呼唤。一旦回到他"开轩面场圃,把酒话桑麻"的生活里,他就如鱼得水,诗歌也冲和淡远,风神超迈起来。

如果孟浩然真入仕了,他还能写出如此大量语淡味醇的诗篇来吗?简直无法想象。看来,作为唐代著名诗人中少有的终身未仕的诗人,失意处也许正是得意处。就算孟浩然通过考试或推荐进入了官场,结果大概也只能是多了一个失败的官员,而少了一个惠泽千古的诗人。塞翁失马,焉知非福?得与失之间,孰重孰轻?

红尘滚滚中的我们也和孟浩然一样,常常面对在现实利益和心灵自由间的选择，何去何从，真的是一门需要不断探索的学问。

【文化常识】

王孟

王维与孟浩然并称为王孟，是盛唐山水田园诗派的代表诗人。

【原文】

汉江临泛①

王维②

楚塞三湘接③，荆门九派通④。
江流天地外，山色有无中。
郡邑浮前浦⑤，波澜动远空。
襄阳好风日，留醉与山翁⑥。

【注释】

①汉江：汉水。

②王维：701～761年，字摩诘，太原祁（今山西祁县）人，盛唐时期的著名诗人。开元九年进士，官至尚书右丞，世称王右丞。前期较关心时事，中年后开始过着亦官亦隐的恬静生活。他是唐代具有多方面才能的杰出诗人，善画，又兼通音乐，并能将画、乐之理融于诗中。王维诗歌具有多方面的成就，尤以田园山水诗拥有更广泛的读者。著有《王右丞集》。

③楚塞：指古代楚国地界。这里指汉水流域。三湘：指湘江流域。湘江上、中、下游分别与他水合流，分称漓江、潇江、蒸江，总称三湘。

④荆门：山名，在湖北宜都长江南岸。一说县名，在汉水与漳水之间。两说皆通。九派：泛指长江在湖北、江西一带的众多支流。

⑤郡邑：城市，这里指襄阳城。浦：水滨。

⑥山翁：山简，晋代人。曾任征南将军，镇守襄阳，常流连风景，饮酒游乐。

【经典原意】

汉水流经楚地，南接湘江，在荆门与长江汇合。泛舟江上，遥望前方，似乎江水已流向天地之外，远山迷蒙，似有若无。江水滔滔，襄阳城似乎漂浮在前方的水边；远方天水相接，波涛仿佛一直在拍打着天空。如此风和日丽的日子，真想与性情如晋代征南将军山简一样的朋友一醉方休啊。

【当代阐释】

江山、友人和诗酒

人常常是贪心的，每当获得一样美好的东西时，总希望同时还能获得其他相关的事物。

王维也不例外。这趟旅程的心情很好，汉江壮景雄浑阔大，风景如画。在水天一色，风和日丽的美景中旅行的王维，不禁感到沉醉，便进一步希望有友人能与自己分享和共乐。烘托相聚欢乐的最好的东西莫过于酒，抒发愉快心情的最好的东西莫过于诗。于是在风拂拂的江边，与友人诗酒流连，就成了王维此刻的理想。

江山、友人和诗酒，鱼与熊掌最好兼得。

人们对美好事物的追求总是无止境的。

【国学故事】

王维至性至情

王维是一个孝子。母亲活着时，人人赞扬他孝敬。母亲去世了，他痛苦得整个人都变了，几乎要活不下去。他还给朝廷上表，把自己住的风景优美的辋川别墅改为寺庙以纪念母亲。

王维还是一个感情专一的人。妻子很年轻就死了，他不再续娶，独自一人孤居了30年，直到61岁去世。

更为动人的是王维兄弟间的友爱。安史之乱爆发，长安、洛阳两京陷落。王维跟随逃亡四川的玄宗不及，被叛军抓住，强迫授以伪职。唐军收复两京后，受过伪职的人都要定罪。这时王维的弟弟王缙官位已经很高，他请求新即位的皇帝唐肃宗削去自己的刑部侍郎职位，用来为哥哥赎罪。加上王维自己在被叛军囚禁时写了一首诗，表达了对京都陷落的悲痛，传到了肃宗的手中。肃宗终于原谅了王维，只适当地降低了王维的职位。

后来，王维逐渐升到尚书右丞，王缙却还远在今天的四川任蜀州刺史。唐朝人都非常重视留在京城，不愿出任地方官。王维兄弟情深，就上书说自己有五个短处，而王缙有五个长处，现在自己在尚书省任职，更有才能的弟弟却远在地方上，自己愿意交还官职，请求做一个老百姓，使弟弟能从外地调回京城，这当然不合朝廷常规。当时朝廷审议的人感于其手足情深，没有怪罪他。过了一段时间，朝廷把王缙召回京城，任左散骑常侍。

王维 61 岁时，病得很厉害，当时王缙在今天陕西的凤翔当官。这天，大概知道自己行将去世，王维提笔给弟弟写信道别，随后又写了一些给亲友的告别信，就停笔去世了。

王维兄弟间的感情是笃厚深沉而且终生不渝的。

【原文】

鸟鸣涧

王维

人闲桂花落，夜静春山空。
月出惊山鸟，时鸣春涧中。

【经典原意】

春天的山涧里，寂静无人。我悠闲地坐着，看桂花轻轻飘落。此时，正值宁静的夜晚，生机勃勃的春山中空无一人。明亮的月光下，偶有不知什么原因受惊的山鸟忽然飞出，不时地在春水轻流的山涧中，婉转地鸣唤数声。

【当代阐释】

鸟鸣山更幽

“蝉噪林愈静,鸟鸣山更幽”,这是南朝梁诗人王藉的名句,历来为人所喜闻乐诵。这种意境在王维的《鸟鸣涧》中有更进一步的阐释。

《鸟鸣涧》描写春涧夜景,清静深幽。但这美好的一切所以有意义,是因为还有一个人,一个心境闲适宁静,对大自然的美具有极为敏锐的嗅觉的诗人。似写幽景,实写闲人。有闲逸的心态,才能赏闲雅的妙境。这首诗中,诗人似在,时时见证着这大自然的大美无言;诗人又似不在,我们读诗时感受到的不就只美景么?确实,诗人已全身心与大自然融为一体,达到“身世两忘、万念都寂”的禅境。而我们也跟随诗人进入空明澄澈的审美意境之中了。

有纯净的心灵,才能欣赏纯美的妙景。

唐代闾丘晓写了一首《夜渡江》,诗曰:“舟人自相报,落日下芳潭。夜火连淮市,春风满客帆。水穷沧海畔,路尽小山南。且喜乡园近,能令意未甘。”仅从诗歌看,应该说是深雅有味的。但此人既是杀害王昌龄的刽子手,又是安史之乱中故意率军逗留不进,不去救被困在重重包围中的张巡所拼力死守的睢阳城,终被其上司张镐杖杀的小人。所以明代钟惺在他选的《唐诗归》中惊讶地说:“能杀王昌龄人也,能作如此诗,怪事!”人品与诗品不符,人们只会带着高度的警惕怀疑他诗歌中感情的真实性,甚至怀疑诗作者的真实性。

【原文】

山居秋暝①

王维

空山新雨后,天气晚来秋。
明月松间照,清泉石上流。
竹喧归浣女②,莲动下渔舟。
随意春芳歇③,王孙自可留④。

【注释】

①暝:傍晚。

②浣女:洗衣的女子。浣,洗濯。

③随意:任凭。春芳:指春花春草。歇:凋零。

④王孙:古代一般用于指贵族子弟。此处承《楚辞·招隐士》:“王孙兮归来,山中兮不可久留。”的用法,王孙代指自己。但诗意与《楚辞·招隐士》相反,意思是山中纯洁美好,可以久留。

【经典原意】

正是秋天的傍晚时分,空旷的山中刚刚下过一场雨,空气格外清新。清朗的月光从松树间泄下来,在明亮的月光下,只看见山涧中清亮的泉水在石头上带着织纹缓缓地流着。

竹林里忽然热闹起来,原来是一群洗衣女子回来了。不远处水上的荷花晃动起来,哦!是顺流而下的渔船惊扰了它们。春花春草自然是早已凋零,不过随它去吧,秋景不是也很美吗?自然如此美好,我又何不远离风波险恶,浊浪翻滚的官场,留在这清净美好的山中呢?

【当代阐释】

山水之魅

“明月松间照,清泉石上流”,熟悉唐诗的人看到它就会想到王维,提起王维最先想到的也很可能是这两句诗,可见其深入人心。

山水要有人的活动才有生气,才有了审美观照的主体和意义。“明月松间照,清泉石上流”是景美,“竹喧归浣女,莲动下渔舟”,既是景美,又是情美,而这二者都因为有王维这个审美观照的主体的存在,使整幅风景笼罩在情美之中,从而更凸现其情、景之美。整首诗就是一个人与大自然和谐相处的整体显现。

绝大部分人都有一个共同的人生梦想:周游世界。我们看到,某些国家的人们在生存问题不成为什么问题后,就满世界地乱跑。其他国家的人们有时实现起来要困难一些,不过并不妨碍将这作为一个珍藏终身的梦想,并在可能的时候实现它。周游世界固然包含人文景观，但自然景观是更为本质的部分。

中国古代提倡“父母在，不远游”，不过考虑到古代平均寿命不长，等到父母不在，想要远游，只怕也力不从心了。所以，中国古代能有一部《徐霞客游记》，真是个奇迹。据说徐霞客有一位很支持他远游探险的母亲，每当徐霞客从遥远的山川回来，她都要问这问那，对那些探险故事听的很着迷。感谢这位伟大的母亲，可以说是她和儿子共同创造了中国的这一奇迹。

山水总是作为人类最早和最后、最美和最温柔的家园在不远处等着我们。我们有那么多的山水诗，诗人们总是费尽心机去描绘它，竭尽全力去赞美它。是了，李白倒有一句牢骚语：“头陀云月多僧气，山水何曾称人意”。不过那一方面是不得志的宣泄，另一方面也是事实，“天下名山僧占多”嘛。严格地说来，有些时候，寺观过多过滥确实是中国山水的一个特点。

不管怎么说，山水是美的，是媚的，还是魅的。

“水是眼波横，山是眉峰聚。欲问行人去那边，眉眼盈盈处。才始送春归，又送君回去。若到江南赶上春，千万和春住。”宋代王观这首《卜算子》算是对山水之魅的一个直抒胸臆的表白吧。

【国学故事】

徐霞客的故事

徐霞客(1586～1641年)，名宏祖，字振之，霞客是他的号。明代地理学家、文学家和旅行家。他出生在江苏江阴一个有名的富庶之家。祖上都是读书人，称得上是书香门第。他的父亲徐有勉一生不愿为官，也不愿同权势交往，喜欢到处游览欣赏山水风景。徐霞客幼年受父亲影响，喜爱读历史、地理和探险、游记之类的书籍。这些书籍使他从小就热爱祖国的壮丽河山，立志要遍游名山大川。15岁那年，他应过一回童子试，没有考取。父亲见儿子无意功名，也不再勉强，就鼓励他博览群书，做一个有学问的人。徐霞客的祖上修筑了一座万卷楼来藏书，这给徐霞客博览群书创造了很好的条件。

19岁那年，他的父亲去世了。他很想外出去寻访名山大川，但是按照封建社会的道德规范“父母在，不远游”，徐霞客因有老母在堂，所以没准备马上出游。他的母亲是个读书识字、明白事理的女人，她知道儿子的志向，就鼓励儿子说：“身为男子汉大丈夫，应当志在四方。你出外游历去吧！到天地间去增长见识吧！怎么能因为有我在，就留在家园，无所作为呢？”徐霞客听了这番话，非常激动，下定了远游的决心。这一年，他22岁。从此，直到56岁逝世，他绝大部分时间都是在旅行考察中度过的。

徐霞客的足迹遍及今19个省、市、自治区。他不畏艰险，曾3次遇盗，数次绝粮，但从没有停下探索的脚步，并持之以恒地记下观察的结果。在30多年的旅行考察中，他主要是靠徒步跋涉，连骑马乘船都很少，还经常自己背着行李赶路。直至进入云南丽江，因足疾无法行走时，仍坚持编写《游记》和《山志》，基本完成了60万字的《徐霞客游记》。55岁（1640年）云南地方官用车船送徐霞客回江阴。56岁（1641年）正月病逝于家中。遗作经他人整理成书，广泛流传。

【原文】

蜀道难[1]

李白[2]

噫吁戏[3]！危乎高哉！蜀道之难，难于上青天！
蚕丛及鱼凫，开国何茫然[4]！
尔来四万八千岁，不与秦塞通人烟[5]。
西当太白有鸟道，可以横绝峨眉巅[6]。
地崩山摧壮士死，然后天梯石栈相钩连[7]。
上有六龙回日之高标，下有冲波逆折之回川[8]。
黄鹤之飞尚不得过，猿猱欲度愁攀援[9]。
青泥何盘盘，百步九折萦岩峦[10]。
扪参历井仰胁息，以手抚膺坐长叹[11]。

问君西游何时还，畏途巉岩不可攀[12]。
但见悲鸟号古木，雄飞雄从绕林间。
又闻子规啼夜月，愁空山[13]。
蜀道之难，难于上青天，使人听此凋朱颜[14]！
连峰去天不盈尺，枯松倒挂倚绝壁[15]。
飞湍瀑流争喧豗，砯崖转石万壑雷[16]。
其险也如此，嗟尔远道之人胡为乎来哉。
剑阁峥嵘而崔嵬，一夫当关，万夫莫开[17]。
所守或匪亲，化为狼与豺[18]。
朝避猛虎，夕避长蛇[19]。磨牙吮血，杀人如麻。
锦城虽云乐[20]，不如早还家。
蜀道之难，难于上青天，侧身西望长咨嗟。

【注释】

①蜀道难：乐府《相和歌词·瑟调曲》。

②李白：701～762年，字太白，号青莲居士。祖籍陇西成纪(今甘肃天水附近)，先世于隋末流徙西域，李白即生于中亚碎叶。唐代伟大的浪漫主义诗人。其诗雄奇豪阔、热情奔放。今存诗990多首，是盛唐诗歌昂扬奋发精神的代表。后人尊称他为“诗仙”。他和杜甫的诗歌代表了唐代乃至整个中国古代诗歌的最高水平，人们把他们并称“李杜”。

③噫吁戏：三字都是惊叹词，蜀地方言。危乎高哉：用加强的语气惊叹蜀道又高又险。

④蚕丛及鱼凫(fú)：传说中古蜀国的两个国王。茫然：邈远貌。意谓远古事迹，茫昧难详。

⑤尔来：自从蚕丛、鱼凫开国以来。四万八千岁，极言年代久远。秦塞：犹言秦地。塞，山川险阻之地。春秋时，秦国在今陕西，故后世称今陕西为秦。通人烟：相互往来。

⑥西当二句：是说由秦入蜀西面有太白山拦着，只有高险逼仄的山路相通。西当，西面当着，这是以长安为中心的秦地而言。太白，山名，在今陕西郿县东南。

鸟道，指太白山顶峰峦起伏，只有高险逼仄的山路，一般只有鸟才能飞过。

⑦地崩山摧二句：意谓地崩山塌壮士牺牲了，然后秦、蜀之间才有路可通。这是五丁开山的神话。据说，战国时，秦国想开发蜀地，必须设法先灭蜀国。秦惠王知道蜀王好色，就许嫁五位美女给蜀王，蜀王派五个力士去迎接。回到梓潼，见一大蛇钻入山穴中，五力士共掣蛇尾，大山崩塌，力士、美女和将士、随从都被压死，山也分成五岭。从此，秦、蜀之间才开始往来。天梯，指高峻的山路，一级一级像上天的梯子一样。石栈，在山崖上凿石架木而建成的道路。公元前256年秦惠王灭蜀，使张仪筑都城，置蜀郡。

⑧六龙回日之高标：古代神话，羲和驾着六龙所拉的车子载着太阳在空中运行。六龙回日，是说山的高峻险阻，连羲和都得为之回车。高标，山的最高峰。冲波：冲激起来的波浪。逆折：波浪回旋曲折。回川：漩涡。

⑨黄鹤：即黄鹄（hú），健飞的大鸟。猱（náo）：一种猿类动物，善攀援。愁攀援：以攀援为愁，意谓难以攀援而上

⑩青泥二句：意谓由秦入蜀，经过青泥岭时，转来转去，都是山峰。青泥，岭名，在今陕西略阳县西北。盘盘，回旋曲折的样子。百步九折，言在极短的路程内，就要转许多弯。百、九，都是虚数。萦（yíng）：绕。

⑪扪参（shēn 身）二句：意谓山高入云，行人伸手可以摸到一路上所见的星辰，令人紧张得连气也不敢透。参，指参宿七星，属今猎户座。历，经过。井，指井宿八星，属今双子座。古谓秦属参宿分野，蜀属井宿分野。由参到井，是由秦入蜀的星空。胁息，屏住呼吸。抚膺，摸着胸口。

⑫君：泛指入蜀的人。巉（chán）岩：险峻的山岩。

⑬子规：即杜鹃，又名杜宇，相传为古蜀望帝魂魄所化。

⑭凋朱颜：因惊悚而脸色变白

⑮连峰去天：山峰相连与天相近不远。盈：满。倚：靠着。

⑯飞湍二句：指急流和瀑布汇成巨流撞岩转石在山中发出雷鸣般的声响。喧豗（huī）：哄闹声。砯（pīng）：水击岩石声。转：翻滚。

⑰剑阁：在今四川剑阁县北，即大剑山和小剑山之间的一道雄关，又名剑门关。崔嵬：高险而突兀的样子。一夫：一人。莫开：不能攻破。

⑱或匪亲：假如不是可靠的人。狼与豺：指残害人民的叛乱者。

⑲猛虎、长蛇：喻可能起来叛乱的人。

⑳锦城：即锦官城，成都的别称。

【经典原意】

啊！又高又险！行走蜀道比登上青天还要艰难。蚕丛和鱼凫是古代蜀国的开国君主，他们开创蜀国的事迹多么的遥远。开国以来四万八千年，因高山阻挡，也没和邻国秦地互相往来。西面挡着的太白山只有鸟飞的通道，鸟可以横飞到峨嵋山的山巅。直到地塌山崩牺牲了五位开山壮士，凿石架木建成了栈道，然后才把高峻的山路相接，打通了蜀道。

上面有日神驾着六龙也无法通过的山峰，下面有冲激的波浪回旋曲折的河川。健飞的黄鹤也无法飞过，轻巧的猿猱也难以攀援。青泥岭是那样地回旋曲折，行走一百步环绕山峰要转九道弯。行人伸手就可摸到天上的星辰，紧张得连气也不敢喘，只得抚着胸口坐下来长叹。请问你西游蜀地何时才能回还？可怕的路途，险峻的山岩，多么危险。只看见悲鸟在古树上哀鸣，雌雄一前一后环绕在树林间。又听见子规鸟在月夜里声声悲啼，令空山月夜更加充满哀愁。在蜀道上行走比登上青天还要艰难。听了此语，会使人惊悚得脸色都改变。

峰连着峰，离天不够一尺远，枯松倒挂下来斜靠在悬崖绝壁边。山上的瀑布和山下的急流汇成巨流奔腾喧哗，撞岩转石，千山万壑声如雷鸣一般。蜀道如此艰险，可叹你远方来客到此何干。途中的剑门关尤其险要，一人挡住关口，万人别想过关。守关之人假如不亲近可靠，就会变成豺狼一样的叛乱者。到那时候，人们从早到晚都要躲避猛虎、毒蛇这些害人之物。它们磨利毒牙吸人鲜血，残忍地杀人如麻。

在锦城虽有无限欢乐，还不如早日还家。攀登蜀道，比登天还要艰难，我侧身西望蜀地，不禁长长地叹息。

【当代阐释】

李白与唐玄宗

根据研究，人们一般认定这首诗乃唐玄宗天宝初年，李白在长安时写的。诗歌虽然袭用乐府古题，但全诗展开丰富的想象，着力描绘了秦蜀道路上奇丽惊险的山川，并透露出对社会的忧虑和关切。

唐以前的《蜀道难》作品，简短单薄。此诗对乐府古题有了极大的创新和发展。唐代评论家殷璠编的《河岳英灵集》中说此诗："奇之又奇，自骚人以还，鲜有此体调。"可见在当朝就令人耳目一新。今天读来也仍充满奇情异彩。这是这首诗吸引我们的原因之一。

胡震亨、顾炎武认为此诗是李白"自为蜀咏"，"别无寓意"。

但更多人认为此诗有其寓意的。细味诗意，"别无寓意"的可能性很小，此诗应该是大有深意的。

玄宗初见李白，就对他恩宠有加。李阳冰在《李白集序》中说玄宗"降辇步迎，如见绮皓。以七宝床赐食，御手调羹以饭之。……置于金銮殿，出入翰林中，潜草制诰，人无知者。"李白自己也说："一朝君王垂拂拭，剖心输丹雪胸臆。忽蒙白日回景光，直上青云生羽翼。幸陪鸾辇出鸿都，身骑飞龙天马驹。王公大人借颜色，金章紫绶来相趋。"(《驾去温泉宫后赠杨山人》)"凤凰初下紫泥诏，谒帝称觞登御筵。揄扬九重万乘主，谑浪赤墀青琐贤。朝天数换飞龙马，敕赐珊瑚白玉鞭。"(《玉壶吟》)

但这种好景不长，他很快就受到了谗毁，《鞠歌行》中自陈："玉不自言如桃李，鱼目笑之卞和耻。楚国青蝇何太多，连城白璧遭谗毁。"这样的叙述在很多其他篇章中还有体现："君王虽爱蛾眉好，无奈宫中妒杀人。"(《玉壶吟》)

结合李白的《梁甫吟》，也许更容易看明白《蜀道难》后面的含意。李白是满怀高昂的政治理想来到长安的。他梦想着明君贤相的遇合，就像姜太公遭遇周文王，"宁羞白发照清水，逢时吐气思经纶"，并希望能建立像郦食其"东下齐城七十二，指挥楚汉如旋蓬"般的功业。

可惜唐玄宗这时已经被小人包围，是非不分了，而李白也已预感到安史之乱的爆发，"白日不照吾精诚，杞国无事忧天倾"，"我纵言之将何补，皇穹窃恐不照余之忠诚"(《远别离》)。李白既遭遇到"力排南山三壮士，齐相杀之费二桃"般政治暗算，又看到"我欲攀龙见明主，雷公砰訇震天鼓，帝傍投壶多玉女。……阊阖九门不可通，以额扣关阍者怒"的现实，这里"雷公"应指李林甫、杨国忠这样的奸相、权臣，

“玉女”暗指杨贵妃等女宠,“阍者”则很可能指高力士等权阉。如此种种,大概就是“蜀道”为什么那么难的真正原因吧。

李白的《远别离》大概要写得晚一些,应该是“安史之乱”爆发之后的作品了。“雷凭凭兮欲吼怒,尧舜当之亦禅禹。君失臣兮龙为鱼,权归臣兮鼠变虎”似指的是“安史之乱”的爆发和宪宗在宦官的帮助下即位,玄宗不得不自称太上皇。这里揭示的应该是宦官专权和藩镇叛乱两个唐王朝的根本弊端。“或言尧幽囚,舜野死”,应是对返京后唐玄宗的遭遇的猜度。“九疑联绵皆相似,重瞳孤坟竟何是。帝子泣兮绿云间,随风波兮去无还。恸哭兮远望,见苍梧之深山。苍梧山崩湘水绝,竹上之泪乃可灭”,合理的理解是,唐玄宗死后,李白对他表达深切和永无休止的怀念。古人常常以夫妻或男女关系喻君臣关系。这里,李白以娥皇、女英自喻,以舜喻玄宗。李白与唐玄宗死于同一年,唐玄宗死于四月,李白于十一月去世,李白生前得到玄宗死亡的消息是必然的。

李白对唐玄宗的感情是复杂的:既对他天宝年间沉迷女色、任用小人、宠信宦官、疏远贤人不满,发出“昭王白骨萦蔓草,谁人更扫黄金台”的牢骚;又对他的知遇之恩心怀感激。他痛恨的主要对象还是“猰貐磨牙竞人肉”、“磨牙吮血,杀人如麻”的小人和恶人,以及“淮阴市井笑韩信,汉朝公卿忌贾生”的排挤贤人的丑恶现实。对唐玄宗的知遇之恩,他还是终生感激和怀念的。

【国学故事】

李白的入朝与离朝

李白,字太白,自号青莲居士,祖籍陇西成纪(今甘肃省天水市附近)。他的祖先在隋朝末年因罪不得不迁徙西域。5岁时,李白随父亲迁居绵州(今四川江油县)。他的父亲可能是一个富商。李白10岁就已经是一个很有学问的人了。后来在家乡隐居。唐朝著名的大臣苏颋做益州长史时,见到李白,非常惊异地说:“这个青年天才奇特,进一步学习,就可以和汉朝著名的文学家司马相如比了。”

唐玄宗天宝初年，因为道士吴筠的推荐，李白得到了皇帝的召见。他刚到长安，前往拜见著名诗人贺知章，贺知章看见他的诗文，叹道："你是天上贬谪下来的神仙啊！"他也向玄宗推荐了李白。

李白在金銮殿与皇帝谈论时政，并写了一篇文章献给皇帝，皇帝赐给他酒食，并亲自为他调理羹汤。随后皇帝又让他在朝廷做翰林学士。有一天，李白和朋友一起喝醉了。玄宗坐在沉香亭，忽然有所感怀，想要李白为他写一些诗歌，立即派人召他进来。此时李白已醉，跟从的人用水洒在他脸上，他才稍为清醒了些。他进宫后拿起笔写了几首诗，诗歌婉丽精切，表达淋漓尽致。玄宗非常高兴。

有一次，李白陪着玄宗，喝醉了。皇帝让高力士给他脱靴。力士因为在宫中地位很高，以此为耻，就从李白的诗句中想办法鸡蛋里挑骨头，编造一些坏话来激怒杨贵妃。每当皇帝想要给李白升官，告诉贵妃，杨贵妃总是设法阻止。李白自知不为玄宗身边的亲近所容，就更加狂放，行为不修边幅。他与贺知章、李适之、汝阳王李琎、崔宗之、苏晋、张旭、焦遂等号称酒中八仙人。后来，眼看玄宗日益被小人包围，而这些人对自己的谗毁越来越多，李白就恳求玄宗把自己放还山林。玄宗谗言听多了，也就顺水推舟，赐以金子，放李白离开了朝廷。怀抱远大理想的李白对时政深深失望，此后就在各地漫游。

【原文】

望岳①

杜甫②

岱宗夫如何③，齐鲁青未了④。
造化钟神秀⑤，阴阳割昏晓⑥。
荡胸生曾云⑦，决眦入归鸟⑧。
会当凌绝顶⑨，一览众山小⑩。

【注释】

①这是杜甫青年时期漫游齐赵游泰山所作。岳：指东岳泰山。

②杜甫:712～770年,字子美,自号少陵野老、杜少陵、杜工部等。唐代著名诗人,号称"诗圣"。一生写诗1 400多首,是唐诗思想和艺术的集大成者。原籍湖北襄阳,生于河南巩县。祖父是初唐著名诗人杜审言。唐肃宗时,官左拾遗。后入蜀,友人严武推荐他做剑南节度府参谋,加检校工部员外郎。故后世又称他杜拾遗、杜工部。诗与李白齐名,并称"李杜"。

③岱宗:即泰山,山别名称岱,古以泰山为众山的宗主,故称岱宗。夫:语助词。如何:怎么样。

④齐鲁句:意谓泰山居齐鲁之间,峰峦青翠之色,齐鲁之外,还可望见。突出泰山的高大雄伟。未了:没完。

⑤造化句:意谓大自然把神奇和秀丽都赋予了泰山。造化:大自然。钟:聚集。

⑥阴阳句:意谓泰山高耸入云,遮住了阳光,在同一山的南北两面,光线明暗不同。阴:山北。阳:山南。割:划分。

⑦荡胸句:意谓望见山中层云迭起,心胸激荡。

⑧决眦(zì):决:裂开;眦:眼眶。决眦:睁大眼睛。决眦入归鸟:睁大眼睛目送归鸟飞入山中。

⑨会当:犹言终当。表示将来定要如此。

⑩一览句:语本《孟子·尽心上》:"登泰山而小天下。"小天下:感觉天下的一切都变小了。

【经典原意】

五岳之首的泰山的景色如何呢?青青的山色把齐鲁两地都覆盖还没有尽头了。大自然把神奇和秀丽聚你一身,山南山北的明暗判若黄昏和拂晓。山上云层迭起荡我心胸,凝神远望我目送着归林的飞鸟。总有一天我要登上山顶,那时周围的群山都将变得低矮渺小。

【当代阐释】

少年心事当拿云

"会当凌绝顶,一览众山小"是一个青年的豪情壮志。浦起龙在《读杜心解》中说杜甫"心胸气魄,于斯可观"。

有了这样的心胸气魄,即使杜甫一生遭遇"安史之乱",始终穷愁潦倒，即使他本来想做一个“致君尧舜上，再使风俗淳”的理想完全破灭，也仍不妨他成为一个名传千古的诗人。正如柳宗元所说：“贤者不得志于今，必取贵于后，古之著书者皆是也。”柳宗元本人参加王叔文集团遭遇失败，“欲慷慨攘臂自同昔人”，在当朝不可得，也仍不失其成为中国古代著名的思想家、散文家、诗人。

杂志上曾有一个讨论：为什么我们的理想越来越小？也许我们一生都在调整我们的理想，而且因为情势变化和伴随成长越来越脚踏实地的缘故，我们的理想也许确实越来越小。但我们少怀壮志仍然是非常必要的。有一位睿智的人说过，不管你的理想多么高远都不为过，因为从来没有一个人百分之百地实现了自己的理想。

而如果一个人少年就没有壮志，那将是最可怕的。起步尚且如此，谈何千里之行？所以每个青少年都应向李白一样，怀抱“长风破浪会有时，直挂云帆济沧海”的信念，必将能有所成就。即使人到中年，也仍不妨以曹操的“老骥伏枥，志在千里。烈士暮年，壮心不已”来激励自己。

【文化常识】

泰山

绵亘于山东省中部，前临孔子故里曲阜，背依山东省省会济南，主峰海拔 1 545 米，气势磅礴，拔地通天。泰山自古以来与中国的其他四座名山——南岳衡山、西岳华山、北岳恒山、中岳嵩山合称“五岳”，泰山有“五岳之首”、“天下第一山”之誉。

【原文】

滁州西涧[1]

韦应物[2]

独怜幽草涧边生，上有黄鹂深树鸣。
春潮带雨晚来急，野渡无人舟自横。

【注释】

①滁(chú)州:今安徽滁县。韦应物曾任滁州刺史,诗作于任内。西涧:在滁县城西。

②韦应物:737~约792年,长安(今陕西西安)人。玄宗时,曾在宫廷中任三卫郎,后举进士,历官滁州、江州、苏州等地刺史。由于他长期担任地方行政官吏,亲身接触到战火离乱的社会现实,所以写了不少具有一定现实意义的好作品。其诗多送别、寄赠、感怀之作,情感真挚动人。田园山水诸作,语言简淡,风格秀朗,气韵澄澈。著有《韦苏州集》。

【经典原意】

我最喜爱西涧边生长的那些绿油油的小草,茂密的树林里传来黄鹂欢快的鸣啭。黄昏的春雨使潮水迅速上涨,野外的渡口空无一人,只有一只小船孤零零地横漂在那儿。

【当代阐释】

似有如无之间

有时候,人是风景最好的点缀,因为人的出现,整个风景顿时活了起来,否则风景就只是风景,显示不出审美的意义。有时候,人是风景中最大的败笔,一幅无比美好的风景,因为人的出现,画面显示出极不协调,整个画面怎么看都别扭,人成了风景中的污点。更多的时候,人们对自然过度开发,或对自然景观过度追求经济利益,使人深深体会到人是自然最大的破坏者,是自然的罪人。

《滁州西涧》景幽、境幽,又静中有动,意境优美,历来为人所称道。不过这首诗最大的优点还在于他既写了景,又写了人;既写了人,又并没有出现人。这幅画是一幅纯粹的风景画,但我们并不觉得风景的寂寞与孤立。这里有人的活动痕迹,有生活气息,但又没有让人的出现污染风景。人类的身影,在这幅充满野趣的画面里,妙在似有如无之间。

【原文】

山石[1]

韩愈[2]

山石荦确行径微[3]，黄昏到寺蝙蝠飞。
升堂坐阶新雨足，芭蕉叶大栀子肥[4]。
僧言古壁佛画好，以火来照所见稀[5]。
铺床拂席置羹饭，疏粝亦足饱我饥[6]。
夜深静卧百虫绝，清月出岭光入扉[7]。
天明独去无道路，出入高下穷烟霏[8]。
山红涧碧纷烂漫[9]，时见松枥皆十围[10]。
当流赤足踏涧石，水声激激风吹衣[11]。
人生如此自可乐，岂必局束为人鞿[12]。
嗟哉吾党二三子，安得至老不更归[13]。

【注释】

①这是一首游记诗，取首句"山石"二字为题。

②韩愈：768～824年，字退之，唐代文学家、哲学家。河南河阳（今河南省孟州市）人，郡望昌黎，世称韩昌黎。因官吏部侍郎，又称韩吏部。谥号"文"，又称韩文公。他与柳宗元同为唐代古文运动的倡导者，人们把他们并称为"韩柳"。苏轼称赞他"文起八代之衰"，是唐宋散文八大家之首。诗歌创奇崛险怪之派，世称"韩孟诗派"，其中孟指孟郊。

③荦（luò）确：险峻不平的样子。微：狭窄。

④栀子：茜草科常绿灌木，夏季开花。肥：饱满、润泽。

⑤所见稀：有两种解释，一说古画已依稀莫辨；一说看到的是稀有的好画。两说皆通，似以后者为佳。

⑥羹饭：泛指饭菜。疏粝：粗糙的食品。粝：糙米饭。

⑦扉：门扇。

⑧烟霏：云雾。霏，云气。

⑨山红：指山花。涧碧：指涧水。纷：繁盛。烂漫：光彩照人的样子。

⑩枥:同栎,落叶乔木。

⑪激激:象声词。

⑫局束:局促,拘束。为人鞿(jī):为别人所控制,不得自由。鞿:套在马口上的缰绳。

⑬吾党二三子:指和自己同游的两三个朋友。归:归隐。

【经典原意】

石头险峻,山路狭窄,黄昏来到寺庙,只看见蝙蝠在飞。进堂我坐在台阶上观寺院风景,刚下足了雨,芭蕉叶特别大,栀子的花朵也分外饱满、润泽。僧人告诉我古壁上的佛画很精彩,用灯火照着让我观看,的确是少见的好画。僧人为我们铺床扫席并送来晚饭,糙米饭也足以充饥。深夜里我静静躺卧,听不见虫声唧唧,明朗的月亮从山岭那边升起,清亮的月光照进了门。天明了我独自去漫游,道路在云雾中难以辨认。上来下去周围全是云雾弥漫。山中的红花与涧下的碧水相互辉映,时而看见粗达十围的松树、枥树。光着脚踏着溪流中的石头过河,流水潺潺。和风阵阵,拂动着我的衣裳。人生在世能享受这样幽雅的风景,自有其乐,何必拘拘束束受别人控制。哎,与我志同道合的几位朋友,为何到老了还不归隐呢?

【当代阐释】

语不惊人死不休

诗以开头"山石"二字为题,却并不是歌咏山石,而是按照行程的顺序,叙写所见、所闻和所感,是一篇诗体的山水游记。在韩愈以前,游记诗一般简单记游,因景抒情。汲取散文的特点,详记游踪,而又诗意盎然,是韩愈《山石》的独创。

最为打动我们的,是韩愈的语言。山石是"荦确",山中小径是"微",新雨之后则"芭蕉叶大"、"栀子肥"。芭蕉叶的大小与雨似乎并没有关系,但新雨洗刷后油绿发亮的芭蕉叶确实令人注意到它的硕大之美。用"肥"来形容饱含雨水的栀子花的饱满、润泽,不妨借用鲁迅谈论唐人的一句话,"则办法直前无古人"。"大"、"肥"这样平凡普通甚至过于通俗的词语，到了韩愈笔下，由于用得恰当，居然立即化腐朽为神奇了。凡此种种，韩诗确实令人耳目一新。

杜甫总结出“语不惊人死不休”的文学创作经验，韩愈进一步发扬光大之。韩愈在《答刘正夫书》中说：“用功深者，其收名也远。若皆与世浮沉，不自树立，虽不为当时所怪，亦必无后世之传也。足下家中百物，皆赖而用也，然其所珍爱者，必非常物。”可以很好地解释其创作追求。韩愈诗歌以“奇崛险怪”为特征，但清人赵翼说他：“其实昌黎自有本色，仍在文从字顺中，自然雄厚博大，不可捉摸，不专以奇险见长。”（《瓯北诗话》）可谓的评。

【原文】

江雪[①]

柳宗元[②]

千山鸟飞绝，万径人踪灭[③]。
孤舟蓑笠翁[④]，独钓寒江雪。

【注释】

①本诗为作者永贞革新失败后贬永州司马时所作。

②柳宗元：773～819年，字子厚，唐代河东郡（今山西省永济市）人，唐代著名文学家、思想家，唐宋八大家之一。作品有包括著名的《永州八记》在内的600多篇诗文，经后人辑为30卷，名为《柳河东集》。因为他是河东人，人称柳河东，又因终于柳州刺史任上，又称柳柳州。与韩愈同为中唐古文运动的领导人物，并称“韩柳”。

③绝：尽。径：小路。人踪：人的脚印。

④蓑笠翁：身披蓑衣、头戴斗笠的渔翁。

【经典原意】

成千上万的山中看不见一只飞鸟，所有的小路上人影全无。孤舟上身披蓑衣头戴斗笠的渔翁，顶着严寒冒着风雪在寒冷的江中独自垂钓。

【当代阐释】

雪境独钓图

短短的两句诗，频繁地出现“绝”、“灭”、“孤”、“独”四个表示孤寂的词，政治革新失败，蒙受着天大的冤屈和冒着随时可能有的生命危险，柳宗元内心的孤苦悲凉可见一斑。那可是篡夺皇权的罪名啊！

让我们深感安慰的是，经过一代代的努力，我们今天终于沐浴在现代民主的阳光下，而不是生活在阴云笼罩的封建王朝。

那么为什么我们还是如此喜欢这首诗，以至于几乎人人都要读它或者读过它呢？因为清冷、清寂、清寒的清凉境界是如此的纯洁，那不正是诗人的人格写照吗？蓑笠翁在如此冷寂的天地中独钓，这种坚持也是令我们感动的。

或许柳宗元还有另外一层意思：姜太公直钩钓文王，终于实现了明君贤相知己般的遇合；而自己遭遇政治寒流，就只有独钓寒江雪的分了。这也许是诗境如此孤寂苍凉的原因之一吧。

另外，红尘滚滚中摸爬滚打的人们忽然读到这样清寒的句子，是不是也是一剂绝好的镇静剂，让我们不禁停下来想想什么才是我们真正想要的生活。

如果忽略掉柳宗元的悲凉处境，这也不失为一幅绝好的雪境趣钓图。孤舟蓑笠翁与千山万麓的雪，与满江的寒流，甚至薄冰已经完全融为一体了，人与自然是如此的和谐。是啊，不管痛苦还是欢乐，都到大自然中来洗涤和消化吧。

【文化常识】

二王八司马

唐顺宗时主张打击宦官势力、革新政治的官僚士大夫。“二王”指王伾、王叔文，“八司马”指韦执谊、韩泰、陈谏、柳宗元、刘禹锡、韩晔、凌准、程异，他们在改革失败后，俱被贬为远州司马，故名。

【原文】

乐游原①

李商隐②

向晚意不适③，驱车登古原④。
夕阳无限好，只是近黄昏。

【注释】

①乐游原：在长安城南，汉宣帝曾在此立乐游庙，故称。是唐代游览胜地。

②李商隐：约812或813～约858年，字义山，号玉溪生，晚唐时期著名的诗人，李商隐一生在牛李党争的夹缝中求生存，辗转于各藩镇当幕僚，郁郁不得志，潦倒终身。

③向晚：近晚，傍晚。意不适：心里不痛快。

④古原：指乐游原。其地地势高敞，望长安城内了如指掌。

【经典原意】

傍晚时分我心情抑郁，驾车登临作为游览胜地的古迹乐游原。夕阳之景无限美好，只可惜时光已临近黄昏。

【当代阐释】

壮丽夕阳下的联想

“夕阳无限好，只是近黄昏”，这样的感觉我们每个人都有过。李商隐只是把人人心中所有，而人人口中所无的东西表达出来了，于是获得了世世代代人的共鸣。

但显然，这两句诗还可以有丰富得多的含义。可以指一天中的感受，也可以是一生中的感受；可以是对一个家庭、一个组织的感叹，也可以是针对一个国家、一个朝代的感慨。即如李商隐，可以是对当天的感叹，或对自己一生的感慨，何又尝不可以联想到李商隐身处的晚唐，已经是一道残阳，不论如何壮丽，都将好景不长了呢？

美好的事物不能长存，恰恰是我们倍加珍惜它的原因，譬如生命，譬如爱情、友情和亲情。

二、开轩面场圃，把酒话桑麻

——生意盎然的田园诗

【导读】

辛勤劳动的场所，安放心灵的家园

东晋大诗人陶渊明开创了田园诗体后，田园诗在唐代诗歌中得到了极大的发展。隐居不仕的文人如孟浩然，亦官亦隐的文人如王维，战乱中漂泊不定的诗人如杜甫，"唯歌生民病"的诗人如白居易都作了许多以田园生活和农民命运为描写对象的诗歌。

田园诗指歌咏田园生活的诗歌，或以农夫、樵子、牧人、渔父等人物的劳动和生活为题材，或表现农村景色的美好、人情的淳朴，或表现劳作的辛劳、生活的贫窭、剥削的严酷。田园诗派的代表人物一是王维、孟浩然，他们主要生活于盛唐时期，田园诗表现的是农村的恬淡自然的风光和美好的人情人性；二是"诗圣"杜甫，他既描写了安史之乱后自己在乱世中相对安静的村居生活，也叙写了农民在战乱中遭受的巨大苦难；三是中唐以张籍、王建、李坤、白居易等为代表的乐府诗篇。以白居易为首的"新乐府运动"对田园诗创作作出了重要贡献。

"绿树村边合，青山郭外斜"，感觉孟浩然就是置身田园，自然得之，沈德潜评论说："孟诗胜人处，每无意求工，而清超越俗，正复出人意表。"(《唐诗别裁》)"开轩面场圃，把酒话桑麻"，开阔、平和、温馨、欢快，这是盛唐才有的田园之美，令人神往，令人赞叹。

"白水明田外，碧峰出山后"，王维的田园诗仍旧表现了诗情与画意的高度统一。苏轼曾评论说："味摩诘之诗，诗中有画，观摩诘之画，画中有诗。"(《东坡志林》)用来评价其田园诗，与用之评价其山水诗一样恰当。

"南村群童欺我老无力，忍能对面为盗贼，公然抱茅入竹去"，杜甫的诗歌，苦涩中还看到欢笑，痛苦中还显示情趣，这是需要"童心"的。"自去自来堂上燕，相亲相近水中鸥"，如此的恬淡静逸，可惜是饱经战乱后的惊魂未定，壮志难酬之后的无可奈何，否则可以与盛唐王维、孟浩然的田园诗意境相埒了。

“剥我身上帛，夺我口中粟。虐人害物即豺狼，何必钩爪锯牙食人肉”，白居易对横征暴敛的揭露和怒斥，大概是古今田园诗之最了，“惟歌生民病”，中唐诗人的社会责任感确实令人钦佩。

“妇姑相唤浴蚕去，闲着中庭栀子花”，农村中当然还有人情美、自然美，如果不是战乱，没有苛捐杂税，田园风光、农村生活本来就应该是如此恬静美好的。

中国是农业的国度，唐朝的田园有宁静、有祥和，也有战乱和悲苦，正因为这些杰出的诗人在诗田中的劳作，我们才能看到唐朝田园的方方面面。

田园是辛勤劳动的场所，也是人们安放心灵的家园，唐朝是，今天也是。

【原文】

过故人庄①

孟浩然

故人具鸡黍，邀我至田家②。
绿树村边合，青山郭外斜③。
开轩面场圃，把酒话桑麻④。
待到重阳日，还来就菊花⑤。

【注释】

①过：拜访、探望。故人：老朋友。庄：村庄，庄园。

②具：备办。鸡黍：鸡和黄米饭。指丰盛的农家菜饭。田家：指老朋友在农村的家。

③合：合拢，这里指环抱。郭：古代在城的外围加筑的一道墙叫郭。郭外，原指城外，这里指庄外。斜：这里是横卧的意思。

④开轩：打开窗户。面：对着。场：打谷场。圃：菜园。把酒：端着酒杯。桑麻：这里代指农作物。

⑤重阳日：农历九月九日，正是菊花盛开，古人在这一天有登高、赏菊的风俗。

【经典原意】

老朋友备下了丰盛的菜饭，邀请我来到了他的农家。茂密的树木环绕村庄，巍巍青山在村外横斜。推开窗户面对着谷场和菜园，一边饮酒一边谈论农事桑麻。等到重阳节的那一天，我还要来这里观赏菊花。

【当代阐释】

淡到看不见诗

孟浩然是唐代诗坛上负有盛名的山水田园诗人。王士源在《孟浩然集序》中说孟浩然“五言诗天下称其尽美”。本篇是孟浩然五言律诗中的佳作。全诗描绘了清新自然的山村风光和平静恬美的田园生活，叙写了与老朋友山村宴饮的欢聚，抒写了诗人淡泊的情怀，富于生活气息。全诗语言明白如话，如道家常，既不用典，也不艰涩，感情自然真挚，因此历代传诵不衰。

闻一多评价孟浩然的诗"淡到看不见诗"，赞扬他的诗歌朴实、清新、自然，不假雕绘。沈德潜《唐诗别裁》也说他"语淡而味终不薄"，意谓平淡而有深味。苏轼评价陶渊明、柳宗元诗"外枯而中膏，似淡而实美"，这话移来形容孟浩然的诗歌，也是合适的。孟浩然也多次在诗歌中谈及对陶渊明的钦仰。

张祜在《集灵台》诗中描写杨贵妃的姐妹虢国夫人"却嫌脂粉污颜色，淡扫蛾眉朝至尊"。撇开张祜讽刺、揭露的意味不谈，仅从化妆来说，知道"淡扫蛾眉"，说明虢国夫人的艺术品味还是很高的，难怪艺术品味极高而又贵为天子的唐玄宗能看得上她。当然，还有一个前提是，虢国夫人需要丽色天成，而且有足够的自信。浓妆艳抹历来是恶俗的代名词。可以说，孟浩然的山水田园诗就是一个个这样"淡扫蛾眉"而又自具天姿国色的美人。

【原文】

渭川田家①

王维

斜光照墟落，穷巷牛羊归②。
野老念牧童，倚杖候荆扉③。
雉雊麦苗秀，蚕眠桑叶稀④。
田夫荷锄至，相见语依依⑤。
即此羡闲逸⑥，怅然吟《式微》⑦。

【注释】

①渭川，即渭水，又称渭河。

②斜光：夕阳斜照的光辉。墟落：即村落、村庄。穷巷：隐僻的小巷。

③野老:农家老人。荆扉:柴门。

④雉雊(zhìgòu):野鸡叫。雉鸣叫雊。秀:禾类植物开花。蚕眠:蚕成长过程中有三次不动不食,像睡眠一样,叫“蚕眠”。

⑤荷(hè)锄:扛着锄头。语依依:亲切交谈的样子。

⑥闲逸:清闲安逸。这里指相对于官场风波险恶而言,农村显得宁静安闲。

⑦吟《式微》:想辞官归隐田园。《式微》,《诗经·邶风》中的篇名,本来是古代人民不满行役,盼望归家的诗歌。其中有“式微,式微,胡不归?”这里取其欲归之意。

【经典原意】

夕阳映照着安静村庄,深巷里归来成群牛羊。老人盼着牧童归来,拄着拐杖在门口眺望。野鸡鸣唱,麦苗开花。春蚕休眠了,桑叶也已被采得稀疏。田夫们扛着锄头回家,相见时停下来亲密地交谈。看到这些,我羡慕田家的清静安逸,油然而生归隐之情,怅惘的吟起《式微》中的诗句“式微,式微,胡不归?”

【当代阐释】

安宁的魅力

本诗以白描手法描写初夏傍晚宁静和谐的景色,表现了农村生活的安闲自得。诗人面对这安宁祥和的乡村暮景,不禁产生羡慕之情,并油然而生归隐之思。这是对风波险恶甚至是非颠倒的官场生活的厌倦和对安定、宁静生活的向往。

“野老念牧童,倚杖候荆扉”这种自然流露的亲情是美好的天伦之乐的一个小小的片段。“田夫荷锄至,相见语依依”反映的是人与人之间的亲切、平等、相互关怀的情感。“雉雊麦苗秀,蚕眠桑叶稀”表现的是大自然对人类辛勤的美好回馈和人与大自然的和谐相依的关系。“怅然吟《式微》”则表现了对美好事物欲求而不得的惘然心绪。

全诗在平淡中营造了一个和谐美好的意境。虽然最后才直抒胸臆,但在质朴的文字背后始终有真情在流动。

其实,农夫们并不闲逸,看看唐诗中众多同情农民生活的诗歌就可以知道。显然诗人也并不是不知道这一事实。只是诗人觉得和自己的官场生活相比，乡村安然、自在、相对简单的生活是如此动人，这是对人性自由的呼唤和向往。是啊，自由、简单、宁静的生活在利益争夺的漩涡中心真是可遇而不可求啊。

嗜欲深者天机浅。王维在看透了官场已无可作为后，毅然退出权力之争，过上了半仕半隐的生活。如果他没有本诗这样对自然出于天性的亲近，对纯朴人情真诚的向往，对名利的淡泊和对倾轧争夺发自内心的厌倦，他还能成为在诗、书、画、乐多个领域有杰出成就的人吗？他还能成为留名千古的山水田园诗歌的最杰出的代表吗？

【国学故事】

王维因诗获宥

天宝十五年(756年)，安史乱军占领长安、洛阳，唐玄宗慌忙逃往四川。当时在朝廷任给事中的王维跟从不及，被安史叛军抓住。王维赶紧服了泻药，并假装哑了。安禄山历来很欣赏他，派人把他带到洛阳，暂时关在普施寺，强迫授给他伪职。

安禄山在长安凝碧池设宴，召集当时梨园弟子，参加演出，合奏乐曲。乐声一起，梨园艺人“不觉唏嘘，相对泣下”。友人裴迪前来探望王维，并告之此事，王维听罢悲愤交加，随口吟成一诗。此后，他暗暗地写下了一首一首对李唐王朝饱含着眷念之情的诗歌：“万户伤心生野烟，百僚何日更朝天。秋槐叶落空宫里，凝碧池头奏管弦。”

安史乱军被平定之后，李唐王朝对降贼官员分三等定罪。按照当时惩处降贼官员的规定，王维即使能保住性命，也得流放到边远地区。由于这首诗当日曾传到尚流亡在外新即位的肃宗的耳朵中，肃宗对他很有好感。此外，当时官位已经很高的弟弟王缙愿意放弃自己刑部侍郎的官位来替兄长赎罪，这种手足之情大概也感动了肃宗。总之，王维得到了特别宽大的处理，只是降了两级官职，“下迁太子中允”。

【原文】

江村①

杜甫

清江一曲抱村流②，长夏江村事事幽③。
自去自来堂上燕，相亲相近水中鸥。
老妻画纸为棋局④，稚子敲针作钓钩。
但有故人供禄米⑤，微躯此外更何求⑥。

【注释】

①这首诗写于唐肃宗上元元年(760年)。诗写成都郊外浣花溪畔乡村的宁静生活。

②清江:指浣花溪。

③长夏:长长的夏夜。幽:幽静,安静,闲适。

④棋局:棋盘。

⑤故人供禄米:老朋友给自己生活方面的资助。作者同时期的诗作有“故人分禄米,邻舍与园蔬”(《酬高使君相赠》),禄米本指作为官吏的俸禄和口粮,这里指生活方面的经济资助。此句有的版本作“多病所需唯药物”。

⑥微躯:微贱之躯,是自谦的说法。

【经典原意】

一道弯曲的江水绕村流过,江水清澈见底。长长的夏日里,村中的一切都显得那么安静、闲适。梁上的燕子自由自在地飞来飞去,水中的鸥鸟亲亲热热地追逐嬉戏。妻子在纸上画着棋盘,小儿正敲针制作鱼钩。只要有老朋友为我提供生活方面的经济资助,我还有什么别的奢求呢?

【当代阐释】

幽栖真钓锦江鱼

此诗作于上元元年(760 年)夏天。杜甫自华州弃官后,携家逃难,先是同谷,接着至秦州,后又翻山越水来到了成都。这一段漂泊之旅是杜甫一生最为艰难困苦的。此时初到成都,杜甫靠亲友的资助,在成都的浣花溪畔建起几间草房,暂时安居下来。浣花溪幽静美丽的环境和难得的安定生活,使饱经忧患的杜甫感到轻松愉快、无比欣慰。

诗歌的前半部分写人与自然的和谐,赏心悦目的大自然是饱经忧患的人的最大安慰,杜甫由衷感到轻松愉快、自由亲切。五六句写安宁而充满情趣的家庭生活,表现了对天伦之乐的珍惜和欣慰。尽管杜甫诗中难得如此轻松愉快之作,末二句“但有故人供禄米,微躯此外更何求”,仍暗含悲苦之情。因为眼前安宁恬静的生活,是建筑在“故人供禄米”的基础之上的。

当然,总的来说,杜甫对这一时期的生活是满足的。他写了不少诗篇来记录这些富于乐趣的日常生活场景,如“城中十万户,此地两三家”(《水槛遣心二首》之一);“故人分禄米,邻舍与园蔬”(《酬高使君相赠》);“昼引老妻乘小艇,晴看稚子浴清江”(《进艇》)。

杜甫是如此珍惜这兵荒马乱、颠沛流离之后的暂时安宁的,以至于此时杜甫的朋友严武第一次镇蜀,任成都尹,劝杜甫到自己手下做官,杜甫毫不犹豫地以“懒性从来水竹居”、“幽栖真钓锦江鱼”等诗句来表示拒绝。

“老妻画纸为棋局,稚子敲针作钓钩”两句,评论家对此褒贬不一。批评者曰“琐屑近俗”,赞扬者曰“亲切近情”。末二句则更常被批评为过于凿实。其实,诗咏性情,这几句有情趣,有真情,五六句概括凝练,七八句意味深沉,评论家似不应再吹毛求疵。

【原文】

茅屋为秋风所破歌

杜甫

八月秋高风怒号，卷我屋上三重茅。
茅飞度江洒江郊，高者挂罥长林梢①，
下者飘转沉塘坳②。南村群童欺我老无力，
忍能对面为盗贼，公然抱茅入竹去。
唇焦口燥呼不得，归来倚杖自叹息。
俄顷风定云墨色，秋天漠漠向昏黑。
布衾多年冷似铁③，娇儿恶卧踏里裂④。
床头屋漏无干处，雨脚如麻未断绝⑤。
自经丧乱少睡眠，长夜沾湿何由彻？
安得广厦千万间，大庇天下寒士俱欢颜⑥，
风雨不动安如山。
呜呼！何时眼前突兀见此屋⑦，吾庐独破受冻死亦足！

【注释】

①罥(juàn)：挂结。
②坳：低洼之处。
③衾(qīn)：被子。
④恶卧：睡相不好。
⑤雨脚如麻：因漏雨从屋顶流下的雨柱粗如麻绳，无休无止。
⑥庇：覆盖，遮蔽。寒士：贫苦的读书人。
⑦突兀：高耸的样子。

【经典原意】

八月秋深了，这天狂风怒号，卷走了我屋顶上好几层茅草。茅草乱飞，渡过浣花溪，散落在对岸江边。飞得高的茅草悬挂在高高的树梢上，飞得低的飘飘摇摇沉落到低洼的水塘里。南村的一群儿童欺负我年老没力气，竟忍心当面像盗贼一样抢我的茅草，毫无顾忌地抱着茅草跑进竹林去了。我喊得唇焦口燥也没有用，只好无可奈何地回来，拄着拐杖，独自叹息。

一会儿风停了，天上遮蔽着墨黑的乌云。本来深秋天色就灰蒙蒙的，这时因渐近黄昏，天色渐黑。布被盖了多年，又冷又硬，像铁板似的。孩子睡相不好，把被里蹬破了。由于屋顶漏雨，床头都没有一点干燥的地方。因漏雨从屋顶流下的雨柱粗如麻绳，无休无止。自从战乱以来，睡眠的时间很少，长夜漫漫，屋漏床湿，如何才能挨到天亮呢？

怎么才能得到千万间宽敞高大的房子，广泛地庇护天下贫寒的读书人，让他们个个都开颜欢笑，房子不为风雨所动摇，安稳得像山一样呢？唉！什么时候眼前能出现这样高耸的房屋，即使唯独我的茅屋被吹破，我自己受冻而死也心甘情愿啊！

【当代阐释】

后天下之乐而乐

“安得广厦千万间，大庇天下寒士俱欢颜，风雨不动安如山。呜呼！何时眼前突兀见此屋，吾庐独破受冻死亦足”，这几句诗，获得了千古好评。没有仁者的情怀，是写不出这样的诗句的。

孔子说：己欲立而立人，己欲达而达人。意思是自己想要站得住，就也要使他人站得住，自己想行有所成，也应使他人行有所成。孔子认为，能推己及人，就算达到了仁者的境界。

恰好白居易有一篇《新制布裘》，很适合结合起来看，全诗如下：

桂布白似雪，吴绵软于云。

布重绵且厚，为裘有余温。

朝拥坐至暮，夜覆眠达晨。

谁知严冬月，支体暖如春。

中夕忽有念，抚裘起逡巡。

丈夫贵兼济，岂独善一身。

安得万里裘，盖裹周四垠。

稳暖皆如我，天下无寒人。

白居易还有一首《新制绫袄成》也说：“百姓多寒无可救，一身独暖亦何情……心中为念农桑苦，耳里如闻饥冻声。争得大裘长万丈，与君都盖洛阳城。”宋代黄彻在《溪诗话》中提及有人评价“子美（杜甫）诗意，宁苦身以利人，乐天（白居易）诗意，推身利以利人”，所以杜甫境界要高一筹，应该说是很有道理的。虽然黄彻本人回护白居易说“老杜饥寒而悯人饥寒者也，白氏饱暖而悯人饥寒者也”，“前者唱导，后者和之”，认为两者各有千秋，甚至白居易更胜一筹。但首先，我们并不难看出二者境界高下的区别。其次，清代王嗣奭《杜臆》评论杜甫此诗时说：“‘广厦万间’，‘大庇寒士’，创见故奇，袭之便觉可厌。”很有见地，也很可能就是针对白居易说的。记得有人说：第一个把美人比作鲜花的人是天才，第二个是庸才，第三个则是蠢材了。这与王嗣奭之言有异曲同工之妙。当然，白居易能“饱暖而悯人饥寒”，也仍不失为仁者之言。

堪与杜甫这些诗句媲美的是范仲淹的“先天下之忧而忧，后天下之乐而乐”，这位北宋著名的改革家，也以他的人生履践了他的诺言。

今天很多讲人际关系的书都谈到一个人立身社会和家庭，要有设身处地的能力。只有能推己及人、设身处地者，才会有和谐、成功的人际关系，才有可能在社会和家庭中与他人实现“双赢”。如果我们做不到像杜甫、范仲淹那样“后天下之乐而乐”，至少应该做到善于推己及人、设身处地地思考问题吧。

【原文】

雨过山村

王建[①]

雨里鸡鸣一两家，竹溪村路板桥斜。

妇姑相唤浴蚕去[②]，闲着中庭栀子花[③]。

【注释】

①王建：唐代诗人，字仲初，颍川（今河南许昌）人，大历进士，一生沉沦下僚，生活贫困，因而有机会接触社会现实，了解人民疾苦，写出大量优秀的乐府诗。他的乐府诗和张籍齐名，世称“张王乐府”。

②妇姑：姑嫂。浴蚕：用盐水选蚕种。

③栀子：栀子树为常绿灌木，初夏开白花，花朵有浓郁的香气。

【经典原意】

细雨迷蒙的小山村里，不时传来一两家的鸡鸣声。竹林边的小溪上，一座木板铺成的小桥斜斜地通向村中的小路。姑嫂俩互相呼唤着浴蚕去了，庭院中只剩下栀子花闲闲地开着。

【当代阐释】

动静结合的优雅

细雨笼罩下的小山村，竹溪、村路、板桥都静静地呈现在眼前。虽然细雨在下着，溪水在流着，但因为是总体的观感，类似于俯视的视角，它们是静的。这时一两声鸡叫，打破了这种宁静。山村里顿时充满了人间烟火的气息。

“妇姑相唤浴蚕去”，一两声亲切的召唤与呼应，将画面由面切换到了点。妯娌俩轻快欢畅地离开了，热闹停歇，闲闲的栀子花却把亲切的人情味余音袅袅地延续着。

这里没有滚滚红尘，只有蒙蒙细雨；没有倾轧争夺，只有亲切召唤。细雨把我们的心肺也洗净了，而令人倍感亲切的人间情味在动静结合中被演绎到了极致。

【原文】

野老歌①

张籍②

老农家贫在山住，耕种山田三四亩。

苗疏税多不得食，输入官仓化为土。
岁暮锄犁傍空室，呼儿登山收橡实[3]。
西江贾客珠百斛[4]，船中养犬长食肉。

【注释】

①野老歌：一名《山农词》，是张籍自创的乐府新题。野老：农夫。

②张籍：约767～约830年，唐代诗人，新乐府运动主要成员之一。字文昌，原籍吴郡（治今江苏苏州），少时迁和州乌江（今安徽和县乌江镇）。贞元十五年进士，历任太常寺太祝、国子监助教、秘书郎、国子博士、水部员外郎、主客郎中，仕终国子司业，故世称张水部、张司业。与韩愈、白居易、孟郊、王建交厚。他在创作上得到韩愈的肯定和帮助；其乐府诗与王建齐名，并称“张王乐府”；与白居易结识，互相切磋，对各自的创作产生了积极的影响，他对文学社会作用的认识，与白居易更为接近。

③橡实：橡树的果实，可食。饥荒时人们用以充饥。

④贾（gǔ）客：商人。珠百斛（hú）：十斗为一斛。珠：珍珠。此句极言商人的富裕。

【经典原意】

贫穷的老农住在山中，靠耕种三四亩山田为生。土地贫瘠，禾苗稀疏，赋税却很多，老农一家总是吃不饱。粮食送进官府的仓库，最后腐烂变质，化为泥土。一年劳作到头，家中也只剩下锄头、犁耙靠在空房子里面，只好叫上儿子一起上山去拾橡子充饥。西江的富商的船中，有成百上千斛的珠宝，连船上养的狗也长年吃肉。

【当代阐释】

任是深山更深处，也应无计避征徭

诗题一作《山农词》。前四句写山农终年辛劳，无奈地少苗疏税多，故仍不得食。不禁令人想起杜荀鹤《山中寡妇》中的诗句“任是深山更深处，也应无计避征徭”。“输入官仓化为土”，则是一个惊人的对比，其事实令人发指，语虽平易，情则至痛。

五、六句写老农终年辛苦，却唯余“空室”，迫于生计，不得不采野果充饥，“呼儿登山”四字，或暗示出老农年衰体弱，或暗示儿子年纪尚小，都不免令人心酸。又不由使人想到杜甫的诗句“岁拾橡栗随狙公，天寒日暮深谷里”(《乾元中寓居同谷县作歌七首》)。

结尾两句忽然提及“西江贾客”，颇显突兀。然而，“船中养犬长食肉”的穷奢极侈，又与老农的生活构成更加令人惊心的对比。

唐代商业已较发达，这从王建《汴路即事》“草市迎江货，津桥税海商”可见一斑。唐诗反映农贫商富的不公平社会现象的诗篇很多，如张籍本人的《估客乐》：“农夫税多长辛苦，弃业宁为贩宝翁。”刘禹锡《贾客词》：“锥刀既无弃，转化日已盈。邀福祷波神，施财游化城。妻约雕金钏，女垂贯珠缨。……行止皆有乐，关梁似无征。农夫何为者，辛苦事寒耕。”元稹的《估客乐》更是细致入微地描写了商人的奸狡欺诈、迅速致富以及官商勾结、势焰熏天的社会现实。

全诗两次对比，一见朝廷与官府剥削之残酷，一见农商贫富悬殊，都是极具典型性的唐政弊端，其实这些现象对于封建社会历朝历代也同样具有普遍性。

“风雅比兴外，未尝著空文”(白居易《读张籍古乐府》)，作为新乐府运动的健将之一，张籍此诗可谓揭露深刻，对比鲜明，令人过目难忘。

【文化常识】

张王乐府

“张王”指张籍、王建，由于他们都擅长于写乐府诗，遂被合称“张王”。他们创作的乐府诗被合称为“张王乐府”。南宋许顗《彦周诗话》说：“张籍、王建乐府宫辞皆杰出。”明代高棅《唐诗品汇》中曾有“元和歌诗之盛，张王乐府尚矣”的品评。明代胡应麟《诗薮》以“元白长篇，张王乐府”并称。清王士祯《精华录》中则说“草堂乐府擅惊奇，杜老哀时托兴微。元白张王皆古意，不曾辛苦学妃豨”，明确指出张王的诗歌创作，继承了杜甫现实主义传统，开了白居易新乐府运动的先声。

张王乐府在诗歌发展史上有一定的成就和地位。

张籍、王建二人交谊甚深。他们出身寒素，官职低微，较能理解民生疾苦。他们所作乐府诗，继承并发扬了《诗经》、汉乐府的传统，以短篇七言歌行为主要体裁，揭露统治阶级的罪恶行径，同情广大人民的不幸遭遇，题材广泛，主题深刻。又善用比兴、白描及对比、映衬等手法，语言通俗而凝练，韵律善于变化，具有相似的诗歌风格。当然张、王二人创作风格也有所不同。如明王世贞在《艺苑卮言》就说："张籍善言情，王建善征事。"

【原文】

杜陵叟①

白居易②

杜陵叟，杜陵居，岁种薄田一顷余③。
三月无雨旱风起，麦苗不秀多黄死。
九月降霜秋早寒，禾穗未熟皆青干。
长吏明知不申破④，急敛暴征求考课⑤。
典桑卖地纳官租，明年衣食将何如。
剥我身上帛⑥，夺我口中粟。
虐人害物即豺狼，何必钩爪锯牙食人肉。
不知何人奏皇帝，帝心恻隐知人弊⑦。
白麻纸上书德音⑧，京畿尽放今年税⑨。
昨日里胥方到门⑩，手持尺牒榜乡村⑪。
十家租税九家毕，虚受吾君蠲免恩⑫。

【注释】

①这是白居易《新乐府》第三十首，原题下小序自注"伤农夫之困也"。杜陵：在长安东南，汉宣帝陵墓所在。叟：老年男子。

②白居易：772～846年，字乐天，号香山居士，新郑（今河南郑州新郑市）人，

中唐著名诗人和文学家，“新乐府运动”最重要的代表作家。与元稹同为“新乐府运动”的发起人，世称“元白”。白居易晚年长期居住在洛阳香山，故号“香山居士”。著有《白氏长庆集》七十一卷。

③薄田：贫瘠的土地。顷：百亩。唐均田制规定每一成年男子给田一顷。诗中杜陵叟全家才一顷多的薄田。

④长吏：地方官吏。申破：申报说明。

⑤敛：征收。考课：考核官吏的成绩，评定等级，以定升降。

⑥帛：丝织物的总称，这里指衣服。

⑦恻隐：对别人的不幸表示怜悯。人弊：即民弊，老百姓的困苦。唐代避唐太宗李世民的讳，凡“民”字皆以“人”字代替。

⑧白麻纸：指诏书，唐代诏书用白麻纸制成。德音：发布皇帝恩德的消息。

⑨京畿：京城管辖的地区。放：免除。

⑩里胥（xū）：里正、地保。

⑪尺牒（dié）：公文。

⑫蠲（juān）：免除。

【经典原意】

有一个杜陵老农居住在杜陵，每年耕种一顷多贫瘠的田地。三月份没有雨，却刮着干旱的风，麦苗不开花，大多枯黄而死。九月份降霜，秋天寒冷得早，禾穗没熟，就都已经干枯。官吏明明知道真相却不报告，急迫凶暴地收租、征税以求考核等次高而得到奖赏。杜陵老农只好典当桑园、出卖田地来缴纳官府规定的租税，可是明年的衣食将怎么办呢？剥去我们身上的衣服，夺掉我们口中的粮食。害人侵物的就是豺狼，又何必是爪牙像钩、牙齿像锯一样地吃人肉！

不知什么人报告了皇帝，皇帝知道了人们的困苦，不禁心生怜悯。白麻纸做的诏书上书写着施布恩德的好消息：京城附近全部免除今年的租税。昨天里长才到家门口来，手里拿着公文张贴在乡村中。十家需缴纳的租税九家都已缴完，白白地受了我们皇上免除租税的恩德。

【当代阐释】

虐人害物即豺狼

读完全诗,有两个地方让人感到愤慨。一是“长吏明知不申破,急敛暴征求考课”,地方官吏为了一己的利益不惜践踏百姓的生命。一是“昨日里胥方到门,手持尺牒榜乡村”,有意拖延时日,使“京畿尽放今年税”成为名存实亡的骗局。人们不禁要问,“长吏”为何敢于不申破呢?为何一申破就没有好的“考课”结果了呢?另外,里胥又为何久久才到门呢?他们又何以敢如此做呢?既然“京畿尽放今年税”而又“十家租税九家毕”,这些钱财到哪里去了呢?合理的推想就是,里胥有长吏撑腰,长吏又有皇帝撑腰,人人腰包都因此鼓了起来,皇帝自然是最大的受益者。“京畿尽放今年税”不唯是个骗局,简直就是渔利的绝好办法。明乎此,不禁令人凛然生寒。据记载,诗中“不知何人奏皇帝”,实际是时任左拾遗的白居易奏请皇帝请求“减免租税”,“以实惠及人”,唐宪宗批准了白居易的奏请。作为局中人的白居易如此记录,其实情如何,就可想而知了。

白居易的另一首诗《重赋》最能说明问题:

厚地植桑麻,所要济生民。生民理布帛,所求活一身。
身外充征赋,上以奉君亲。国家定两税,本意在爱人。
厥初防其淫,明敕内外臣。税外加一物,皆以枉法论。
奈何岁月久,贪吏得因循。浚我以求宠,敛索无冬春。
织绢未成匹,缫丝未盈斤。里胥迫我纳,不许暂逡巡。
岁暮天地闭,阴风生破村。夜深烟火尽,霰雪白纷纷。
幼者形不蔽,老者体无温。悲喘与寒气,并入鼻中辛。
昨日输残税,因窥官库门。缯帛如山积,丝絮如云屯。
号为羡余物,随月献至尊。夺我身上暖,买尔眼前恩。
进入琼林库,岁久化为尘。

显然,从“税外加一物,皆以枉法论”变成“号为羡余物,随月献至尊”,难道不是皇帝本人在接受和推动吗?同是白居易的作品,读完《重赋》,再来思考《杜陵叟》,就更加不言自明了。

整首诗最令人动容的诗句就是："剥我身上帛，夺我口中粟。虐人害物即豺狼，何必钩爪锯牙食人肉。"通过上面的分析，这"豺狼"除了从长吏到里胥各级为了"考课"和贪赃的政府官吏，还包括皇帝本人。明乎此，则白居易如此激烈地为百姓鸣不平，就不唯需要勇气，甚至需要冒生命危险。而诗歌由杜陵叟直接站出来指斥"豺狼"，则代表了广大人民的极端悲愤和勇于反抗的精神。全诗充分体现了白居易"文章合为时而著，歌诗合为事而作"的创作主张。

【原文】

悯农①二首

李绅②

其一

春种一粒粟③，秋收万颗子。
四海无闲田，农夫犹饿死。

其二

锄禾日当午，汗滴禾下土。
谁知盘中餐，粒粒皆辛苦。

【注释】

①悯农：对农民耕作的辛劳的悲悯。

②李绅：772～846年，字公垂，润州无锡（今江苏省无锡市）人。元和元年进士。曾为翰林学士、宰相，后出任淮南节度使。他和白居易、元稹等人交往密切，是新乐府运动的倡导者之一。他"为人短小精悍，于诗最有名，时号'短李'"（《新唐书》）。现存《追昔游诗》三卷，《杂诗》一卷。

③粟：一年生草本植物，子实为圆形或椭圆小粒。北方通称"谷子"，去皮后称"小米"。古代泛称谷类为粟。

【经典原意】

春天种下一粒种子，秋天就能收万颗粮食。四海之内并没有空闲抛荒的田地，但仍有饿死的农民。

农夫在正午的烈日下为禾苗除草，他们的汗水不停地滴在种着禾苗的地上，有谁知道我们盛在盘子中的饭，每一粒都是农夫辛勤的劳动换来的呢？

【当代阐释】

千古悯农第一人

《悯农二首》把整个唐代的农民生活、命运摆到了读者的面前。而且并不拘于唐代，可以说是古代历朝历代农民生活的写照。作者选择的生活细节和揭示的现实，其实是人人熟知的，但用平白的语言道来，却又是惊心动魄的。

“春种一粒粟，秋收万颗子”，用的是对比，人类的勤劳加上自然的给予，收获是丰厚的。“四海无闲田”再次强调全中国农民勤劳的本色，“农夫犹饿死”，再一次对比，就不免令人感到惊心动魄。农夫饿死的事实可能人们都知道其存在，但如此一强调，一对比，就不免引起人的思索，同时也达到意想不到的表达效果。

“锄禾日当午，汗滴禾下土”，这不过是再平常不过的劳动画面。“谁知盘中餐，粒粒皆辛苦”倒是很多不亲自种地的人没有仔细想过的，不过点出来，也不过是个常识。但把这两个场面放在一起，却立即达到了令人深思，令人惭愧，令人良心发现的效果。即使是无知小儿，也没有了反驳的余地。

李绅就是这样化腐朽为神奇的。借用黄庭坚的话说，不啻为“点铁成金”、“夺胎换骨”。真理是具有普遍性的。李绅以平白语道出不凡事，与他化实为虚、以实证虚，富于想象、善用对比的写作手法和关心民生的强烈的社会责任感是分不开的。

因为这样，短短40个字，胜过千言万语，胜过历朝历代无数诗篇，成为传诵最广，人们最耳熟能详的悯农诗。也使李绅在今日获得“悯农诗人”的称号，成为千古悯农第一人。

【文化常识】

李绅与白居易、元稹

李绅与白居易、元稹、张籍等人关系很好，白居易在《江楼夜吟元九律诗成三十韵》中赞扬元诗，并说“老张知定伏，短李爱应颠”。可见他们相互之间经常互相传阅、欣赏诗作，并有暗中以诗歌创作相比拼的意味。

白居易《代书诗一百韵寄微之》中说他与元稹“闲吟短李诗”，可见他们受到李绅的影响很大。李绅最早创作《新题乐府》，他一口气写了20首，元稹和了12首，白居易扩充到50首，并改名《新乐府》。可见新乐府的创作李绅有首创、发起和推动之功。可惜李绅的20首没有流传下来，所幸今天我们还能看到他的《悯农二首》，其关心民瘼的创作态度和不凡的创作能力与此可见一斑。

白居易有一首《编集拙诗成一十五卷因题卷末戏赠元九李二十》，全诗如下：

一篇长恨有风情，十首秦吟近正声。
每被老元偷格律，苦教短李伏歌行。
世间富贵应无分，身后文章合有名。
莫怪气粗言语大，新排十五卷诗成。

其中于“每被老元偷格律”句下自注：“元九向江陵日，尝以拙诗一轴赠行，自后格变”，于“苦教短李伏歌行”句下自注：“李二十常自负歌行，近见予乐府五十首，默然心伏”。可见他们之间的创作常常互相影响，互相促进。“苦”表明白居易的胜之不易，也可以看出李绅的创作对白居易的影响。

三、几处吹笳明月夜，何人倚剑白云天

——异彩奇情的边塞诗

【导读】

异域奇情边塞诗

边塞诗是唐代诗歌的重要题材之一，参与人数之多，诗作数量之大，为前代所未见，其创作贯穿初唐、盛唐、中唐、晚唐四个阶段。可以说，边塞诗是唐诗中想象力最丰富，艺术性最强的一部分。不少诗人有切身边塞生活的经历，写得尤为深刻动人。

初、盛唐边塞诗多昂扬奋发的格调，艺术性强。初唐著名诗人如骆宾王、杨炯、陈子昂、杜审言等人都创作不少优秀的边塞诗。盛唐是边塞诗创作的鼎盛时期，涌现了著名的边塞诗派，代表诗人有高适、岑参、王昌龄、李颀、王维。盛唐大诗人李白、杜甫都写过边塞诗佳作。此外还有一些诗人也有边塞诗的名篇传世，如王昌龄、王之涣、王翰。盛唐诗成为边塞诗创作的顶点。到了中、晚唐，仍有一些作家创作出优秀的边塞诗篇章，因时代变化，题材也有所扩展，其中成就最高、数量最多的诗人要数李益。

边塞诗是对边塞生活的艺术反映，这类诗歌大多和战争有密切的联系。本书另辟战争诗一章，因此这里选取的诗篇着重表现与中原生活不同的地域特色，突出边塞独特的自然风貌和与众不同的军旅生活。

初盛唐边塞诗，因国家强大的边防，从诗作表现出来的是高度自信。陈子昂《送魏大从军》之“勿使燕然上，惟留汉将功”最有代表性。而另一条求仕和个人发展的道路——“入幕制度”又刺激了许多士子们建功立业的壮志。不少文士表达了投笔从戎、赴边求功的意愿。杨炯“宁为百夫长，胜作一书生”(《从军行》)可作代表，当然还有王维的

“忘身辞凤阙，报国取龙城。岂学书生辈，窗间老一经”（《送赵都督赴代州》），岑参的“功名只向马上取，真是丈夫一英雄”（《送李副使赴碛西官军》）。这种向往立功边塞的心理，一直持续到中晚唐，本编所选的李贺《南园》“男儿何不带吴钩”一首便是，只是多了些牢骚和不满，少了些豪情和锐气。

初盛唐边塞诗题材广阔、意象宏阔、情调激昂、各体兼备，其美学风格包含了雄浑、豪放、悲壮、瑰丽等各个方面。岑参诗最为有代表性。边塞诗中的近体诗也走向成熟。如王之涣《出塞》：“黄河远上白云间，一片孤城万仞山。羌笛何须怨杨柳，春风不度玉门关。”王翰《凉州词》：“葡萄美酒夜光杯，欲饮琵琶马上催。醉卧沙场君莫笑，古来征战几人回。”都是脍炙人口的佳作。

中、晚唐时期，经过战乱的唐朝一蹶不振地衰落下去，这段时期的边塞诗也全无初唐时期的豪迈，而多写思念故乡之情和边塞的荒寒孤独以及对能人的期盼，如本编所选李益《过五原胡儿饮马泉》，又如李益《从军北征》：“天山雪后还风寒，横笛遍吹《行路难》。碛里征人三十万，一时回首月中看。”

边塞诗，唐朝国运和文人精神风貌的镜子。

【原文】

走马川行奉送出师西征①

岑参②

君不见走马川，雪海边，平沙莽莽黄入天③。
轮台九月风夜吼④，一川碎石大如斗，随风满地石乱走。
匈奴草黄马正肥⑤，金山西见烟尘飞⑥，汉家大将西出师⑦。
将军金甲夜不脱，半夜军行戈相拨⑧，风头如刀面如割。
马毛带雪汗气蒸，五花连钱旋作冰⑨，幕中草檄砚水凝⑩。
虏骑闻之应胆慑⑪，料知短兵不敢接，车师西门伫献捷⑫。

【注释】

①走马川行：走马川是地名，行是诗体名。奉送：即送行，奉是敬辞。这里指送封常清。天宝十三年，封常清受命为北庭都护、西伊节度、瀚海军使，奏调岑参为安西北庭节度判官。军府驻轮台（今新疆轮台）。

②岑参：715～770年，荆州江陵（现湖北江陵）人。出身仕宦家庭。早岁孤贫，遍读经史。20岁至长安，求仕不成，奔走京洛，漫游河朔。天宝三年（744年）中进士。八年、十三年两次出塞任职。回朝后，任右补阙、起居舍人等职。大历间官至嘉州刺使，世称岑嘉州。后罢官，客死成都旅舍。

③雪海：《新唐书·西域传》：“出安西西北千里所，得勃达岭。……北三日行，度雪海，春夏常雨雪。”此处用“雪海边”强调走马川的荒寒。莽莽：茫茫无际貌。

④轮台：唐隶属北庭都护府，在今新疆维吾尔自治区库车县东部。

⑤匈奴：汉朝的少数民族边疆劲敌。这里指封常清出征的少数民族。草黄马正肥：古代游牧民族常趁这时节对农耕民进行掳掠，以便有足够的粮草度过深秋和严冬。

⑥“金山”句：言西边有警。金山，即今阿尔泰山，在内蒙古自治区和新疆维吾尔自治区交界处，蒙古人称金为阿尔泰。

⑦汉家：实指唐朝。唐人惯用汉朝代指唐朝。

⑧戈相拨：兵器互相碰撞。

⑨五花、连钱：本指毛色斑驳的良马。李白《将进酒》有“五花马”。连钱：《尔

雅·释畜》郭璞注："色有深浅，斑驳隐粼，今之连钱骢。"这里指马身上的斑纹。

⑩草檄：军中起草檄文。檄：古代用于征召、声讨等的文书。

⑪虏骑：指敌军。慑：害怕。

⑫车师：唐安西都护府治所。伫献捷：等待呈送胜利的捷报。

【经典原意】

你们可曾看见，荒凉的走马川，白茫茫的雪海边，黄沙莽莽遮蔽了天空。九月里的轮台半夜里狂风怒吼，满川的碎石大如斗，碎石被狂风吹裹得满地乱走。匈奴的牧草黄了，马匹养得正肥，从金山朝西望去，只见烽烟翻飞，敌军乘着这时节要进行掳掠，唐朝大将率军向西出征。将军的铠甲整夜未脱，半夜里行军只听见武器碰撞的声音，迎面的寒风刮得人脸如刀割般疼。飞驰的战马带雪归来热汗腾腾，一会儿就可见汗水在马毛的花纹上凝结成了冰。在帐幕里起草文书，砚台里的墨汁一会儿就被冻凝。敌军听到您率领的大军出征定会心惊胆怯，料想不敢和我军短兵相接，到时就在都护府治所西门等着告功报捷吧。

【当代阐释】

岑参兄弟皆好奇

杜甫在《渼陂行》中说："岑参兄弟皆好奇"，点出了奇丽是岑诗最显著的特点。岑参兄弟，指岑参和他的哥哥岑况。岑况也颇有文名，刘长卿写过五绝《曲阿对月别岑况、徐说》。岑参幼年丧父，由哥哥教养长大。杜甫指出二人有相同的审美取向和创作特征。

本诗送师出征，却不直接写军威如何整肃，而是极力铺张自然环境的奇险，篇末以祝捷结尾，主旨自现。清洪亮吉《北江诗话》谈到自己出塞经历："又尝以己未冬杪，谪戍出关，祁连雪山，日在马首，又昼夜行戈壁中，沙石吓人，没及髁膝，而后知岑诗'一川碎石大似斗，随风满地石乱走'云，奇而实确也。"并因此评论说："诗奇而入理，乃谓之奇；若奇而不入理，非奇也。诗之奇而入理者，其惟岑嘉州乎！"

“轮台九月风夜吼，一川碎石大似斗，随风满地石乱走”，“马毛带雪汗气蒸，五花连钱旋作冰，幕中草檄砚水冰”，这些奇情壮采的描写，粗犷奔放，矫健有力，不妨用韩愈的一句诗来评价：“字向纸上皆轩昂”。

本诗不仅形象奇美，结构也很有特色。先以边塞奇情引人注目，以突出边塞环境的险恶。次写寒夜行军，着力描写边地奇异独特现象，用以表现将士顽强的意志和一往无前的战斗精神。最后以豪情预言胜利。虽以出征与战争为主脉，却以边塞异景奇情为主体。

全诗换韵频繁，三句一韵，平仄韵相间，而仄韵全用入声，在宏壮的气势中形成急促有力的节奏。情词慷慨，豪壮激越，具有雄放奔腾的音乐美。

【文化常识】

岑参两次出塞

岑参出身于仕宦家庭，曾祖父、伯祖父、伯父都官至宰相，父亲也曾两任州刺史。但父亲早死，家道衰落。他自幼从兄受书，遍读经史。20岁至长安，献书求仕未成，北游河朔。30岁举进士，授兵曹参军。

天宝八年，充安西四镇节度使高仙芝幕府书记，赴安西，天宝十年回长安。十三年又作安西北庭节度使封常清的判官，再度出塞，至德二年才回朝。前后两次在边塞共6年。他的诗说：“万里奉王事，一身无所求。也知边塞苦，岂为妻子谋。”（《初过陇山途中呈宇文判官》）又说：“侧身佐戎幕，敛衽事边陲。自随定远侯，亦着短后衣。近来能走马，不弱幽并儿。”（《北庭西郊候封大夫受降回军献上》）可以看出他的报国之心和慷慨豪情。这两次出塞对于岑参创作大量高质量的边塞诗有决定性的影响。

【原文】

白雪歌送武判官归京[1]

岑参

北风卷地白草折[2]，胡天八月即飞雪[3]。
忽如一夜春风来，千树万树梨花开。
散入珠帘湿罗幕，狐裘不暖锦衾薄[4]。
将军角弓不得控[5]，都护铁衣冷难着[6]。
瀚海阑干百丈冰，愁云惨淡万里凝[7]。
中军置酒饮归客[8]，胡琴琵琶与羌笛[9]。
纷纷暮雪下辕门[10]，风掣红旗冻不翻[11]。
轮台东门送君去，去时雪满天山路。
山回路转不见君，雪上空留马行处。

【注释】

①歌：诗体名，《文体明辨》载："其放情长言，杂而无方者曰歌。"武判官：岑参的同僚，生平不详。判官：节度使的属官。

②卷地：卷地而来，形容风势很猛。白草：我国西北地区所产之草，牛马所嗜。春天青绿，冬枯而不萎，因秋天变白，故名。

③胡天：这里指西北少数民族地区。

④狐裘：狐皮大衣或披风。锦衾（qīn）：锦缎被子。薄：是说雪寒使锦衾也显得薄了。

⑤角弓：用角质装饰的弓。不得控：拉不开。

⑥都护：镇守边疆的军府长官。唐时置六都护府，各设大都护一员。都护与上句的将军都是泛指。铁衣：铠甲。作战时穿的防护衣。着：穿。

⑦瀚海：维吾尔族人把陡峭的山崖所形成的陂谷叫做杭海，或瀚海。阑干：纵横的样子。

⑧中军：此指主帅营帐。左、中、右三军，中军由主帅亲率。饮（yìn）归客：请归客饮。饮字使动用法，读去声。归客：指武判官。

⑨胡琴琵琶与羌笛：指用各种乐器奏乐劝酒。

⑩辕门:军营大门。古代行军止宿处,以两车车辕相对以代营门,称辕门。

⑪冻不翻:因红旗冻硬,虽有风掣而不飘动。掣(chè):牵曳。

【经典原意】

北风卷地而来,白草都被吹折,边塞还在八月就纷纷扬扬地下起了大雪。就好像一夜之间春风吹来,千万棵梨树梨花盛开。雪花飘进珠帘,沾湿罗幕,穿着狐皮袍也不感觉温暖,盖着锦缎厚被也仍觉得单薄。将军、都护们的兽角强弓冻得拉不开,铠甲也冰冷僵硬得简直穿不上。漠野陡峭的崖壁上,纵横悬挂着百丈冰柱;惨淡的云色似愁,遮盖了万里苍穹。中军帐里置备了酒宴,为归京的客人饯行,为助酒兴又弹起了胡琴琵琶吹起了羌笛。暮色昏沉,辕门外大雪仍在飘飘洒洒。朔风掣曳着营门的红旗,可它也冻硬了翻转不动。我在轮台的东门送你离去,你去时白雪皑皑布满了天山道路。道路在山中回环盘旋,我终于看不到你的身影了,雪地上只留下你骑马踏过的痕迹。

【当代阐释】

千树万树梨花开

岑参的边塞诗总是洋溢着镇守边庭的豪情和保疆卫国的热情,绝无对战争的畏难与哀怨,是国力强盛、充满民族自信的盛唐时期诗歌的典型代表。

此诗兼写雪景与送别之情。场面壮阔,意境瑰奇,比喻新颖,充满奇情妙思,表现了边塞送别的豪迈之情,是岑参边塞诗的代表作。方东树《昭昧詹言》评此诗:“奇才奇气,奇情逸发,令人心神一快。须日诵一过,心慕而力追之。”亦可谓精彩痛快的评论。

这首诗中有一个非常新鲜而引人注目的比喻:“北风卷地白草折,胡天八月即飞雪。忽如一夜春风来,千树万树梨花开。”这里把雪比作花,使无色、单调的雪忽然生气勃勃,仿佛暗香浮动,风情摇曳起来。

唐诗还有很多类似的新鲜比喻和联想。例如:

把花比作雪:“一树寒梅白玉条,迥临村路傍溪桥。不知近水花先

发，疑是经冬雪未销。”（戎昱《早梅》）

把花比作人：“云想衣裳花相容，春风拂槛露华浓”；“一枝秾艳露凝香，云雨巫山枉断肠”。这是李白《清平调词三首》其一、其二，前者把杨玉环比作春风吹拂下怒放的牡丹，其中春风暗喻唐玄宗的宠爱，后者则把杨比作含露凝香、色艳态娇盛开的牡丹。

把人比作花：“玉容寂寞泪阑干，梨花一枝春带雨。”白居易《长恨歌》把洒泪的杨贵妃比作梨花带雨，既见美人的妆容雅淡，又见悲伤的情态动人。

描写人与花的交相辉映：李白《清平调词三首》其三“名花倾国两相欢，长得君王带笑看”，写杨妃与牡丹的艳美交相辉映。“荷叶罗裙一色裁，芙蓉向脸两边开。乱入池中看不见，闻歌始觉有人来。”王昌龄这首《采莲曲》则写的是水乡农村姑娘的青春美丽与荷花的艳丽交相辉映，给诗坛带来清新健美的气息。

唐人写诗就是如此富于创造性，这也是为什么唐诗在中国诗坛如雷贯耳，在历朝历代传诵不衰的原因吧。

回到本诗，岑参此诗还有“瀚海阑干百丈冰，愁云惨淡万里凝”这样的壮阔之景，“纷纷暮雪下辕门，风卷红旗冻不翻”这样的奇异之景值得我们细细品味。艰苦而不愁苦，别情更兼豪情，岑参不愧写情写景圣手。

【文化常识】

高岑

盛唐诗人高适和岑参的合称，二人为盛唐边塞诗歌代表诗人。

“高岑”并称，最早始于杜甫，他在《寄彭州高三十五使君适、虢州岑二十七长史参三十韵》中说：“高岑殊缓步，沈鲍得同行。”意思是他们两人成名较晚，而才学堪比沈约、鲍照。

高适、岑参的诗以“悲壮为宗”（胡应麟《诗薮》）。所作主要以边塞战争、塞上风光和仕途艰难为题材，善于运用七言古诗等体裁，表现报国安边、治国安民的壮志和奋发进取的精神，或抒发怀才不遇、功业无成的悲愤。其诗意气豪迈，情辞慷慨。

当然，高适、岑参的诗也有很大的区别。“高悲壮而厚，岑奇逸而峭”（王士禛《师友诗传录》）。高适善于反映战士和农民的疾苦，暴露现实，笔调严谨，直抒胸臆，以常语感人；岑参擅长讴歌胜利，描绘奇境，抒发豪情，寓情于景，以奇语动人。

高、岑边塞诗成就最高。近人以“高岑”并称往往是因其边塞诗。同时，唐代边塞诗派也被称为“高岑诗派”，诗风相近的王之涣、王翰、王昌龄、崔颢、李颀等人均被列入此派。

【原文】

热海行送崔侍御还京①

岑参

侧闻阴山胡儿语②，西头热海水如煮。
海上众鸟不敢飞，中有鲤鱼长且肥。
岸傍青草常不歇③，空中白雪遥旋灭。
蒸沙烁石燃虏云④，沸浪炎波煎汉月⑤。
阴火潜烧天地炉⑥，何事偏烘西一隅⑦？
势吞月窟侵太白⑧，气连赤坂通单于⑨。
送君一醉天山郭⑩，正见夕阳海边落。
柏台霜威寒逼人⑪，热海炎气为之薄。

【注释】

①热海：即伊塞克湖，又名大清池、咸海，今属吉尔吉斯斯坦，唐时属安西节度使领辖。行：诗体名。

②阴山：从下文“送君一醉天山郭”句，这里应指天山。

③不歇：不枯萎。

④蒸沙：蒸煮沙粒。烁石：消融石头。烁：同“铄”。然：同“燃”。虏云：西北上空的云。“虏”为当时对西北少数民族的蔑称。

⑤汉月：即月亮。说汉月，是说从汉以来（实即自古以来）就高悬夜空的月亮。

⑥阴火：地下的火。天地炉：熔铸万物的天地。贾谊《鹏鸟赋》："天地为炉兮，造化为工。"

⑦西一隅：西边一角。

⑧太白：金星，又名启明星。

⑨赤坂：即赤山，又名赤石山，以山多赤石而得名，在今吐鲁番西北部。坂：山坡，斜坡。单于：唐于蒙古大沙漠南置单于都护府，这里以其辖地泛指西北地区。

⑩天山郭：天山脚下的城市。此处应指新疆轮台县，当时岑参所在北庭都护府军府在轮台。

⑪柏台：御史台，这里用来点明崔的侍御身份。

【经典原意】

我侧面地听天山附近的少数民族的人说，西边的热海水热得像正煮沸着一样。热海上空热气蒸腾，鸟儿根本不敢从上面飞过。但就在这沸滚着的水里却竟有又长又肥的鲤鱼出没其中。岸边的青草常年青翠，天空中的白雪远远地遇到热海的蒸汽就化了。这热气蒸煮着沙粒，融化了石头，把西北天空中的云朵都点燃了。沸腾的热气直冲云霄，煎熬着那自古照耀大地的明月。地下的火暗暗地在不停地加热这熔铸万物的天地之炉，可是为什么只偏偏烘烤着这西边的一角呢？热海那奔腾的热气就像要吞食掉月亮，直侵入启明星的地盘。其热气与赤石山相连，并直通单于都护府所辖的广大地区。

我在这天山脚下的城市送你，正看见夕阳远远地往热海那边落下去。尽管崔侍御您威严如霜，气势凛然，遇到这热海的蒸腾之气和将士们赤诚温暖的心，您的威严也会因之淡薄的。

【当代阐释】

这是借描绘热海的奇特以送别朋友的诗。热海即伊塞克湖，岑参虽未到过那里，但根据传闻和自己长期在边塞的体验加上大胆的想象，把它写得神奇无比。

伊塞克湖被称为雪山中的“热湖”，它位于帕米尔高原的北面，吉尔吉斯斯坦共和国东北部，终年积雪天山中段的崇山峻岭中。它虽然地处高寒，但终年不冻，与周围积雪的峰峦对照鲜明，故人们称它为“热海”。

在世界上海拔超过1 200米的高山湖中，伊塞克湖的面积为世界第二，深度则居世界第一，是世界上较大的高山湖之一。湖岸线一半以上为沙岸。湖水盐度较高(5.8‰)，不易封冻，为高山不冻湖。伊塞克湖是一个内陆湖泊，是地壳断裂陷落形成的。这里有广泛分布的温泉。

岑参诗中的描绘在现实中都能找到相关的依据：

“西头热海水如煮”：通常情况下，伊塞克湖湖面风浪不大，但每当夏秋季节，湖面有时亦可刮起30～40米/秒的强风，波涛汹涌，白浪滔天，浪高可达3米左右。伊塞克湖地区盛行西风。此外，刮着一种像沿海地带所特有的海陆风，当地居民称之软风。这种软风往往可以在几十分钟内发生激烈变化，变成强烈的暴风，这时，伊塞克湖面顿时浊浪排空，把渔船吹到湖中心，像树叶那样漂来漂去。

“海上众鸟不敢飞”：由于伊塞克湖水冬季基本不封冻，湖中的鱼类及浮游生物丰富，因而每年冬季都有20 000～50 000只飞禽在此越冬，其中包括珍贵的白天鹅、黑天鹅和赤嘴潜鸭。所谓“不敢飞”，如果指风浪时节和高热温泉上空，也可说是写实。

“中有鲤鱼长且肥”：伊塞克湖内有20多种鱼类，主要有雅罗鱼、裸黄瓜鱼、罗汉鱼及鲤鱼等，年渔获量900吨左右。

“岸傍青草常不歇”：伊塞克湖周围地区气候宜人，宁静、深蓝色的湖水与两侧的雪山和云杉林交相辉映，风景优美。

“空中白雪遥旋灭”：伊塞克湖周围有50多条小河注入，但湖水不外流。湖水主要靠雪水补给。伊塞克湖附近高原年降水量200～300毫米，主要是降雪，甚至夏季也飘雪花，几乎没有无霜冻的日子。

当然诗人也加入了大胆的夸张和想象，“蒸沙烁石燃虏云，沸浪炎波煎汉月”两句中，用了蒸、烁、燃、沸、炎、煎一系列动词，夸张地描绘出热海的威力，“虏云”、“汉月”，把广袤的空间和茫远的时间拉了进来，极大地扩充了诗歌内涵的深广度。

“阴火潜烧天地炉”四句，诗人突发奇想，巧妙化用贾谊《鹏鸟赋》“天地为炉兮，造化为工”的阔大想象，夸张地描绘热海的不凡气势和非凡的热。

全诗充分显示出诗人炼字之工和大胆而奇异的想象。更为巧妙的是，热海的情形他只是“侧闻”，进行了大力的渲染后，他居然能把这种奇妙的自然景观与送友人的主旨，以及对方的御史身份联系起来，而且这种联系又是那么天衣无缝。如此一来，结尾不仅点明了题旨，而且富于幽默感和奇情妙趣，余味无穷。

【原文】

从军行①七首（其四）

王昌龄②

青海长云暗雪山③，孤城遥望玉门关④。
黄沙百战穿金甲⑤，不破楼兰终不还⑥。

【注释】

①从军行：乐府《相和歌·平调曲》旧题。多写军旅或边塞征戍生活。

②王昌龄：？～约756年，字少伯，京兆长安（今陕西西安）人。开元进士，授校书郎。调汜水尉，再迁江宁丞。晚年贬龙标尉。因世乱还乡，道出亳州，为刺史闾丘晓所杀。王昌龄诗擅长七绝，边塞诗气势雄浑，格调高昂。诗与高适、王之涣齐名，时谓王江宁。

③青海：即今青海湖，在今青海省西宁市西。长云：漫天皆云。雪山：终年积雪的山，指祁连山，在今甘肃省。

④孤城：指玉门关，因地广人稀，给人以孤城之感。这句词序倒装，意思是“遥望孤城玉门关”。玉门关：在今甘肃省敦煌县西，唐时为凉州西境。

⑤穿：磨破。金甲：铁甲，金属制成的盔甲。

⑥楼兰：汉时对西域鄯善的称呼，诗中泛指当时侵扰西北边区的敌人。破楼兰：借指平定边患。

【经典原意】

青海湖上空连绵不断的乌云，遮暗了终年积雪的祁连山；远远望去，只看见一座孤零零的城池，那正是边境要塞玉门关。在黄沙莽莽的战场上，将士们身经百战，把铠甲都磨穿了，但是不平定边患，他们誓不还家园！

【当代阐释】

战争的双面

从残酷性、破坏性来说，战争只有一面。但从必要性来说，就有双面，需要区分为抵御侵略的正义战争与统治者好大喜功、开边拓土、穷兵黩武的非正义战争。当然，具体来说还有一些很复杂的情形。比如，不少将帅为了邀功、升职，不惜牺牲大量战士的生命去换取一次战功，不论是否有必要性，所以有曹松"一将功成万骨枯"的揭示，也有李白"君不能学哥舒横行青海夜带刀，西屠石堡取紫袍"的不平和愤慨。又比如，古代游牧的少数民族在"草黄"而又"马正肥"的时候，常常趁机入侵汉农耕民，大肆掳掠人口、财物、粮草以补给自己季节性的不足，确实是边疆的大患。再比如，有时很可能只是双方边境少量或个别人民或军士发生冲突，但很容易在意气用事的情况下发展成为大的战争，此时正义与否是模糊而难以确定的。

不过不论如何，盛唐的国力强盛，盛唐的诗人也就自信十足，意气豪迈，几乎总是用慷慨的情怀来歌颂战士的爱国激情和抒写必胜的战斗豪情。例如本诗的"不破楼兰终不还"；李白的"愿将腰下剑，直为斩楼兰"（《塞下曲》）；颜真卿的"一射百马倒，再射万夫开。匈奴不敢敌，相呼归去来"（《赠裴将军》）。

当然，富于责任感和人文关怀的盛唐诗人也并没有忘记战争的残酷性。本诗前两句"青海长云暗雪山，孤城遥望玉门关"就抒写了驻守边关的将士们所处环境的艰苦和思家的愁苦。

【原文】

出塞①二首(其一)

王昌龄

秦时明月汉时关②，万里长征人未还。

但使龙城飞将在③，不教胡马度阴山④。

【注释】

①出塞：乐府《横吹曲》旧题。

②秦时句：秦、汉互文，即谓秦汉时有明月照着秦汉时的关塞，现在仍是如此，写边塞战争一直长期进行。

③但使：只要。龙城飞将：《汉书·武帝纪》："元光五年……(卫青)至龙城，获首虏七百级。"又《史记·李将军列传》记，李广为右北平太守，匈奴称之为"汉之飞将军"。此合用两典。

④教(jiāo)：许。胡：指匈奴等少数民族。阴山：西起河套，东至内兴安岭，横亘今内蒙古自治区。汉时匈奴常由阴山入扰。

【经典原意】

依然是秦汉时的明月，秦汉时的关；远征的健儿，万里戍边，多少人未能生还，多少人至今未还；只要有李广那样的名将存在，就绝不会让胡人的铁骑越过阴山。

【当代阐释】

人生代代无穷已，代代心愿只相似

关山与明月，是梁陈以来边塞诗中常见的题材，乐府《横吹曲》中便有《关山月》的曲调，它们几乎成了离别、相思的代名词。

然而王昌龄此诗，却妙在恰恰突破了这一传统题材。

"秦时明月汉时关"，破空而来的历史感，一下子加强了诗歌的纵深度。从秦至汉直至入唐，边关还是那边关，明月还是那明月，征人还在一批批前往，一批批永不回还，还有许多则至今未还。诗中的"万里长征”，强调了空间的辽远，又加强了远征的悲剧性。

缅怀飞将军这样的古代良将，也正是讥刺当时将帅的庸懦无能。这就使人油然而生悲悯与忧思。

短短 28 个字，书千秋怅惘难以释怀，含不尽之意如在目前。

明代诗人李攀龙推奖此诗为唐人七绝的压卷之作，或许就是出于以上的原因吧。

【原文】

古从军行

李颀[①]

白日登山望烽火[②]，黄昏饮马傍交河[③]。
行人刁斗风沙暗[④]，公主琵琶幽怨多[⑤]。
野营万里无城郭，雨雪纷纷连大漠。
胡雁哀鸣夜夜飞，胡儿眼泪双双落。
闻道玉门犹被遮[⑥]，应将性命逐轻车[⑦]。
年年战骨埋荒外，空见蒲桃入汉家[⑧]。

【注释】

①李颀：690～751 年，郡望赵郡（今河北赵县），家居河南颍阳（今河南登封）人。开元十三年进士，曾任新乡县尉。他与王维、高适、王昌龄等著名诗人皆有来往，诗名颇高。其诗内容丰富，以边塞诗、音乐诗、赠友的人物诗获誉于世，其诗风格豪放，慷慨悲凉，七言歌行尤具特色。

②烽火：古代一种遇敌时的警报，点燃烽火台的烽火以向附近报警。

③交河：在今新疆吐鲁番西北。这里泛指塞外河流。

④刁斗：古代军队中用的一种器具，铜质，有柄，能容一斗。军中白天可供一人烧饭，夜间敲击以巡更。

⑤公主琵琶：汉武帝时以江都王刘建女细君嫁乌孙国王昆莫，命制琵琶，使其作乐，以解乡思。

⑥玉门犹被遮：汉武帝曾命李广利攻大宛，欲至贰师城取良马，战不利，广利

上书请罢兵回国，武帝大怒，发使遮玉门关，曰："军有敢入，斩之！"本句意谓边战还在进行。

⑦逐：追随。轻车：汉有轻车将军，这里泛指将领。

⑧蒲(pú)桃：即葡萄，原产西域。汉武帝时，汉使从大宛采种栽入行宫之旁。

【经典原意】

戍边战士白日在山冈上瞭望烽火，黄昏到交河边给战马饮水。风沙昏暗，传来行营中士兵的阵阵刁斗声，不禁使人想起汉朝细君公主幽怨的琵琶之声。歇宿野营、行军万里，也不见城郭，辽阔的荒漠雨雪霏霏。这里夜夜都有胡雁失群哀鸣，与汉军对阵的胡儿因思念家乡，也常常双泪交流。听说那玉门关尚未罢兵，战士们也只好豁出命追随将军去拼搏。年年有多少战士埋骨荒野，换来的不过是葡萄种子栽进了汉家宫苑。

【当代阐释】

战争的获利者与受害者

充满社会责任感的诗人都注意到了战争的残酷、戍边战士的凄凉及其思念家乡之苦。

但李颀的不凡之处在于不仅写我方战士的艰苦，也写出了敌方战士的悲凉。

征战双方的士兵同是受害者。不仅注意到我方的"行人刁斗风沙暗，公主琵琶幽怨多"，也注意到"胡雁哀鸣夜夜飞，胡儿眼泪双双落"，这一视角是了不起的。与之相比，唐戴叔伦的"愿得此身长报国，何须生入玉门关"，宋岳飞的"壮志饥餐胡虏肉，笑谈渴饮匈奴血"，强调了爱国主义，但若一定要与李颀的视角作一比较，就不免显得只突出了一面，有偏颇之嫌。

此外，"行人刁斗风沙暗，公主琵琶幽怨多"的并举，也兼言了戍边战士与和亲公主的悲苦，二者身份殊异，而悲怨则同，也表现了诗人不凡的高度和广度。

交战双方的底层士卒都是受害者，那么究竟谁是受益者呢？"年年战骨埋荒外，空见蒲桃入汉家”，一语点破，大部分极为残酷的战争，只是为了统治者一己的私欲。把“战骨埋荒外”与“蒲桃入汉家”二者放在一起，孰重孰轻，一目了然，不免让人生出荒谬之感。至于“胡儿”那一方呢？可以想象，情形也很可能相似。这一揭示，是李颀此诗的又一个亮点。

写诗，每个人都不难做到，难做到的是写出寓意、手法不凡的诗篇，李颀这首就是。

当然，文中的汉家，只是借用。葡萄，也不过是个象征性的举例。诗歌实际是以汉武帝之开边拓土来讽唐玄宗之穷兵黩武。

【原文】

过五原胡儿饮马泉①

李益②

绿杨着水草如烟，旧是胡儿饮马泉③。
几处吹笳明月夜④，何人倚剑白云天⑤？
从来冻合关山路⑥，今日分流汉使前⑦。
莫遣行人照容鬓⑧，恐惊憔悴入新年。

【注释】

①诗题一作《盐州过胡儿饮马泉》。五原：唐丰州州治所在地，即今内蒙古自治区五原县。胡儿：指北方少数民族。饮马泉：指北方沙漠地带行进时遇水可饮马处。此处指鹈鹕（pìtí）泉。诗原注：“鹈鹕泉在丰州城北，胡人饮马于此。”

②李益：748～829年，字君虞，凉州姑臧（今甘肃武威）人。大历四年（769年）进士，授华州郑县（今陕西华县）尉。多次从军边塞出任幕僚，脱离军府后漫游江淮，入长安历任中书舍人、集贤殿学士、右散骑常侍等职，终于礼部尚书衔。中晚唐的重要诗人，尤以七言绝句和边塞诗著称。有《李君虞集》二卷。

③着：接触。旧是：过去是。旧是胡儿饮马泉：唐代五原县属盐州，中唐时，这是唐和吐蕃反复争夺的边缘地区。此句即强调这里曾是边塞要地。

④笳：即胡笳，乐器名，流行于边塞少数民族地区。

⑤倚剑白云天：意谓保卫祖国的英雄壮举。语本出于宋玉的《大言赋》："长剑耿介，倚天之外。"

⑥冻合关山路：边关的山路被风雪冻结。

⑦分流：指春暖解冻，冰水分流。汉使：即唐使，这里是作者自指，唐人习惯以汉指代唐。

⑧莫遣：莫使，莫让。行人：远行之人，这里指自己。

【经典原意】

绿杨垂拂水面，青草笼着烟雾，这儿过去是北方少数民族骑马入侵时的饮马之处。明月下只听见几处吹茄的悲苦之声，当今这边塞要地更有何人倚天仗剑保家卫国呢？这边关的山路一直被风雪冻结着，今天我路过这里，却正好赶上春暖解冻，冰水分流。我这个远行边地的使臣还是不要去临流照影吧，只怕看到清水中映出自己憔悴的容颜，不免为又进入新的一年而感到心惊。

【当代阐释】

悠悠我思

本诗抒写了诗人在春天经过五原时的复杂情绪。

全诗大概有三层意思。

其一，春景明丽，草泽树绿，冰雪消融，春水盈盈。面对万物欣欣向荣的春景，走在已为唐军收复的五原大地上，诗人最初的心情是轻松愉快的。

其二，这儿是唐和吐蕃反复争夺的边界地区，原来就曾是敌方入侵时的饮马之处。现在虽为唐军收复，但边地荒凉，战士远离家园，孤苦悲凉，并且戍守在这样的兵家常争之地，生命随时都没有保障。因为对战士的怜恤，使作者油然希望有倚天拔地的英雄来镇守边关，保家卫国。"何人倚剑白云天"的问句暗含的意思显然是，当前无人"倚剑白云天"。这就表现了悲慨之情。

其三，诗人本身长期在边塞效力，面对新春芳华，不禁深感人生易老，年华易逝，充满了个人不得意的身世之慨。

明人胡震亨说李益边塞诗“悲壮婉转”、“令人凄断”，这首诗亦正显示了这一特征。

作为一首边塞诗，“几处吹笳明月夜，何人倚剑白云天？”无疑是全诗的中心句，也是给我们印象最深的诗句。李益作为一个忧国忧民的诗人，也给予我们深刻的印象。

【原文】

南园[1]十三首（其五）

李贺[2]

男儿何不带吴钩[3]，收取关山五十州[4]。
请君暂上凌烟阁[5]，若个书生万户侯[6]。

【注释】

①南园：昌谷南园为李贺读书处。李贺《南园》组诗，多就园内外景物讽咏，抒写其生活与情感。

②李贺：790～816年，字长吉，郡望陇西，家居福昌（今河南宜阳）之昌谷，因称李昌谷。其父名晋肃，“晋”、“进”同音，故因避父讳不得考进士，仅任奉郎小官，愤懑不得志。其诗多写感伤、愤懑之情，并对社会现实问题有所讽刺、揭露。李贺诗歌词采瑰丽，意境奇特，富浪漫色彩，世称“鬼才”。有《昌谷集》。

③吴钩：意思是指刀刃为曲线形的吴国刀。这种刀刃呈曲线状的曲刀，是春秋时代由吴王（相传为阖闾）下令制造的。因其锋利无比，所以留下这个美称。这里代指精良的武器。

④关山五十州：指当时藩镇割据、中央不能掌管的地区。《通鉴·唐纪》载唐宪宗元和七年李绛云：“今法令所不能制者，河南北五十余州。”

⑤凌烟阁：唐太宗贞观十七年（643年）画开国功臣24人于凌烟阁。

⑥万户侯：具有侯爵封号，食邑万户以上的人。汉代万户侯是侯爵最高的一层，后用以泛指有高官贵爵者。

【经典原意】

男子汉为什么不带上精良的武器，去干一番平定叛乱、统一全国的大事业呢？您不妨看看凌烟阁这样表彰功臣的地方，有哪一个人是靠读书而被授予高官厚禄的？

【当代阐释】

李贺才华出众，少有诗名，因其父李晋肃的“晋”与进士的“进”同音，有人提出，按当时的习俗，李贺不能参加进士考试，尽管当时已有盛名、地位较高的韩愈因为爱才，专门写文章为他辩护，他的命运仍没有改变，从而失去了科举仕进之路。

唐代重武轻文，很多诗人都发出了读书无用的愤慨之论，例如，杨炯的“宁为百夫长，胜作一书生”（《从军行》），李白的“万言不值一杯水”。李贺诗中同样也表达了百无一用是书生的愤慨，投笔从戎的愿望来源于读书无用，这就使前两句壮词显得滋味复杂起来。可以说，这首诗的基底是对唐王朝重武轻文的抨击和愤懑，而不是慷慨从军之志。“男儿何不带吴钩？”我们知道，李贺是终生也没有“带吴钩”的，反之，倒是吟诗成癖，那么诗中的隐痛就可以体会了。

不过悲愤的感情却能令人感觉色调明快，不得不归功于前两句壮词，“收取关山五十州”，举重若轻，势如破竹，富于感染力。

当然，“收取关山五十州”也确实是中唐社会的紧急事务。安史之乱后，唐王朝的藩镇割据和叛乱就再也没有停止过。有论者说李贺此诗把家国之痛和身世之悲都淋漓尽致地表达出来了，信哉此论。

【国学故事】

李贺是唐王朝的宗室，是郑王的后代。经学者考证，唐代有两个郑王，一个是唐开国皇帝唐高祖李渊第十个儿子郑王李元懿，不过李贺的远祖是李渊的叔父大郑王李亮。李贺上距李亮近200年，同皇族的关系已极为疏远。父李晋肃也官低位卑，而且李贺未成年而丧父，因此家境破落、贫寒。

据说李贺7岁就能诗善文。当时著名的文学家韩愈、皇甫湜听人传说他的才华，开始并不相信，就去他家拜访，让李贺当即做一首诗，没想到李贺提笔就写，就像早已想好的一样，并取名叫《高轩过》，意思是高官到我家来拜访。全诗如下：

华裾织翠青如葱，金环压辔摇玲珑。

马蹄隐耳声隆隆，入门下马气如虹。

云是东京才子，文章巨公。

二十八宿罗心胸，九精照耀贯当中；

殿前作赋声摩空，笔补造化天无功。

庞眉书客感秋蓬，谁知死草生华风；

我今垂翅附冥鸿，他日不羞蛇作龙。

这首诗写得不卑不亢，既赞扬了韩愈、皇甫湜作为“东京才子，文章巨公”的崇高声名和不凡成就，又表达了自己的高度自信，同时对二人的拜访和赏识表达了由衷的感激和欣幸。此诗还提出了可以作为韩孟诗派艺术特色表述的“笔补造化天无功”，它同时也可看做是该派一个重要的文学主张。即兴作诗达到这样的成就，简直是才华绝世，二人览诗大惊，从此李贺名声大振。

李贺长得很瘦弱，据说写字、作文很快。他每天早上太阳一出来，就骑着一匹瘦弱的马，带着一个小仆童，背着一个锦囊出门。路上凡是有所见有所感，就立即用纸写下来，扔到锦囊中去。等到晚上回来，再把那些纸条整理成形式完美、内容完整的诗歌。不是极为特殊的例外，他长年累月如此。跟那些以参加科举考试为唯一目的的人，总是先立题目，再据此冥思苦想出相应诗句来的作法大不一样。每次母亲去看他的锦囊，如果写的条多，就心疼得生气，说：“这个孩子是要把他的心都呕出来才会作罢啊！”

因为李贺才华绝异，又如此刻苦，简直把写诗当做职业，甚至是理想的寄托和生命的意义所在，做出来的诗都超凡绝迈，不同凡响，令人惊叹，当时许多人争相仿效他，但没有比得上他的。

李贺的父亲名字叫做李晋肃，因为“晋”和“进”同音，有人说李贺应该避讳，不能参加进士考试。韩愈特意为他作《讳辨》，说："《律》文说：'凡双字名不同时讳两个字。'解释者说："孔子的母亲名'征在'，孔子在说'征'的时候不说'在'，说'在'的时候不说'征'。"《律》文又说：'音同音近字不必避讳。'解释者说："譬如'禹'之与'雨'，'丘'之与'蓲'之类就是。现在李贺父亲名字叫做晋肃，李贺参加进士考试，是触犯了同时称呼长辈名字中的两个字的律条，还是犯了音同音近字不必避讳的律条呢？如果父亲名叫晋肃，儿子就不能考进士，如果父亲的名叫'仁'，儿子就不能叫人了吗？"随后也否定了避讳这一陈规陋俗。

韩愈作《讳辨》的背景，韩愈自述是"愈与李贺书，劝贺举进士。贺举进士有名，与贺争名者毁之，曰：'贺父名晋肃，贺不举进士为是，劝之举者为非。'听者不察也，和而倡之，同然一辞。"可见确实有人有意针对李贺发难，那么，是谁呢？又为什么要这么做呢？

据唐代笔记小说《剧谈录》记载：中唐元和年间，李贺善于作诗，韩愈深所了解和爱重，在朝廷官员中常常加以褒奖，因此名声很大。当时元稹年纪很轻，通过明经考试而被录取，常愿与李贺交结。唐代明经考试不太被看重，能考中进士则被认为很清贵。一天元稹拿着名片拜访，李贺看了名片，让仆人出来说："只是明经及第，干嘛来看李贺？"元稹又惭愧又愤恨地回去了。后来元稹通过选拔官员的制策考试，并一天天官位高了起来。等到作了专管科举考试等事务的礼部郎中，李贺参加进士考试，他就提议李贺父亲名叫晋肃，不应该参加进士考试。韩愈爱惜人才，特意作《讳辨》一文为他辩护，但并未起作用。

连文坛宗主韩愈都无力回天，乃专管科举的得势官员有意相害，应该是很合理的解释。

这个元稹虽然有一定才华，与白居易合称"元白"，名气不小，品行却值得拷问。他就是《莺莺传》的作者，作为自传体小说，《莺莺传》记载了元稹自己是一个始乱终弃、对感情不负责任的角色。《莺莺传》后来被改编成戏曲《西厢记》，男主人公被美化成忠于感情的人，但那已是改编者的再创作了。元稹后来当到宰相，也是因为阿谀宦官而得，历来受到抨击。他虽然写了几首好的悼亡诗悼念妻子，但如何从《莺莺传》中这样一个不负责任的人摇身一变而为情深意重之人，总是让千年来的读者疑惑。考之元稹的行事，作出这样的报复是完全可能的，因此《剧谈录》作为当朝人的记载还是很可能是真实的。如果记载可信，李贺的高傲也有点过了，自己也有责任，但元稹若作这样的报复，就只能说明他心胸狭窄了。

四、可怜无定河边骨，犹是春闺梦里人

——暴露残酷的战争诗

【导读】

将有意义的毁灭给人看

边塞诗和战争诗乃孪生兄弟，有时甚至分不清谁是谁。本编所选的战争诗与上一编的边塞诗的区别是，边塞诗着重表现边塞气候、风光和生活的独特性，战争诗着重表现战争本身的残酷性，军队中的苦乐不均等不公平现象，以及战争对社会和人民生活的极大干扰和影响。

虽然诗人可以豪迈地说：“孰知不向边庭苦，纵死犹闻侠骨香”（王维《少年行》四首其二），岑参的战争诗也以抒写豪情为主，但死生事大，战争对家庭、社会的影响非同小可。即使老百姓不怕死，统治者却应该为百姓生命和社会发展着想。所以，初唐的陈子昂就指责统治者说：“肉食谋何失，藜藿缅纵横。”（《感遇》三十八首其二十九）盛唐王翰就代战士立言说：“醉卧沙场君莫笑，古来征战几人回。”那醉卧是一种对生命权无可奈何的放任，在美酒、音乐后面的是浓重的苦涩和死亡的阴影。

战争的残酷，为有识之士所共忧。李白《战城南》中，“匈奴以杀戮为耕作，古来唯见白骨黄沙田”，说明游牧民族的定期掳掠确实是发动战争的原因之一，“秦家筑城备胡处，汉家还有烽火燃”两句，则让我们想起王昌龄的“秦时明月汉时关，万里长征人未还”，诗人还用惊人的白描揭示战争的残酷：“乌鸢啄人肠，衔飞上挂枯树枝”，他随后自然得出“乃知兵者是凶器，圣人不得已而用之”的结论，掷地有声，富于逻辑和哲理。杜甫《兵车行》则提出了另一个重要的战争根源：统治者的穷兵黩武——“边亭流血成海水，武皇开边意未已”，对此杜甫为老百姓道出心声："信知生男恶，反是生女好。生女犹是嫁比邻，生男埋没随百草。"并深刻揭示了战争的残酷："君不见青海头，古来白骨无人收。新鬼烦冤旧鬼哭，天阴雨湿声啾啾。"此外，还有一个发生战争的重要根源，乃是与统治者穷兵黩武孪生的一点：边将邀功。因为，挑起战争的边将既迎合了统治者的喜好，又能使自己升官发财，对于那些没有什么美好人性而言的边将，何乐而不为呢？所以，李白在《战城南》中有"士卒涂草莽，将军空尔为"两句，可以说是一针见血指出其恶果，可惜自私自利的边将是听不进去的，如果个人目的达到，"士卒涂草莽"又关他什么事呢？但国家是承受不了的，所以杜甫说："汉家山东二百州，千村万落生荆杞。"(《兵车行》)

尽管有识之士从各个层面反映战争的危害，但唐朝战争几乎从没断过，尤其是安史之乱后，藩镇叛乱此起彼伏，这时战争的发生对于唐王朝来说就是不得已而为之了。

许多唐代诗人都为我们留下了优秀的战争诗，让我们慢慢地去品味和反思。

战争，人类历史上一块块永久的疤痕，它们应该成为对子孙后代的警示。

【原文】

感遇三十八首(其二十九)[①]

陈子昂[②]

丁亥岁云暮[③]，西山事甲兵[④]。
赢粮匝邛道[⑤]，荷戟争羌城[⑥]。
严冬阴风劲，穷岫泄云生[⑦]。
昏曀无昼夜[⑧]，羽檄复相惊[⑨]。
拳跼竞万仞[⑩]，崩危走九冥[⑪]。
籍籍峰壑里[⑫]，哀哀冰雪行。
圣人御宇宙[⑬]，闻道泰阶平[⑭]。
肉食谋何失[⑮]，藜藿缅纵横[⑯]。

【注释】

①《陈子昂集》中有《谏雅州讨生羌书》，极力劝谏武则天“欲则天开蜀山，自雅州道入讨生羌，因以袭擊吐蕃”的计划。本诗针对同一事件而写。事在垂拱三年(687年)。

②陈子昂：659~700年，字伯玉，梓州射洪(今四川省射洪县)人。因曾任右拾遗，后世称为陈拾遗。陈子昂青少年时家庭较富裕，轻财好施，慷慨任侠。成年后始发愤攻读，博览群书，擅长写作。同时关心国事，要求在政治上有所建树。24岁时举进士，官麟台正字，后升右拾遗，直言敢谏。时武则天当政，信用酷吏，滥杀无辜。他不畏迫害，屡次上书谏诤。武则天计划开凿蜀山经雅州道攻击生羌族，他又上书反对，主张与民休息。本诗即写此事。他于垂拱二年(686年)和万岁通天元年(696年)，曾先后随乔知之和建安王武攸宜出征。两次从军，使他对边塞形势和当地人民生活获得较为深刻的认识。后居父丧期间，被射洪县令段简罗织罪名，迫害致死。

③丁亥：垂拱三年(687年)的干支。云：语助词。

④西山：又名雪岭，在成都之西。事甲兵：指发动战争。

⑤赢(yíng)粮：背着干粮。匝(zā)：绕行，环行。邛(qióng)道：邛崃山的山道中。邛崃山：又名大关山，在今四川省西部岷江和大渡河之间。

⑥荷(hè)：扛着。戟：一种兵器，此处泛指武器。争：一作“惊”。羌城：泛指

今四川省西部羌人所居之地。

⑦穷岫(xiù):深山。泄云:冒出来的云气。

⑧昏曀(yì):昏暗。无昼夜:分不清昼夜。

⑨羽檄(xí):紧急军事文书。上插羽毛,表示紧急。

⑩拳跼(jú):弯曲、蹩缩的样子。万仞(rèn):这里指万仞高山。仞:八尺为仞。

⑪崩危:山崖崩塌的危险。九冥:极深而幽暗的山谷。

⑫籍籍:挨挨挤挤的样子。

⑬御宇宙:统治天下。

⑭泰阶平:泰阶是三台星的别名,古人认为天上泰阶平则天下太平。

⑮肉食:吃肉的人,指朝中执政大臣。

⑯藜藿:野菜,这里指吃野菜的老百姓,本诗指士兵。缅:远。

【经典原意】

丁亥年的岁末,朝廷在西山发动战争。战士们背着干粮绕行在邛崃山的山道中,扛着武器急速前往羌人所居之地。严寒的冬天刮着阴冷强劲的寒风,潮湿深山里不断冒出云气。或弯腰拱背的行走在万仞高山险峻逼仄的山路上,或冒着山崖随时崩塌的危险,行走在极深而幽暗的山谷中。在险峰恶谷中挨挨挤挤,在冰天雪地里悲哀前行。人们谈论古代的圣人统治天下,总是说天下太平。今天朝中执政大臣的谋划是多么错误,老百姓就要横七竖八地战死在遥远的战场了。

【当代阐释】

仁者的风范

陈子昂《谏雅州讨生羌书》是与此诗针对同一事件,大约同时作的,专门呈给皇帝的谏书。非常值得参照阅读。

文章首先说明生羌之无罪:“臣闻乱生必由于怨。雅州羌未尝一日为盗,今无罪蒙戮,怨必甚,怨甚则蜂骇且亡,而边邑连兵守备不解,蜀之祸构矣。”

其次陈子昂说明吐蕃的强大不可攻:“且臣闻吐蕃桀黠之虏,君长相信，而多奸谋。自敢抗天诛，迩来向二十余载，大战则大胜，小战则小胜，未尝败一队，亡一夫。国家往以薛仁贵、郭待封为虓武之将，屠十一万众于大非之川，一甲不返。又以李敬玄、刘审礼为廊庙之器，辱十八万众于青海之泽，身囚虏庭。是时精甲勇士，势如云雷，然竟不能擒一戎，馘一丑，至今而关、陇为空。今乃欲以李处一为将，驱憔悴之兵，将袭吐蕃，臣窃忧之，而为此虏所笑。"

随后陈子昂又指出很可能有人为图私利怂恿此行："往年益州长史李崇真图此奸利，传檄称吐蕃欲寇松州，遂使国家盛军师、大转饷以备之。未二三年，巴蜀二十余州，骚然大弊，竟不见吐蕃之面，而崇真赃钱已计巨万矣。蜀人残破，几不堪命。此之近事，犹在人口，陛下所亲知。臣愚意者不有奸臣欲图此利，复以生羌为计者哉。"

他接着指出此行得不偿失："地不足以富国，徒杀无辜之众，以伤陛下之仁，糜费随之……"，反对为图小利而发动战争，无辜杀人。

最后，陈子昂赫然指出："臣闻自古亡国破家，未尝不由黩兵。"这可以说是对历代穷兵黩武者的当头断喝。

史称陈子昂"轻财好施，笃朋友"，但又说他"褊躁无威仪"。而我们从陈子昂这首诗歌中对战士、对百姓的深深同情，从这篇文章中的高瞻远瞩、忧国忧民可以看出，陈子昂最为集中地表现了儒家仁者的风范，不愧一代名臣、贤臣。编史书者因为他的切直敢言、积极进取就这么评价他，恰恰显示了自身的狭隘。

他还是一代文宗。《新唐书》说他"文词宏丽，甚为当时所重"，元代方回《瀛奎律髓》评论说："陈拾遗子昂，唐之诗祖也。不但《感遇诗》三十八首为古体之祖，其律诗亦近体之祖也。"

千古之下回望子昂，仍令我们油然地感动和敬佩。

【原文】

燕歌行[1]并序

高适[2]

开元二十六年，客有从御史大夫张公出塞而还者[3]，作

《燕歌行》以示适，感征戍之事，因而和焉[4]。

汉家烟尘在东北，汉将辞家破残贼[5]。
男儿本自重横行，天子非常赐颜色[6]。
摐金伐鼓下榆关[7]，旌旆逶迤碣石间[8]。
校尉羽书飞瀚海[9]，单于猎火照狼山[10]。
山川萧条极边土，胡骑凭陵杂风雨[11]。
战士军前半死生，美人帐下犹歌舞。
大漠穷秋塞草腓[12]，孤城落日斗兵稀。
身当恩遇恒轻敌，力尽关山未解围[13]。
铁衣远戍辛勤久，玉箸应啼别离后[14]。
少妇城南欲断肠，征人蓟北空回首[15]。
边庭飘飖那可度，绝域苍茫更何有[16]。
杀气三时作阵云，寒声一夜传刁斗[17]。
相看白刃血纷纷，死节从来岂顾勋[18]。
君不见沙场征战苦，至今犹忆李将军[19]。

【注释】

①燕歌行：乐府旧题，属《相和歌·平调曲》。其辞多写征戍离别相思之情。《乐府广题》："燕，地名也，言良人从役于燕而为此曲。"

②高适：约700～765年，字达夫，又字仲武，渤海蓨（tiáo）人（今河北景县）。早年宦途失意，40岁后作过封丘县尉。后投河西节度使哥舒翰幕中为记室参军兼掌书记。安史之乱后深得肃宗重用，官至散骑常侍，封渤海县侯，世称高常侍。诗以七言歌行为胜。有《高常侍集》。高适是与岑参齐名的边塞诗人，世称"高岑"。

③开元二十六年：公元738年。元戎：主帅，指御史大夫、河北节度副大使张守珪。开元二十三年（735年）、二十五年（737年），他曾先后率军破契丹有功，后恃功骄傲，不恤士卒。次年，其部将赵堪等假借其命，逼令平卢军使乌知义击奚部余党，先胜后败，张不据实上报，反而谎报军功，后事泄被贬为括州刺史。高适从张的部属处得知其事真相，因而写了这首诗，暗含讽刺。

④和(hè):以他人之诗的题材,写诗相和作答。盛唐时和诗不和韵,晚唐以后,则要求步其原韵。

⑤汉家:汉朝,唐诗常以汉指唐。烟尘:烽烟和尘土,比喻战争。残贼:凶残之敌。《孟子·梁惠王下》:"贼仁者谓之'贼',贼义者谓之'残'。"

⑥横行:驰骋敌军之中,无人能敌。《汉书·季布传》:樊哙曰:"臣愿得十万众,横行匈奴中。"赐颜色:另眼相待,赐以殊荣。据《新唐书·张守珪传》载,张守珪大破契丹后,入见天子,玄宗赋诗宠之,赐金彩,授二子官,并诏令立碑纪功。

⑦摐(chuāng)金伐鼓:鸣金击鼓。摐:击打。金:指钲(zhēng),行军时用来节止步伐。伐鼓:击鼓,进军的信号。榆关:即山海关。

⑧旌旆(jīngpèi):指军中的各种旗帜。逶迤(wēiyí):弯曲而连绵不绝的样子。碣(jié)石:山名。在今河北昌黎县西北。

⑨校尉:汉武官名,地位仅次于将军,这里泛指唐军官。羽书:即羽檄,插有鸟羽的紧急军事文书。瀚海:大戈壁,这里指内蒙古自治区的大沙漠。

⑩单(chán)于:原为匈奴最高首领的称号,此处借指奚、契丹等少数民族的首领。猎火:打猎时燃起的火光。古代游牧民族在出征前,往往举行大规模的校猎,作为演习。此处借指战争。狼山:即狼居胥山,约在今辽宁西北至内蒙古一带。

⑪极边土:直到边疆的尽头。极:穷尽。胡骑:胡人的骑兵。凭陵:逼压。

⑫穷秋:深秋。腓(féi):枯萎。

⑬身当恩遇:受到皇帝的优厚待遇。关山:关隘山口,指形势险要之地。

⑭铁衣:铁甲,此处借指战士。远戍:从军远出守边。玉箸:玉做的筷子,形容眼泪,这里代指征人的妻子。

⑮城南:代指征人家属的住处。蓟北:指唐代蓟州(今天津市蓟县),泛指东北边境。

⑯边庭:边疆。飘飖:随风飘荡的样子,比喻征人的行踪不定,亦可指边疆的战争形势变化不定。度:度越。绝域:极远的地方,指东北三边塞。苍茫:旷远迷茫。更何有:什么也没有。

⑰三时:指一天中的早、午、晚三个时段。阵云:即战云。刁斗,军用铜器,白天用作炊具,夜间用来打更报时。

⑱死节:指为国捐躯。岂顾勋:岂是为了个人的功名。

⑲君不见:歌行体的诗在开头或结尾常用的一种提示语。李将军:指汉武帝时的守边名将李广。其人作战英勇,爱惜士卒,有"飞将军"之称。《史记·李将

军列传》:“广居右北平,匈奴闻之,号曰‘汉之飞将军’。避之,数岁不敢入右北平。”又:“乏绝之处,见水,士卒不尽饮,广不近水;士卒不尽食,广不尝食。宽缓不苛,士以此爱乐为用。”诗中用李广来对比当今将帅的骄奢轻敌、不恤士卒,批评朝廷用人不当。

【经典原意】

唐玄宗开元二十六年,有朋友跟随主帅出塞远征返回内地,写了首《燕歌行》给我看。我有感于出征戍边之事,就和着他的诗写了这首诗。

国家的战乱发生在边境东北,将士们离家去扫荡凶残之敌。男子汉本就当在战场纵横驰骋,何况天子又格外地垂青礼遇。敲钲击鼓浩浩荡荡开赴山海关,旌旗连绵不断直排到碣石山。校尉的告急军书迅疾从瀚海传来,敌首率军南侵的战火已照到狼山。

边地的山川呈现出一片荒凉景象,敌人骑兵发动的进攻像狂风暴雨。战士奋勇杀敌死伤殆半,将帅还在营帐中欣赏美人的轻歌曼舞。深秋的大漠到处是片片枯草,落日斜照孤城能作战的兵士越来越少。将帅身受朝廷重视却不认真对付敌军,士卒们拼死力战仍未能够解开重围。

战士们身穿铠甲长期在边地辛勤戍守,别离后妻子在家中必定是常常哭泣流泪。少妇在城南思念征人肝肠欲断,征人在蓟北空自回望故乡。边疆的战争形势复杂,征人行踪不定,哪有可能度越了解情况,边地则偏远荒凉一无所有。

白日里疆场杀气腾腾天昏地暗,黑夜里军营戒备森严,寒风中唯有巡更的刁斗频传。战士在刀光剑影中血雨纷飞,为国事献身哪顾个人功勋。您没见征战生活残酷而艰苦,至今人们仍在怀念汉代关爱士卒、骁勇善战、戍边时令敌人不敢入侵的李广将军。

【当代阐释】

沙场惨酷谁之过

《燕歌行》创调于曹丕,高适过去的《燕歌行》,均模拟思妇口吻,赋写思念怨旷。本诗用其旧题，从“大漠穷秋塞草腓”到“寒声一夜传刁斗”八句，也写怨情，但却不是诗歌的主旨了，而刺时抒慨才是诗作的目的，写怨情只是为了突出这一主题。题材与主题的创新，又促使了艺术手法的更新。全诗刚柔相济，骈散交替，虚实相生，对照见意，叙事气势磅礴，抒情委婉细腻，描写绘声绘色，用韵错落多变，音节起伏跌宕，是一首从形式到内容都完整地体现了悲壮美的诗歌，不愧为唐代边塞诗的代表之作。

这首诗是针对边地军政败坏而发。“天子非常赐颜色”，“身当恩遇恒轻敌”，对主帅的居功自傲进行了揭露。诗人巧妙地将将帅与士兵反复进行对比，“战士军前半死生，美人帐下犹歌舞”，最为深刻地揭露了军中苦乐不均，将帅生活荒淫腐化。“身当恩遇恒轻敌，力尽关山未解围”，又以将帅的居功自傲与战士的生命危殆作比，都达到惊心动魄的效果。“力尽关山未解围”暗示了战争的失败。战败了，这并非是“战士”不用命的过错，而是“美人帐下犹歌舞”的边将“身当恩遇恒轻敌”的恶果，也辜负了“天子非常赐颜色”的“恩遇”。

诗歌写战败，叙事本已完结，但诗人却又插入了八句，分写征人、思妇两地相思之苦，写出万里相思的空茫、无奈和悲愤。这一方面呼应了《燕歌行》传统旧题的特征，更重要的是以人伦之惨从侧面对边将昏庸误国的后果作进一步的抨击。“相看白刃血纷纷，死节从来岂顾勋”，突出了战争的残酷，战士的忠勇。结束插写，呼应前面的战争。

收尾二句更发人深省，是谁使“沙场征战”如此之苦呢？诗人只是以战士“至今长忆李将军”作结。这就明白地点出：不恤士卒、居功自傲、腐朽无能、辜负国家重托的将帅就是罪魁祸首。

高适这首诗气势宏阔，气韵沉雄，情辞慷慨而风力雄劲，是盛唐特质的典型体现，也是对前代诗歌进行创新的代表。

【原文】

轮台歌奉送封大夫出师西征①

岑参

轮台城头夜吹角②,轮台城北旄头落③。
羽书昨夜过渠黎④,单于已在金山西⑤。
戍楼西望烟尘黑⑥,汉兵屯在轮台北⑦。
上将拥旄西出征⑧,平明吹笛大军行⑨。
四边伐鼓雪海涌⑩,三军大呼阴山动⑪。
虏塞兵气连云屯⑫,战场白骨缠草根。
剑河风急雪片阔,沙口石冻马蹄脱⑬。
亚相勤王甘苦辛⑭,誓将报主静边尘⑮。
古来青史谁不见⑯,今见功名胜古人。

【注释】

①轮台:唐瀚海军府所在地(今新疆轮台)。歌,诗体名。奉送,即送行,奉是敬辞。封大夫:指封常清。天宝十三年,封常清受命为北庭都护、西伊节度、瀚海军使。大夫:御史大夫。唐制,节度使常摄御史大夫(封常清本年朝命摄御史大夫),虽是虚衔,但名位尊崇,唐人通例以最高职衔称对方。

②角:号角,军中吹角报时传令。

③旄头:即星宿中的昴宿。《史记·天官书》:"昴为旄头,胡星也。"古以为昴星主"胡人"之事,昴星(旄头)落喻"胡人"兵败。

④羽书:军中紧急文书,加羽毛以示紧急。渠黎:汉西域国名,在今新疆轮台东南。以汉代唐,非实指。

⑤单于:这里指"胡人"首领。金山:阿尔泰山,金山为汉时匈奴南略进兵处,此处亦非实指。

⑥戍楼:边防城楼。烟尘黑:指胡军来犯,声势汹汹。

⑦屯:驻守。

⑧上将:上将军,此指封常清。拥旄(máo):唐制,节度使赐旄节一对,称双节,出行时有骑者双持,夹路开道。

⑨平明：天刚亮。吹笛：唐军乐中有笛。

⑩伐鼓：击鼓。

⑪三军：左、中、右三军，指全军。

⑫虏塞：胡兵要塞。杀气连云屯：言杀气上薄云霄，凝固不开。

⑬剑河：《新唐书·回纥传》："青山东，有水曰剑河，偶艇以渡，水悉东北流。"沙口：地名。

⑭亚相：汉御史大夫为三公之一，地位仅次于宰相，故称亚相，后世沿用。封常清摄御史大夫，故此指封常清。勤王：操劳王事。

⑮报主：报效君主。

⑯青史：史册。古时削竹青为竹简，先用火炙使其出汁如汗，干后用以记事，故称史书为青史、汗青。

【经典原意】

深夜里，轮台城头吹起了整师待发的号角，轮台城北远望见象征胡运的昴星坠落。昨夜紧急军书飞快地传过了渠黎，报知单于军队已开到了金山以西。从戍楼向西望去只见烟尘昏黑，唐朝军队屯扎在轮台城北。上将手执着旄节西向出征，黎明时笛声响起大军出行。四面擂起了军鼓，震得雪海似波涛汹涌，三军高声呐喊，仿佛阴山也被撼动。敌营的杀气冲天，与天上的阴云相连，沙场上白骨散乱，上面还缠着草根。剑河边狂风呼啸，阔大的雪片飘飘，沙口大石酷冷，连马蹄都被冻脱。亚相封大夫勤于国事，不辞劳苦，立誓要扫清边尘，报效君主。古代功臣名垂青史，有目共睹，今天封大夫率军靖边，功名已胜过古人。

【当代阐释】

夸张的妙处

读罢岑参这首诗，给我们留下印象最深的诗句必定是"四边伐鼓雪海涌，三军大呼阴山动"，轮台为瀚海军首府，边塞重镇，岑参把重点放在对唐军出师声威的正面描写。因为伐鼓、大呼而能使"雪海涌"、"阴山动"，这就给我们一种全新的体验。这就是夸张的妙处。

同样,李白《北风行》写的是征人、思妇的传统主题,但他写边地苦寒是“燕山雪花大如席,片片吹落轩辕台”,征人战死,思妇的痛是“黄河捧土尚可塞,北风雨雪恨难裁”,记得今人黄永玉说过:其实古往今来的作家写的、画家画的也就那点东西,关键是看谁在写,谁在画。

清施补华评岑参说:“《轮台歌》‘四边伐鼓雪海涌,三军大呼阴山动’,《走马川行》‘轮台九月风夜吼,一川碎石大如斗,随风满地石乱走’、‘半夜行军戈相拨,风头如刀面如割’等句,兵法所谓其节短其势险也。”(《岘佣说诗》)唐殷璠曰:“(岑)参诗语奇体峻,意亦造奇。”(《河岳英灵集》)我们不难看出,岑参之奇,关键在于对典型特征的观察和捕捉,如“战场白骨缠草根”、“剑河风急雪片阔,沙口石冻马蹄脱”,加上对所写形象恰当的比喻,对描写对象的大胆夸张。

清翁方纲《石洲诗话》称:“嘉州之奇峭,入唐以来所未有。又加以边塞之作,奇气益出。风会所感,豪杰挺生,遂不得不变出杜公(杜甫)矣。”指出了岑参诗对“诗圣”杜甫的巨大影响,是一个非常重要的评价。

【原文】

前出塞九首(其六)

杜甫

挽弓当挽强①,用箭当用长。
射人先射马,擒贼先擒王②。
杀人亦有限,列国自有疆。
苟能制侵陵③,岂在多杀伤。

【注释】

①挽弓:拉开、开弓。

②擒:捉、拿。

③侵陵:即侵凌,侵犯欺负。

【经典原意】

拉弓要选择强弓去拉，用箭应当挑长箭去射，射敌人应先射马，捉拿敌人就应先捉首领。杀人也应该有个限度，各国都有自己的边界。如果有制止敌人的侵扰的好方法，哪里要靠在战争中多杀人呢？

【当代阐释】

善用兵者，无赫赫之功

这首脍炙人口的边塞诗，读来朗朗上口，富于韵律美和音乐感。

仇兆鳌《杜诗详注》引黄生的评论说："前四语似谣似谚，最是乐府妙境。"确实，前四句朗朗上口，气势奔腾，富于感染力，而用如此简洁的语言概括战争谋略，富于哲理，也是杜甫的大家手笔。

但这却不是杜甫诗歌的重点，真正的重点是后半部分。仇兆鳌《杜诗详注》说："为当时黩武而叹也。"唐玄宗承平日久，国力强盛，就好大喜功起来，积极于开边拓土，所以杜甫以"杀人亦有限，列国自有疆"警之。又，最高统治者或者贪功求赏的边将常常借口边疆敌人入侵而挑起战争，行开边拓土之实，或者有时边疆少数民族确有入侵掳掠的现象，统治者和边将常常借此将战争扩大化。有鉴于此，杜甫又进一步指出："苟能制侵陵，岂在多杀伤。"王嗣奭《杜臆》评论说："他人有前四句，必无后四句，兼此八句，方是仁者无敌之师，三代而下，谁复领此。"确实，杜甫此诗真正的目的和意义都在于后四句，前四句只是铺垫和起兴。

仇兆鳌《杜诗详注》又引黄生的评论说："战阵多杀伤，始自秦人，盖以首级论功，前代无是也。至出塞之举，则始于汉武帝，当时卫、霍虽屡胜，然士卒大半物故矣。明皇（唐玄宗）不恤其民，而远慕秦皇、汉武，此诗托讽良深。"战争中以杀伤敌人的数目多少来论功，加强了战争的残酷性，把战争的目的从"制侵陵"误导成了"多杀伤"，偏离了战争中的"义"的概念，模糊了正义战争与非正义战争的界线。汉代卫青、霍去病都是皇亲国戚，汉武帝以强大的国力给他们提供最优越的条件，他们在抗击匈奴时屡立赫赫战功，得到封爵赏赐无数，但从来少有人指出伤亡战士的庞大数目。而爱惜士卒,威震边陲,使敌人不敢入侵的飞将军李广却并无赫赫战功,反因小事屡遭处罚,与卫青一起出击匈奴时汉武帝特意交代不安排他正面对敌,卫青遂指令他绕远道,导致迷路,又以此为由处罚他。李广悲愤自杀,临死前说:"广结发与匈奴大小七十余战,今幸从大将军出接单于兵,而大将军又徙广部行回远,而又迷失道,岂非天哉?"一代名将以死表达自己的极度愤慨。"岂非天哉"理解为"岂非天子哉"可能更接近李广真正想说的话。可见卫青、霍去病等人确实是"一将功成万骨枯",而最高统治者的不公平和好大喜功导致有勇有谋、不靠杀伤的将领如李广反而抑郁下寮,冤屈难伸。

古人云:善用兵者,无赫赫之功。可惜有多少最高统治者能够理解,又有多少急于立功请赏升官得爵的边将愿意理解呢?

明乎此,杜甫这首《前出塞》的良苦用心就可以为我们所理解了。

【原文】

苦哉行五首(其二)

戎昱[1]

官军收洛阳[2],家住洛阳里[3]。
夫婿与兄弟,目前见伤死。
吞声不许哭,还遣衣罗绮[4]。
上马随匈奴[5],数秋黄尘里[6]。
生为名家女[7],死作塞垣鬼[8]。
乡国无还期,天津哭流水[9]。

【注释】

①戎昱:744～800年,唐代诗人。荆州(今湖北江陵县)人。少年举进士落第,游名都山川。后中进士。曾任侍御史、辰州刺史、虔州刺史等职。晚年在湖南零陵任职,流寓桂州而终。他是中唐前期比较注重反映现实的诗人之一。名作《苦哉行》写战争给人民带来灾难。亦有不少羁旅游宦、感伤身世的作品。存诗

125首，明人辑有《戎昱诗集》。

②官军：指唐王朝的军队。收洛阳：肃宗宝应元年(762年)十月以回纥兵为先锋，唐军收复洛阳。虽然洛阳回到唐王朝手中，但根据事先约定，唐王朝却须以允许回纥兵纵情掳掠作为回报，使百姓付出沉重的生命和财产的代价。

③里：里巷。

④遣：教、吩咐。衣(yì)：穿。罗绮(qǐ)：有纹彩的丝织品。

⑤匈奴：借指回纥。

⑥数秋黄尘里：此后数年将要在黄尘弥漫的旅途上奔波。这两句和下两句是女子对今后的设想。

⑦名家女：名门贵族的女儿。

⑧塞垣(yuán)：边塞的围墙。塞垣鬼：指死于塞外。

⑨天津：桥名，在洛阳城外。

【经典原意】

朝廷的军队收复了洛阳，我家就住在洛阳的里巷。帮助朝廷收复失地的回纥兵得到允许纵情掳掠，我眼看着丈夫和兄弟被砍伤杀死。我被回纥兵抢夺而去，因为他们不许我哭，我只好无声地伤悲。亲人死去，他们却还强迫我穿上鲜艳华丽的衣服。此后必定将要在马上跟着回纥兵回他们的家乡，几年都将在黄尘迷漫的路上奔波。我本是名门之女，却将死作塞外之鬼。想到再也不可能回到自己的家乡，我不禁在洛阳城外的天津桥边面对流水泪如雨下。

【当代阐释】

家天下的肮脏

唐王朝走向没落腐朽，是从斗鸡走狗、沉湎歌舞、好色荒淫、任用奸臣、宠信安禄山的唐玄宗开始的。唐玄宗时期虽然是唐朝鼎盛时期，但唐玄宗后期的种种倒行逆施却给唐王朝埋下了极大的隐患，最终导致玄宗天宝十四年(755年)爆发了令唐王朝一蹶不振的“安史之乱”。历经8年，至763年，总算是平定了安史之乱。安史之乱是藩镇叛乱，这是终唐之世也没能解决的大患。唐玄宗慌慌张张逃往四川后，宦官出计让唐肃宗在灵武即位，这就又进一步加重了唐王朝另一个致命的祸患——宦官专权。

在收复两京——长安、洛阳的过程中，唐王朝两次借回纥兵，导致长安、洛阳在为唐王朝收复后又一次遭受回纥兵的洗劫。

第一次发生在唐肃宗至德二年。《资治通鉴·唐肃宗至德二年》载："初，上（唐肃宗李亨）欲得西京，与回纥约曰：'克城之日，土地、士庶归唐，金帛、子女皆归回纥。'"唐王朝不惜以老百姓的生命和财产为交易条件，来换取自身的生存。

第二次发生在唐代宗宝应元年（公元762年）。

758年，史思明杀安庆绪，自称大燕皇帝，并于公元759年五月，从李光弼手中，夺取了洛阳，史思明占据洛阳不久，就被自己的儿子史朝义所杀。

宝应元年（公元762年）十月代宗任命雍王李适为统兵元帅、朔方节度使仆固怀恩为副元帅，又向回纥借兵10万，再次收复被叛军占据的洛阳。

本诗即写洛阳第二次陷落后被收复，洛阳受回纥兵洗劫的情况。

《资治通鉴》载：肃宗宝应元年（762年），"回纥入东京，肆行杀略，死者万计，火累旬不灭。朔方、神策军亦以东京、郑、汴、汝州皆为贼境，所过虏略，三月乃已。比屋荡尽，士民皆衣纸。回纥悉置所掠宝货于河阳，留其将安恪守之。"唐王朝的朔方军将士大多是胡人，神策军则以汉人为主，他们也跟着回纥兵烧杀掳掠起来。老百姓成了最大的受害者。

从这段记载可以看出，不仅回纥兵的杀略令人发指，更惊人的是唐朝官兵也同样进行抢掠。帮助唐朝的回纥兵，唐朝自身的军队以及安史之乱的叛军，在对百姓烧杀掳掠方面并无二致。

戎昱《苦哉行》选取了一个女子的遭遇和视角，让我们窥一斑而见全豹。"夫婿与兄弟，目前见伤死"见杀戮之惨，"生为名家女，死作塞垣鬼"见身世之悲。

这就是家天下的肮脏。安史叛军反叛的目的，是抢夺皇帝的位置，抢夺皇权带来的一切好处。唐王朝拼死保护的，也是其一姓的利益，天下不过是他李家的私产，所以可以用人民的生命和财产肆行交易。

家天下令皇帝一己之私欲达到最大的满足，也是对民权、民生的最严重践踏。这就是为什么袁世凯当上了民国的总统却还要倒行逆施地换当皇帝的真正原因，这也是为什么全国上下齐心协力反对袁世凯称帝，使他只可笑地当了短短81天皇帝的原因。

【国学故事】

唐王朝收复洛阳的肮脏交易

唐肃宗时期，回纥毗加阙可汗遣使为儿子登里求婚，肃宗舍不得宗室女，遂命朔方军铁勒族将领仆固怀恩将女儿嫁给登里。长安、洛阳失陷后，唐军与叛军相持不下。于是，肃宗用郭子仪计谋，派使者刘清潭游说回纥出兵助战（此时登里已经继位）。不想登里可汗为史朝义的使者所诱，已经出兵进入唐境内的受降城，唐王朝危在旦夕！肃宗得报，立即派仆固怀恩赴回纥，让他们翁婿相见谈条件。于是达成了一笔肮脏交易。

《资治通鉴》载：肃宗至德二载（757年），“九月……大军入西京（长安）。初，上（唐肃宗李亨）欲得西京，与回纥约曰：‘克城之日，土地、士庶归唐，金帛、子女皆归回纥。’至是，叶护（回纥军的统帅）欲如约。广平王李俶（肃宗子）拜于叶护马前曰：‘今始得西京，若遽俘掠，则东京之人皆为贼固守，不可复取矣，愿至东京（洛阳）再如约。’叶护惊跃下马答拜，跪捧王足，曰：‘当为殿下径往东京。’即与仆固怀恩引回纥、西域之兵自城南过，营于浐水之东。”

从这段对话中，可以看到长安人民因李俶的请求而免遭回纥军队的洗劫蹂躏。而随后收复的洛阳的老百姓就不那样幸运了。

唐代宗宝应元年（762年），唐王朝再次借回纥兵收复洛阳。洛阳再一次在遭受安史乱军的蹂躏后，遭遇回纥兵和官军的烧杀洗劫。

【文化常识】

安史之乱

安史之乱是中国历史上一次重要的事件,是唐朝由盛而衰的转折点。安指安禄山(及其儿子安庆绪),史指史思明(及其儿子史朝义),安史之乱是指他们起兵反对唐王朝的一次叛乱。安史之乱自唐玄宗天宝十四年(755年)至唐代宗宝应二年(763年)结束,前后达8年之久。这次历史事件,是当时社会各种矛盾所促成的,对唐朝后期的影响尤其巨大。

安史之乱的原因是多方面的,是各种社会矛盾的集中反映,主要包括统治阶级和人民的矛盾,统治者内部的矛盾,民族矛盾以及中央和地方割据势力的矛盾等等。其中与唐玄宗怠政及信用奸臣有极大关系。

【原文】

雁门太守行①

李贺

黑云压城城欲摧②,甲光向日金鳞开③。
角声满天秋色里④,塞上燕脂凝夜紫⑤。
半卷红旗临易水⑥,霜重鼓寒声不起⑦。
报君黄金台上意⑧,提携玉龙为君死⑨。

【注释】

①《雁门太守行》:乐府《相和歌·瑟调曲》旧题,多写边塞征战之事。雁门:郡名,在今山西大同东北一带。行:古诗的一种体裁。

②黑云:比喻敌军聚集如云,战争形势严峻。摧:毁,毁坏。

③甲光:铠甲迎着太阳闪出的光。金鳞:形容铠甲闪光如金色鱼鳞。开:发光。

④角:军中所吹的号角。

⑤塞上燕(yān)脂凝夜紫:长城附近多紫色泥土,所以叫做“紫塞”,这里写斜

晖掩映下，塞上泥土紫色更浓，犹如胭脂。燕脂：即胭脂，深红色。

⑥临：抵达。易水：水名，在今河北易县境内，战国时荆轲去刺秦王，燕太子丹及众人曾送至易水边作别。

⑦声不起：声音不响，这里形容鼓声低沉。

⑧黄金台：战国时燕昭王筑台，上面放着千金，用来招揽人才。

⑨玉龙：宝剑的代称。

【经典原意】

敌军似乌云压境，危城随时可能被摧垮；阳光照射在鱼鳞一般的铠甲上，金光闪闪。荒寒的秋景中，遍地响起军号，号声直冲云霄；塞上紫色的泥土在夜色中更犹如胭脂般浓艳。红色军旗半卷，部队开发到易水边；秋霜浓重，寒气中鼓声低沉，扬不起来。为了报答国君的赏识和托付，我将持剑血战到死！

【当代阐释】

敌众我寡的决战

大兵压境，敌众我寡，危城将破。战士整装，凛然无畏，斗志昂扬。角声满天，双方交战，从日到夜，血流遍野。

这是诗的前半段，长城古有“紫塞”之称，但描绘塞土赤紫，已令人想到战血；于“紫”前加一“凝”字，更强化了这种联想。显然这里诗人是有这一象征性含义的。

后半段忽然写红旗半卷，兵临易水，有的学者解释为援兵已到，投入战斗，有的则说敌退我追，直达易水，前进受阻，双方背水一战。应以后说为佳。但这里的易水未必是实指，而是用荆轲刺秦王，众人易水送别，荆轲自知必死，慷慨悲歌“风萧萧兮易水寒，壮士一去兮不复还”的典故，与后句“霜重鼓寒声不起”的自然环境，一起暗示战争形势的极端严峻，战士难以生还。红旗半卷，喻死伤过半，兵气不扬；霜重鼓寒，除了承“塞上燕脂凝夜紫”的时间，表明夜更深外，还象征战争情势更残酷。

“报君黄金台上意，提携玉龙为君死”，细品诗句，不应是写普通战士，而是写君主与主将之间的情意。君主重用贤才，主将誓死报国。此时主将亲自提剑上阵，誓作殊死战斗，则大敌当前，难有胜算，已可推知。“黄金台”和“玉龙”也含有象征意义。黄金最贵重，白玉最无瑕，金情玉意，令人感动。

战争的结局诗人没有明言，但“易水”的典故，“死”的字眼，已做了很多暗示。

这很容易令人想起张巡、许远在安史之乱中誓死保卫睢阳的血战，也不排除诗人以此为素材的可能。

这也很容易令人想起屈原《九歌》中的《国殇》：战争失败了，战士全部为国捐躯，但其英雄气概久久在天地间徘徊。杜牧说李贺诗是“骚之苗裔”，可谓独具慧眼，李贺确实承袭了《楚辞》的形神风骨。

清代沈德潜评论此诗：“字字锤炼而成，昌谷集中定推老成之作”（《唐诗别裁集》），确实如此，寿仅27岁的李贺写出如此雄浑奇丽之作不能不令人惊讶。

唐张固《幽闲鼓吹》记载，李贺带着诗歌去拜访韩愈，韩愈当时是东都洛阳的国子博士，送客回来正困极了，门人把李贺的诗歌卷子呈给他看。他解开衣带不打算见客了，随手拿起诗卷来看，第一篇就是《雁门太守行》。才看到“黑云压城城欲摧，甲光向日金鳞开”两句，他就立即束上衣带，让门人把李贺请进来。可见这首诗歌，李贺本人最重视，文坛韩愈也一眼就看出其不同凡响。

李贺诗歌，意象新奇，设色鲜明，风格奇险，感情凄凉沉郁，想象丰富而奇特，擅用比兴，象征，隐喻，反衬等手法，在中唐诗坛甚至在整个中国诗歌史上都是别具一格的。晚唐杜牧评论李贺诗：“云烟绵联，不足为其态也；水之迢迢，不足为其情也；春之盎盎，不足为其和也；秋之明洁，不足为其格也；风樯阵马，不足为其勇也；瓦棺篆鼎，不足为其古也；时花美女，不足为其色也；荒国陊殿，梗莽丘陇，不足为其恨怨悲愁也；鲸呿（qū）鳌掷，牛鬼蛇神，不足为其虚荒诞幻也。盖骚之苗裔。”杰出的诗人用诗性的语言来评论另一个杰出的诗人，可以给我们很多启发。

【国学故事】

睢阳之战

至德二年(757年)，安庆绪命尹子奇率兵13万攻打睢阳(今河南商丘市南)，唐守将许远向守卫雍丘(今河南杞县)、宁陵的张巡求援，张巡自宁陵率兵进入睢阳城，与许远共同坚守。二人齐心协力，张巡指挥战斗，许远调集军粮，修造战具，唐军只有6 000余人，但却士气百倍，昼夜苦战，有时一天作战20次，杀敌2万余人，尹子奇率军回撤。

三四月间，尹子奇再度围攻睢阳。张巡杀牛犒军，士卒感奋，奋力出战。叛军见唐军人少，麻痹轻敌，张巡率军直冲敌阵，杀叛将30余人，士兵3 000人，追杀数十里，大获全胜。

此后双方相持于睢阳，张巡命令士兵夜间在城上列队击鼓，作出要交战的样子，叛军一夜不敢休息，唐军则在白天息鼓休整。如此数日，尹子奇不复防备，张巡率领勇将南霁云、雷万春10余将突袭敌营，直冲到尹子奇大帐，杀敌将50余人，叛兵5 000人，南霁云一箭射中尹子奇左眼，险些把他活捉，尹子奇率兵撤围。

七月，尹子奇第三次围攻睢阳，唐军因伤亡无法补充，又无援兵，城中粮食也用完，张巡只好固守拒敌。叛军用云梯、木驴、土囊攻城，张巡随机应变，千方百计破敌，迫使尹子奇做长期围困的计划。由于数月苦战，唐军只剩600人，孤立无援。张巡命南霁云赴临淮(今安徽泗县东南)向贺兰进明求援，但贺兰进明忌妒张巡成功，拒不发兵。南霁云断指立誓，表达对贺兰进明的不满。叛兵见援兵不到，城中鼠雀都被网罗以尽，攻城更急，唐军将士力竭不能出战，城遂失陷。张巡、南霁云、雷万春等36将被害，许远押赴洛阳，后被叛军所杀。

睢阳保卫战，牵制了叛军大量兵力，对扭转安史之乱中唐军战局起了重要作用。张巡、许远、南霁云等抗击叛军的事迹，惊天地泣鬼神，为人们千古传颂。

【原文】

逢病军人

卢纶[1]

行多有病住无粮，万里还乡未到乡。

蓬鬓哀吟古城下[2]，不堪秋气入金疮[3]。

【注释】

①卢纶：约737～约799年，字允言，唐代诗人，大历十才子之一，河中蒲（今山西省永济县）人。天宝末举进士，遇乱不第；代宗朝又应举，屡试不第。大历六年，宰相元载举荐，授阌乡尉；后由王缙荐为集贤学士，秘书省校书郎，升监察御史。出为陕府户曹、河南密县令。后元载、王缙获罪，遭到牵连。德宗朝复为昭应令，又任河中浑瑊元帅府判官，官至检校户部郎中。在大历十才子中，他成就最高，去世最晚，对改变当时文体、诗风的影响很大。

②蓬鬓：乱蓬蓬的头发。

③金疮：兵刃所致的疮伤。

【经典原意】

行走的路途长远了，又正生着病，想要就地住下又粮食将尽。万里迢迢地想要回到家乡，至今还没有走到。战场上兵器留下的旧伤口，这时因秋天的寒气引发，痛得实在难以忍受，他蓬头垢面地在古城墙下痛苦呻吟。

【当代阐释】

从一粒沙里折射出来的

从“逢病军人”的诗题可以看出，这是作者亲历目见的事实，而且作者和可能与这个病军人直接交谈过，所以能写得这么真切具体。

这是个军人，曾经沙场拼杀并负伤。他是一个幸存者，可以想见，他无数的战友已经抛尸战场了。

但活下来了又如何呢？这个退伍的军人，带着不多的钱财和粮食万里还乡，走到此地，已是弹尽粮绝。寒风中，他缺衣少食，身患重病，实在无力前行，但更无财力住下。更为难堪的是，战场旧伤一遇秋天的寒气就痛不可忍，此时他也顾不上什么面子不面子了，靠着古城墙就大声呻吟起来。他呻吟的除了身上的伤病，还有心中的焦虑和悲愤。拼杀疆场，却落得连还家都成了一个奢侈的梦。有谁知道，自己会不会随时就倒毙路边呢？不用说，回去面对的也仍是破落穷愁，但家乡、亲人，至少是寒风中唯一的温暖，但这点温暖是否能让自己坚持到万里归家呢？只有天知道。

一沙一世界，其他的军人如何呢？卫国幸存的战士待遇尚且如此，广大底层老百姓的生活如何呢？

【文化常识】

大历十才子

唐代宗大历年间十位诗人所代表的一个诗歌流派。据姚合《极玄集》和《新唐书》载：大历十才子为：卢纶、钱起、司空曙、吉中孚、韩翃、苗发、崔峒、耿湋、夏侯审、李端。他们的共同特点是偏重诗歌形式技巧。他们大都以王维为宗，歌颂升平、吟咏山水、称道隐逸是其诗歌的基本主题，内容上比较狭窄。唐诗僧皎然在他《诗式》评道："大历中词人，窃占青山、白云、春风、芳草等为己有。"但他们在仕途失意和战乱宦旅生活中，也间有反映现实和体验真实的作品。他们都擅长五言近体，善写自然景物及乡情旅思等，语词优美，音律协和，时有警句而往往全篇欠佳。其中以钱起、卢纶成就较高。

【原文】

陇西行[①]四首（其二）

陈陶[②]

誓扫匈奴不顾身，五千貂锦丧胡尘[③]。
可怜无定河边骨[④]，犹是春闺梦里人。

【注释】

①陇(lǒng)西行:古乐府《相和歌辞·瑟调曲》。

②陈陶:约812~885年,字嵩伯,剑浦(今福建南平市)人。大中初举进士不第,乃遍游名山,自号"三教布衣"。后隐居洪州(今南昌)西山。擅长绝句,多写征戍别离,凄婉深沉。有《陈嵩伯诗集》。《全唐诗》录存其诗二卷,但混有南唐陈陶及他人作品。

③貂锦:汉代羽林军穿貂裘锦衣,后遂用貂锦代指战士。刘禹锡《和白侍郎送令狐相公镇太原》:"天兵十万貂锦衣。"

④无定河:源出内蒙古鄂尔多斯,东南流经陕西横山、绥德等县,至清涧县入黄河。因急流挟沙,深浅无定,故名。

【经典原意】

立誓要扫荡匈奴,好男儿奋不顾身。敌势强大,众将士命丧胡尘。可怜那无定河边的累累白骨,还是妻子们春夜里的梦中之人。

【当代阐释】

露骨的残酷,反战的洪钟

唐代自安史之乱以后,国势衰微,边境少数民族不断侵扰,战争频繁,驻守边地的将士英勇抗敌,身死沙场,遂使妻子寡守空闺,乃当时常有之事。而历代写战争的残酷、战士为保家卫国奋不顾身、思妇的痛苦的诗篇,也都累累不计其数。但此诗独成脍炙人口的名篇,主要是因为后两句的精警动人。累累白骨散乱满地,而无人收拾,本来就惨绝人寰,"五千貂锦"一变而为河边白骨,可见战士牺牲已久,而家中妻子却还完全不知情,此又一惨淡之情。妻子因为思念而不能见,遂形成梦中之影,哪里知道所爱之人与终生之依靠早已化为白骨!读此能不凛然生寒?

此诗所以感人至深,就在于以最温暖、最浪漫的人伦之情,与最寒冷、最残酷的战争之性摆在了一起,其对比唤醒人类最柔软的人性,最基底的良知。

反战情绪历代都有。但老百姓在保家卫国的大义面前从来都是深明义理的，“誓扫匈奴不顾身”一语道破，百姓已经无论如何也无可指责了。那么谁使百姓罹此奇殃？怎样才能使百姓离此奇殃？这大概是诗人在诗句背后想要说的吧。本诗虽然后两句是重点，但前面的渲染亦极其重要、不可分割。

诗歌的后两句，使这首诗成为历代反战题材诗歌中的最强音，所谓响鼓重锤、洪钟巨响。刘拜山《千首唐人绝句》评此诗说：“下二句措词警辟，唱叹有神，故为千载传诵。”所评至当。

五、念天地之悠悠，独怆然而涕下
——感时抚事的咏怀诗

【导读】

失意的怅惘与得意的狂喜

咏怀诗，就是吟咏抒发诗人怀抱情志的诗。它主要表现诗人对于现实的体悟和思考、对自我的反省和拟想。

唐以前咏怀诗已经代有佳作，最突出的如晋阮籍《咏怀诗》八十二首，南北朝庾信《拟咏怀》二十七首，都达到了很高的成就。

唐代的咏怀诗，几乎不再表明咏怀二字，但却得到了极大的发展，可以说是数量最多、成就最高的一类诗。文学是人学，因此，反映诗人对社会和个人命运思考的咏怀诗自然占突出的地位。

唐代的咏怀诗，主流思想仍是积极入世的儒家思想，因此忧国忧民、表达建功立业的抱负以及因为政治、时事的挫折而难以实现建功立业的理想而表现出来的焦灼是咏怀诗的重要主题。虽然道教和佛教在唐代的影响也很大，但消极避世和远离尘世的思想并不是主流，隐逸、漫游、求仙、放纵、沉醉等避世或消极的思想更多表现出的不过是牢骚而已，是受伤后的喘息，是碰壁后的迂回，最终的目的或曰骨子里的思想底色还是安邦治国，个人理想与国家大业的完美结合仍几乎是每一个有社会责任感的诗人的最高理想。而一个没有社会责任感的诗人是成不了杰出的诗人的。

咏怀诗因为是心志的直接流露，因此最动人。

陈子昂“前不见古人，后不见来者。念天地之悠悠，独怆然而涕下”（《登幽州台歌》）表现的千古寂寞打动了无数孤独失志者的心。

高适“拜迎官长心欲碎，鞭挞黎庶令人悲”（《封丘作》）也道出了自古以来还有自尊、有悲悯之心的风尘作吏的下层官吏的心灵煎熬。高适使我们想起陶渊明的不为五斗米折腰，想起了杜甫的弃官流离。

李白的“闲来垂钓坐溪上，忽复乘舟梦日边”（《行路难》其一）也道出了许许多多隐居、漫游者的共同心理，他们身闲心不闲，身在江湖、心存廊庙，一刻也没有忘却治国、平天下的政治理想。

杜甫的“万里悲秋常作客，百年多病独登台”(《登高》)对时事艰难的悲愁感慨，对壮志未酬的无限憾恨令读者动容。柳宗元“风波一跌逝万里，壮心瓦解空缧囚”(《冉溪》)的关于政治失败和壮志重创的抒写引发读者的心灵震撼。刘禹锡“怀旧空吟闻笛赋，到乡翻似烂柯人”(《酬乐天扬州初逢席上见赠》)，长期的贬谪、挚友的亡故、恍若隔世的实感都让读者感同身受。

唐代优秀的咏怀诗描写的几乎都是失意的怅惘和壮志难酬的悲慨，因为人生本来“不如意事常八九”，而封建王朝的政治又每每风波险恶，何况许多优秀的诗人还身处万方多难时期，要实现个人价值实现与治国安邦的理想完美结合，谈何容易！

正因为如此，表现得意的喜悦的咏怀诗就相对很少，杜甫“却看妻子愁何在，漫卷诗书喜欲狂”(《闻官军收河南河北》)的情绪是多么珍贵，这片刻的狂喜是长期忧愁压抑的瞬间释放，是“初闻涕泪满衣裳”后含泪的笑。因此孟郊那首表现中举的狂喜的《登科后》，也显得十分难得，尽管有人非议他的毫不掩饰，但唐诗是多么需要这样大胆坦率地抒发喜悦啊，因为喜悦如此来之不易！何况它确实有很高的艺术性呢？并且这是长期压抑后的释放，而孟郊此后也总是陷在人生的苦闷之中，这样一首诗就更显其珍贵了。

唐代咏怀诗对宋代影响是很大的。宋代的咏怀诗在唐代的基础上加入了更多理性的成分，但积极入世、关心国计民生、追求个人的自我实现仍然是一贯的主题。

【原文】

登幽州台歌[①]

陈子昂

前不见古人[②],后不见来者。
念天地之悠悠[③],独怆然而涕下[④]。

【注释】

①武则天万岁通天元年(696 年)子昂随建安王武攸宜进兵契丹,以右拾遗身份参谋军事。本诗作于此时。幽州台:即黄金台,为战国燕昭王所建。昭王曾置千金于台上,广纳天下贤士,其后乐毅、邹衍、剧辛等贤才纷纷至燕辅佐昭王,燕国因之振兴。幽州:古九州之一,在今河北一带。唐时幽州治所为蓟,故城在今北京西南。

②古人:指燕昭王那样的贤君。

③悠悠:无尽。

④怆(chuàng)然:伤感的样子。“然”:词尾。涕:这里指眼泪。

【经典原意】

见不到往昔招贤的英主,见不到后世求才的明君。想到那宇宙的无穷无尽,我站立在黄金台上,不禁落下泪水独自伤心!

【当代阐释】

孤独的人生悲歌

武则天万岁通天元年(696 年),建安王武攸宜奉命征讨契丹,陈子昂随军参谋军事。武攸宜出身亲贵,不晓军事,陈子昂曾献奇计,又曾屡屡进言,皆不被采纳,于是登幽州台而作此歌。

“前不见古人,后不见来者”,无穷无尽的时间里,“我”是孤独的,“天地悠悠”,浩渺无垠的空间里,“我”是孤独的。这种孤独是历代不得志、不得遇的仁人志士所共有的,唯其如此,“我”才更加孤独,因为这种孤独是无法解决的。

燕昭王筑黄金台的事亘古难遇，而我不得遇；或许后世还有能使用人才的明君贤臣，而我不得遇。念此怎能不怆然而泪下?!

自古有才华、有志向、有素养、有道德的人常常是孤独的，因为现实常常难以与自己相契合，由此才生出种种痛苦和烦恼，并常常进而形之于创作。

但他们往往一生都没有停止探索和努力，于是或者终于实现理想，惠泽当世，或者凝结成不凡的思想和篇章，泽被后世。

陈子昂正因为发出这样痛苦而孤独的人生悲歌，才成就了一个名传千古的陈子昂，使我们今天仍然得到他的启发和益处。

【原文】

封丘县①

高适

我本渔樵孟诸野②，一生自是悠悠者③。
乍可狂歌草泽中④，宁堪作吏风尘下⑤。
只言小邑无所为，公门百事皆有期⑥。
拜迎官长心欲碎，鞭挞黎庶令人悲⑦。
归来向家问妻子，举家尽笑今如此。
生事应须南亩田⑧，世情付与东流水。
梦想旧山安在哉⑨，为衔君命且迟回⑩。
乃知梅福徒为尔⑪，转忆陶潜归去来⑫。

【注释】

①天宝八年(749 年)秋，高适任封丘(今属河南)尉。《旧唐书·高适传》："宋州刺史张九皋深奇之，荐举有道科。时右相李林甫擅权，薄于文雅，惟以举子待之。解褐汴州封丘尉，非其好也。"尉：位在县令之下，主督捕盗贼。诗题一作《封丘作》。

②渔樵：打渔砍柴。孟诸：古大泽名，在今河南省商邱县南北一带。《尔雅·

释地》:"宋有孟诸。"高适出仕前曾在这里住过很长时间。野:野外。

③悠悠:悠闲,无拘束。

④乍可:只可。

⑤宁堪:怎能忍受。风尘下:风尘之中,古代做官,要回避原籍,因有"风尘吏"的说法。

⑥期:日程,期限。

⑦黎庶:平民百姓。

⑧生事:生计。南亩:田亩的泛称。

⑨旧山:家山,故乡。

⑩衔君命:奉君之命。迟回:踟蹰,徘徊,欲去而又未去。

⑪梅福:字子真,西汉末寿春人,曾为南昌尉,后弃官归家,隐居读书。王莽时抛弃家室,变姓名,为吴市门卒。事见《汉书·梅福传》。徒为尔:只是为了这个缘故。尔:此。

⑫陶潜归去来:陶潜为彭泽令,郡督邮将至,例应束带谒见。潜叹息曰:"我岂能为五斗米,折腰向乡里小儿!"于是辞官归,作《归去来辞》以寄意。事见萧统《陶渊明传》。这句表示要弃官归田。

【经典原意】

我本在孟诸大泽那儿打渔砍柴,一生过的是无拘无束的生活。只可在路上、水上放歌长啸,怎能忍受风尘碌碌地作一个小吏呢?当初被授予封丘县尉的官职,我只说小小县城没有什么事可做,谁料想衙门里凡百事件都有规定的期限。每每要拜迎长官令我孤高的心感觉难以承受,经常在办公务的过程中要鞭打老百姓也让我感觉伤悲。回到家里我把这些情况告诉妻子儿女,全家人都笑了,说现在的情况都是这样。我想我还是适于种田谋生,而把这些官场俗务抛到一边。我常常梦想我过去打渔砍柴时所熟悉的山还在吗?只是还身负朝廷的职责而徘徊未去。现在我终于知道西汉的梅福就是这个缘故才弃官归隐,我也不由转而想起并羡慕陶渊明能毫不犹豫地弃官归田。

【当代阐释】

良知的拷问，天性的呼唤

高适初作封丘县尉，想不到公事如此繁琐，更难以忍受的是，出于惯例和需要，经常要鞭打老百姓。这对于充满悲悯的高适的心是一个极大的折磨。遵循惯例吧，承受不住良知的拷问，是心灵煎熬；不依惯例吧，对付不了公事的催逼，有渎职之嫌。诗人表达了对于百姓的同情和内心的矛盾痛苦。

高适还有一个矛盾是，官场的森严规矩、等级制度、拘束限制都令他渴望尊严、热爱自由的心受到折磨，他时时感受到天性对回归的呼唤。

身为官场中人，而把这种种矛盾揭示出来，既需要勇气，也需要良好的道德修养和纯洁的天性，当然，还有写诗的高超的语言能力。

这就是我们敬佩高适的地方。

【原文】

行路难①三首（其一）

李白

金樽清酒斗十千②，玉盘珍羞直万钱③。
停杯投箸不能食，拔剑四顾心茫然④。
欲渡黄河冰塞川，将登太行雪满山⑤。
闲来垂钓坐溪上，忽复乘舟梦日边⑥。
行路难，行路难，多岐路⑦，今安在？
长风破浪会有时⑧，直挂云帆济沧海⑨。

【注释】

①《行路难》：乐府《杂曲歌辞》旧题，内容多写世路艰难的人生感慨。本诗天宝三年（744 年）李白离开长安后所作。

②金樽（zūn）：饰以黄金的精美酒器。清酒：美酒。未经过滤的劣酒称为浊

酒。斗十千:一斗酒值一万钱,形容酒价的昂贵。

③珍羞:珍贵的菜肴;羞:同"馐。直:同"值"。

④"停杯"二句:鲍照《拟行路难》"对案不能食,拔剑击柱长叹息。丈夫生世会几时,安能蹀躞垂羽翼?"此化用其意。箸:筷子。茫然:渺茫而无着落貌。

⑤"欲渡"二句:比喻人生道路中的事与愿违。鲍照《舞鹤赋》:"冰塞长川,雪满群山。"太行:即太行山,在今山西、河北、河南交界处。

⑥"闲来"二句:传说姜尚未遇周文王时,曾在磻溪(今陕西宝鸡东南)钓鱼;伊尹见汤之前,梦舟过日月之边。这里把两个典故合用,表示人生遭遇的变幻莫测。

⑦岐路:岔路。岐:通"歧"。

⑧长风破浪 :比喻宏大的抱负得以舒展。南朝宋宗悫少时,叔父宗炳问其志,答曰:"愿乘长风破万里浪。"(见《南史·宗悫传》)会:当。

⑨云帆:指航行在大海里的船只。因天水相连,船帆好像出没在云雾之中。《论语·公冶长》第五:"道不行,乘桴浮于海。"本句化用其意。

【经典原意】

金杯里的美酒价钱极高,玉盘中珍奇的菜肴价值万钱。可面对盛宴我停杯放筷不能下咽,拔出宝剑四面环顾心中茫然。我想渡过黄河,却冰塞河川,我想登上太行,却大雪封山。姜尚未遇文王时曾在碧溪垂钓,伊尹受商汤聘用前忽梦乘舟经过日月旁边。行路难啊行路难,岔路多啊我要走的路在何方?总有一天我要如乘长风破巨浪似地实现我的理想,然后功成身退,扬云帆入沧海去尽享那无羁的自由。

【当代阐释】

功成身退的理想与行路难的现实

功成身退是李白的一贯理想,在李白诗中有多次表述。如"功成拂衣去,摇曳沧洲旁"(《玉真公主别馆苦雨赠卫尉张卿》),这里功成拂衣用的是鲁仲连的典故。鲁仲连,战国齐人,为赵退秦,功成不受赵国平原君之封赏,说:"所贵于天下之士者,为人排患难解纷乱而无取也;即有取也,是商贾之事也,而连不忍为也。"拂衣辞别而去。后又助齐将田单收复聊城，亦为逃功名隐海上，说："吾与(其)富贵而诎于人，宁贫贱而轻世肆志也！"李白对鲁仲连既能建功立业而又鄙弃世俗功名利禄的行为和品行十分钦佩，多次形于歌咏，其中《古风》之十乃专咏其事："齐有倜傥生，鲁连特高妙。明月出海底，一朝开光曜。却秦振英声，后世仰末照。意轻千金赠，顾向平原笑。吾亦澹荡人，拂衣可同调。"

这首诗作于天宝三年(744 年)诗人初离长安之时。本诗表现了诗人怀才不遇、被谗去官的痛苦、迷惘和愤慨。

李白的理想始终是为帝王师，所以诗中用了两个典故：姜太公钓鱼和伊尹梦舟过日月，这两个人物分别是辅佐周王朝和商王朝开国之君，并取得成功的典范。他也曾经看到了实现理想的一线曙光："揄扬九重万乘主，谑浪赤墀青琐贤。朝天数换飞龙马，敕赐珊瑚白玉鞭。"玄宗的宠信使李白感觉实现理想的机遇就在眼前。可惜此时的玄宗并不想要励精图治，而是沉迷歌舞声色。朝廷早已是小人当道，进入朝廷不足 3 年的李白被迫遭谗去职，"五噫出西京"，心情极为沉重："君王弃北海，扫地借长鲸。……心知不得语，却欲栖蓬瀛。弯弧惧天狼，挟矢不敢张。揽涕黄金台，呼天哭昭王。……乐毅倘再生，于今亦奔亡。蹉跎不得意，驱马还贵乡。"(《经乱离后天恩流夜郎，忆旧游……》)

他在《答高山人兼呈权顾二侯》中表现了极为矛盾的心态："谗惑英主心，恩疏佞臣计。彷徨庭阙下，叹息光阴逝。"一方面还寄情于玄宗的开悟，还有再次被征召的幻想，一方面痛恨小人误国，一方面焦灼于时光易逝而功业难成。本诗中"拔剑四顾心茫然"的迷惘，"行路难，行路难，多歧路，今安在"的痛苦呐喊，就是这种心态的反映。这种迷惘和痛苦，是历代命运多舛、壮志难酬之士的共同心境，也是每个身处逆境的人的强烈心声，因而能引起人们的强烈共鸣。

但李白并没有就此消沉下去，结尾复又振起，"长风破浪会有时"，用宗悫"愿乘长风破万里浪"的典故，来说明自信终有一天，能乘风破浪，实现理想，随后"直挂云帆济沧海"，挂帆江海，不为世网所制，实现其"功成拂衣去，摇曳沧洲旁"(《玉真公主别馆苦雨赠卫尉张卿》)、

"挂帆秋江上,不为云罗制"(《答高山人兼呈权顾二侯》)的人生设计。由此可以看出:李白始终对统治者保持清醒的头脑,他把济世报国与服务最高统治者、建功立业与周旋官场分的清楚。

近人高步瀛云:"悲感至极而以豪语出之,此太白本色。沉痛语以骏快出之,此是太白本色。"(《唐宋诗举要》)这一评价,对我们理解李白《行路难》,是极有帮助的。

【原文】

将进酒①

李白

君不见黄河之水天上来②,奔流到海不复回。
君不见高堂明镜悲白发,朝如青丝暮成雪③。
人生得意须尽欢,莫使金樽空对月④。
天生我材必有用,千金散尽还复来⑤。
烹羊宰牛且为乐,会须一饮三百杯⑥。
岑夫子,丹丘生⑦,将进酒,杯莫停。
与君歌一曲,请君为我侧耳听。
钟鼓馔玉不足贵⑧,但愿长醉不复醒。
古来圣贤皆寂寞⑨,惟有饮者留其名。
陈王昔时宴平乐⑩,斗酒十千恣欢谑⑪。
主人何为言少钱,径须沽取对君酌⑫。
五花马,千金裘⑬,
呼儿将出换美酒,与尔同销万古愁。

【注释】

①将(qiāng)进酒:汉乐府旧题,属《鼓吹曲·汉铙歌》,内容多写饮酒放歌。将:请。一般认为,本诗当作于天宝三年(744年)李白被"赐金放还"、离开长安之

后，约天宝十一年（752年）。一说李白曾两入长安，此诗作于开元间李白第一次进入长安后，应元丹丘邀至嵩山时作，约开元二十三年（735年）或次年。从诗歌中"钟鼓馔玉不足贵，但愿长醉不愿醒。古来圣贤皆寂寞，惟有饮者留其名"，"与尔同销万古愁"等句流露出来的较为消沉的思想感情看，本书取前者。

②黄河发源于青藏高原，因其地势极高，故云"天上来"。

③青丝：形容黑发。

④得意：有兴致的时候。金樽（zūn）：金杯。

⑤千金散尽：李白曾自称"曩者东游维、扬，不逾一年，散金三十余万，有落魄公子，悉皆济之"（《上安州裴长史书》）。

⑥且为乐：姑且作乐。会须：正应该。一饮三百杯：相传东汉郑玄善饮酒，能连饮三百余杯而不改常态。

⑦岑（cén）夫子、丹丘生：指岑勋、元丹丘，都是李白的好友。

⑧钟鼓馔（zhuàn）玉：泛指豪门贵族的奢华生活，这里代指功名利禄。钟鼓：古代富贵人家宴会时所奏的乐器。馔玉：指珍贵的食物。

⑨寂寞：形容无声无息。

⑩陈王：指曹操的第三子曹植，他曾被封为陈王。其所作之《名都篇》云："归来宴平乐，美酒斗十千。"平乐：观名。

⑪恣（zì）欢谑（xuè）：尽情地欢乐、调笑。

⑫径须：应该。径：直接。

⑬五花马：名马。千金裘（qiú）：《史记·孟尝君列传》："孟尝君有一狐皮裘，值千金。"

【经典原意】

你可曾看见，那黄河之水从天上倾泻而来，奔流到东海，一去不复回。你可曾看见，那高堂之上，人们对着明镜伤悲：清晨还发如青丝，傍晚便发如白雪。人生有兴致时就应当尽情欢乐，莫要让杯中无酒空对明月。上天生下我等栋梁之才终究会发挥作用，千金用尽了还会再来。让我们烹羊宰牛姑且作乐，正应该一次就痛饮三百杯！岑夫子、丹丘生，请喝酒，莫停杯。我要为你们高歌一曲，请你们都来侧耳细听：荣华富贵不必在意，只愿长久地陶醉酒中不要清醒。自古以来圣贤之人都默默无闻，只有善饮之人留下了千古名声。从前陈王曹植在平乐观摆酒设宴，一斗美酒就值一万钱，任客人们借助酒兴尽情地欢乐戏谑。主人何必扫兴说没钱，快快打酒来，和你再举杯！牵来我的五花马，脱下我的千金裘，叫侍童快拿去换取美酒，我要与你们一起，借助美酒消解这万古愁绪。

【当代阐释】

万古的寂寞

“君王虽爱蛾眉好，无奈宫中妒杀人”（李白《玉壶吟》），李白在朝廷遭受谗毁，被迫离开首都长安。临行前虽然玄宗还算给足面子，“赐金放还”，但一心要建功立业报国成名的李白心情仍可想而知。这首诗是诗人遭谗被逐后漫游梁、宋期间，与友人岑勋、元丹丘在嵩山相会时所作。

“古来圣贤皆寂寞，惟有饮者留其名。钟鼓馔玉不足贵，但愿长醉不愿醒”，看到这里，我们觉得李白似乎只是一个消极而无所作为的酒徒。但我们更应该看到，喝酒只是一个“与尔同销万古愁”的手段，以上的几句话，纯粹是无可奈何之际的愤慨牢骚语。“万古愁”从何而来？还是从政治失意、理想受挫而来。“古来圣贤皆寂寞”，其实，李白是有“圣贤”之志，也自信有“圣贤”之才的。“天生我材必有用，千金散尽还复来”就是这种强烈自信的表白。

诗歌一开头就用黄河一去不返的描绘、青丝朝黑暮雪的夸张来比喻性地说明时光易逝、人生易老，实际流露出的是壮志未酬、功业未成的人生焦灼感。几乎每个有理想、有抱负的人都有这种焦灼，理想越远大、越难以实现，这种焦灼感往往越强烈。

但李白被召至长安时，唐玄宗就已经是一个无志昏庸之主了，李白被迫离京后，形势每况愈下，终至于在玄宗朝的755年爆发令唐王朝一蹶不振的“安史之乱”。据学者考证，本诗约作于天宝十一年（752年），当时诗人自长安放还，已经快9年了，好友相逢，欢聚宴饮，诗人抑制不住强烈的痛苦和愤懑，写下了这篇酣畅淋漓的文字。当时的形势，李白在《答王十二寒夜独酌有怀》中说的最清楚：“君不能狸膏金距学斗鸡，坐令鼻息吹虹霓。君不能学哥舒横行青海夜带刀，西屠石堡取紫袍。吟诗作赋北窗里，万言不直一杯水。……骅骝拳跼不能食，蹇驴得志鸣春风。折杨皇华合流俗，晋君听琴枉清角。巴人谁肯和阳春，楚地由来贱奇璞。”在这样黑白颠倒、小人当道的时代，唯有斗鸡走狗迎合统治者娱乐的需求或不择手段迎合皇帝好大喜功、穷兵黩武的需求，方有可能一取功名、获得宠信。李白当然不可能同流合污——“羞逐长安社中儿，赤鸡白狗赌梨栗”（《行路难三首》其二），而玄宗是早已“晋君听琴枉清角”了——任用小人，偏听偏信，深谋远虑的忠正之言对于他不异于对牛弹琴。

如此形势下，有远大抱负的李白也很清楚，几乎不大可能还有什么实现理想的可能性。那么，他的寂寞，就是自古以来生不逢时的“圣贤”之共同寂寞，他的“愁”思，也是难以消解的万古之愁了。那么，也就只能“何以解忧，唯有杜康”了。酒，是历代不得志的能人志士的精神寄托与创作灵感的来源。魏晋六朝的阮籍、嵇康、刘伶、陶渊明等人，无不因为生不逢时，而不得不以创作和酒留下美名，虽然他们本来都是富于才华和理想的贤人。

借酒浇愁，功业难成，也不过是传统题材，常见的境况。李白的诗歌，妙在诗情跳宕不羁，或放或收，情绪忽低忽高，或起或落，最后归结于“万古愁”，回应篇首，点明题旨，全诗如大河奔注，气势奔腾，又如洪钟大吕，余音不绝。

【原文】

宣州谢朓楼饯别校书叔云[1]

李白

弃我去者昨日之日不可留[2]，
乱我心者今日之日多烦忧[3]。
长风万里送秋雁，对此可以酣高楼[4]。
蓬莱文章建安骨[5]，中间小谢又清发[6]。
俱怀逸兴壮思飞[7]，欲上青天览明月。

抽刀断水水更流，举杯销愁愁更愁。

人生在世不称意[8]，明朝散发弄扁舟[9]。

【注释】

①天宝末，李白游宣城时饯别族叔李云所作。宣州：在今安徽省宣城县。谢朓（tiào）楼：又称谢公楼、北楼，南齐谢朓任宣城太守时建。唐末改称叠嶂楼。校书：官名，秘书省校书郎。叔云：指李白族叔李云。

②弃我去者：指已逝的时光。

③乱我心者：指今日送别。

④酣：畅饮。此处用作动词。

⑤蓬莱文章：比喻李云的诗文。传说蓬莱仙岛中藏满了仙道秘笈，汉代因称其官家藏书处“东观”为蓬莱。这里因李云曾为校书郎，故以蓬莱文章称之。文章：泛指诗文赋等。建安骨：汉献帝建安年间（196～219 年），曹操父子与王粲等建安七子，诗文刚健明朗。《文心雕龙》有《风骨篇》颇称之；又《时序篇》称建安诗人“雅好慷慨”，“并志深而笔长，故梗概而多气也”。建安骨，这里指李云文章有建安风骨。

⑥小谢：即谢朓，诗史上以谢灵运为大谢，谢朓为小谢。清发：清新秀发。这里是李白自比。

⑦兴：兴致。思：诗思。

⑧不称意：不得志。

⑨散发弄扁舟：言既抱负难展，将避世隐居。《论语·公冶长》：“孔子曰：道不行，乘桴浮于海。”散发：脱去簪缨，不受拘束。《后汉书·袁闳传》：“党事将作，闳遂散发绝世。”弄扁舟：《史记·货殖列传》记，越国亡吴后，越功臣范蠡“乘扁舟浮于江湖”。弄是乘驾之意，扁舟是小船。

【经典原意】

过去的岁月弃我而去，不能挽留；现在的时日又多烦忧，扰乱我心。万里长风吹过送走远去的飞雁，面对这美好的秋景我们正该酣饮高楼。你这博学的校书郎的诗文如建安文学有风有骨，而我一如小谢诗文也清新隽秀。你我同怀飘逸的诗兴，豪壮的文思奋然欲飞，直欲飞上青天去摘下明月。我抽出宝剑欲斩断流水，流水却更加向前奔流；我举起酒杯欲浇灭忧愁，忧愁却更加滔滔不绝。我在这人世间多不如意，明天披头散发去驾小舟。人生在世既然如此不称意，不如明朝散发泛舟去四海飘游。

【当代阐释】

我本不弃世，世人自弃我

李白这首诗以“愁”开篇，以“愁”结篇，愁是贯穿全诗的主线，显然此诗写于遭谗去官之后。中间几句突然振起，发出“欲上青天览明月”的豪迈之语，除了“长风万里送秋雁”的高爽秋景之感发外，更是李白一贯的豪迈胸襟和高度自信的自然流露。在情绪的由低至高再转低的过程中，诗歌语言自然跳转，直起直落，大开大合，中间没有任何衔接，这也是李白一贯的作风。“欲上青天览明月”实际上是个比喻，言自己高才绝世而理想高远，欲佐帝王而取功名，令自己的才能“舒可弥宇宙”，泽被当世。

李白作此诗时正在宣城隐居，自天宝三年(744年)离别长安，已近10年。期间，虽然他常常高言放世，但内心深处却无时不在企望着再度奉召，一展其“王霸”之略。无奈始终蹉跎无路，这就是他深重的“愁”思。但李白言愁，常“悲感至极而以豪语出之”(高步瀛《唐宋诗举要》)，此诗再次表现了这一特点。

“我本不弃世，世人自弃我”(李白《送蔡山人》)，不论如何访名山，受道箓，如何好侠任气，如何常常放言要泛舟沧海，远离尘俗，李白骨子里是最为入世的，儒家“兼济天下”的思想始终是他思想的底色。本诗中间铺张逸兴壮思的用意也很明白，所以“不称意”，所以“愁”思如流水斩而不断，都为高才绝世却为世所久“弃”。明乎此，可知所谓“明朝散发弄扁舟”，也不过是强作开解，实际“愁”者自“愁”，“不称意”者仍“不称意”。这也可以解释为什么李白写了那么多“人闷还心闷，苦辛长苦辛”(《江夏赠韦南陵冰》)的诗歌；为什么在永王李璘邀请他随从讨伐安史之乱时，他欣然入幕，并慷慨唱出“三川北虏乱如麻，四海南奔似永嘉。但用东山谢安石，为君谈笑静胡沙”(《永王东巡歌》)的豪迈自信之言;为什么跟从永王李璘使他遭受了人生最大的挫折,被加以叛乱罪,至"世人皆欲杀"的危险境地,最终长流夜郎,也没有阻挡他参政报国的脚步,762年,李光弼出征东南时,他又一次欲从军报国,终至半道病还,这已是他去世前一年的事了。

今天我们看到李白的绝世才华而坎壈不遇,李白的不息进取而壮志未酬,也不禁"怅望千秋一洒泪"。同时感到欣慰的是他留下的绝妙诗篇仍将给一代代的人以绝好的滋养和激励。"清新秀发"的李白,以其清越之气,令我们的人生常享"清天明月"般的纯净高华。李白的理想在政治,他当时就已"文窃四海声",但自视其为"儿戏不足道"。不过今人看来,他虽未实现泽被当世的壮志,却失之东隅,收之桑榆,以诗歌泽被了无穷后世,影响是更为深远的。

【原文】

登高①

杜甫

风急天高猿啸哀②,渚清沙白鸟飞回③。
无边落木萧萧下④,不尽长江滚滚来。
万里悲秋常作客,百年多病独登台⑤。
艰难苦恨繁霜鬓⑥,潦倒新停浊酒杯⑦。

【注释】

①本诗作于唐代宗大历二年(767年)的秋天,是诗人流寓夔州(今重庆市奉节县)时为深秋登高有感而作。

②猿啸哀:猿的叫声很悲哀。

③渚:水中的小洲。鸟飞回:鸟在江上盘旋。

④落木:落叶。萧萧:形容风吹树叶的声音。

⑤百年:犹言一生。

⑥艰难:时局艰难。苦恨:极恨。

⑦潦倒:犹言困顿,衰颓。新停:刚戒酒,这时杜甫正因病戒酒。

【经典原意】

天高风急，长江边猿啸声声，似含悲哀。水清沙白，河洲上鸟儿盘旋，徘徊不已。风刮树木，落叶无边无际纷纷飘坠。奔腾咆哮，江水源源不断滚滚而来。离家万里，对秋感慨，悲叹自己经常漂泊他乡。一生坎坷，晚年多病，寒风中我独自登临高台。时局艰难，更加深我忧虑之情，头发都变白了。穷愁潦倒，想借酒浇愁，却因病戒酒，无法再饮。

【当代阐释】

宏阔而不迂阔，凄苦而不消沉

《登高》是杜甫诗集中一首有名的七律，此诗对偶精巧，用韵讲究，明人胡应麟评此诗"当为古今七言律第一，不必为唐人七言律第一。"(《诗薮》)

诗由写景开头，一二句描写登高远眺的壮阔澄明秋景。意境雄浑高远，使人如临其境。

三四句从大处落笔进一步写远眺之景，上句写山景，下句写江景，"落木"而"无边"，形容其境界之阔大；"长江"而"不尽"，形容其奔流之无穷。于萧瑟悲凉气氛中蕴浑灏奔放的气势。"萧萧"、"滚滚"两处迭字的运用，将自然景色的声色表现得如在目前，且具声韵之美。

五六两句由景入情。写出长期漂泊的艰难和身多疾病的愁苦。"万里"，展现宏阔的空间，"百年"，概括辽远的时间，使秋悲更深，感慨更浓。这两句诗含蕴极其丰富。宋代罗大经评论说："'万里'，地之远也；'秋'，时之惨凄也；'作客'，羁旅也；'常作客'，久旅也；'百年'，暮齿也；'多病'，衰疾也；'台'，高迥处也；'独登台'，无亲朋也。十四字之间含八意，而对偶又精确。"(《鹤林玉露》乙编卷十五)

七八句进一步写时危势艰，杜甫也正因忧时忧民忧己的"苦根"，而更加花发满头。年老体衰，疾病缠身，新来戒酒，虽有万般愁绪，也无从排遣。诗歌以个人遭遇折射出战乱时代无数人民的苦难。

全诗前半部写景，宏大壮阔，雄浑苍莽，后半部写情，悲愤深沉，寄慨遥深。通篇抒写忧时爱国情感和羁旅漂泊愁思，悲愤、凄苦而并不消沉,语言凝练,声调铿锵,气韵流转,对仗工整,艺术上极见功力。

【原文】

不见①

杜甫

不见李生久②,佯狂真可哀③。
世人皆欲杀④,吾意独怜才⑤。
敏捷诗千首,飘零酒一杯,
匡山读书处⑥,头白好归来⑦。

【注释】

①本诗题下作者自注"近无李白消息"。

②李生:指李白。杜甫与李白天宝四年(745年)在山东兖州分手后,一直未能见面,至此已有16年。

③佯(yáng)狂:故作癫狂。李白常佯狂纵酒,来表示对污浊世俗的不满。

④世人皆欲杀:李白曾应邀入永王李璘幕府,讨伐安史之乱叛军,但后来永王李璘卷入与肃宗李亨的皇权斗争而被消灭,李白因"附逆"而获罪,系狱浔阳,不久又流放夜郎。有人认为他有叛逆之罪,该杀。

⑤怜才:爱才。

⑥匡山:指四川彰明县(今江油县)境内的大匡山,李白早年曾读书于此。

⑦头白:李白此时已经61岁。杜甫这时在成都,李白如返回匡山,久别的老友就可以相见了,故云归来。

【经典原意】

没见李白已经很久了。我知道他常常假装狂放,尽情喝酒,乃是对这小人当道,黑白颠倒的丑恶现实不满,我深深地为他感到悲哀。他参加永王李璘的幕府本为平定安史之乱,却被加以叛逆之罪,人人言杀。我则独自为他的绝世才华而深深惋惜。他才思敏捷,创作速度很快,一生漂泊,只能借酒消愁。已是满头白发的李白何时能回到他少年时读书的大匡山呢？那时我就能再见到他了。

【当代阐释】

知音与之矣，知己从之矣

李杜这两位中国诗坛的巨星，有幸生在同一时期，有幸相识、相知，相互关心，相互学习和切磋，不能不说是一个文学史的奇迹，也是中国文学的大幸。

杜甫比李白小12岁，一生对李白既有着对朋友的亲近又有着对才华卓著的兄长的崇敬。两人的友谊是一见如故型的，杜甫对李白的牵挂是终身的。杜甫一生写了十几首诗歌赠送李白或思念李白。李白写给杜甫的诗歌比较确定的有两首。有人据此说李杜二人的友谊是不平等的。也有学者认为李杜的交情的确很好，但并没有达到后人通常认为的“知音”程度。这些说法虽亦有其道理，但李白年长12岁，成名早，晚年不幸卷入皇权斗争，被诬为叛逆罪，长流夜郎，杜甫对他亲近、爱戴、崇敬、关心、挂念远甚于一般友人，似没有必要涉及平等不平等的概念。至于知音，仅从本诗来看，仅从杜甫对“佯狂真可哀”的本质了解来看，二人亦足可称为知音了。杜甫的“乞归优诏许，遇我宿心亲”（《寄李十二白二十韵》）回顾了二人相识相知的时间和情形。他们是在李白遭谗去官离京后相识，并一见如故，维持了终生的友谊的。

这是杜甫怀念李白的最后一首诗，题下自注：“近无李白消息”。诗当作于上元二年（761年），当时杜甫在成都。诗中表达了对李白的同情、担忧和思念，并期待李白结束飘零生活，回到四川来。但次年，李白就在安徽当涂县去世了。

本诗中“佯狂真可哀”一句最可看出李杜相知之深。一个有着远大抱负和绝世才华的人却不得不“佯狂”，这实在是一个时代和社会的悲剧。“佯狂”虽能蒙蔽世人，友人杜甫却深深理解和体谅他的苦衷。下面“皆欲杀”和“独怜才”，突出表现了杜甫与“世人”态度的对立，进一步表现了遗世独立的知己态度。杜甫有一首《赠李白》：“痛饮狂歌空度日，飞扬跋扈为谁雄。”同样表现了对李白佯狂的深深地理解和无限的叹惋与同情。“敏捷诗千首，飘零酒一杯”概括了李白的才华和诗酒飘零坎坷不幸，进一步抒发了对挚友的怀念。这也可与《饮中八仙歌》“李白一斗诗百篇，长安市上酒家眠，天子呼来不上船，自称臣是酒中仙”参照阅读。最后，诗人热切地呼唤友人回归故里，颐养天年：“匡山读书处，头白好归来。”表达了对老友的深情厚意。

“佯狂真可哀”，“痛饮狂歌空度日，飞扬跋扈为谁雄”表明李杜二人是神交，“遇我宿心亲”表明二人是心交，“笔落惊风雨，诗成泣鬼神”（杜甫《寄李十二白二十韵》），“何时一杯酒，重与细论文”（杜甫《春日忆李白》）表明二人是文交：李杜信为知己。

【文化常识】

李、杜交谊：李杜一见如故，维持终生的友谊乃诗史之佳话。今存杜甫专门寄赠或怀念李白的诗有10首：《赠李白》前后各一首，《与李十二白同寻范十隐居》，《冬日有怀李白》，《春日忆李白》，《梦李白》二首，《天末怀李白》，《寄李十二白二十韵》，《不见》。另有5首直接提及李白：《送孔巢父谢病归游江东兼呈李白》，《饮中八仙歌》，《苏端薛复筵简薛华醉歌》，《昔游》，《遣怀》。李白寄赠杜甫诗目前比较确定的有：《鲁郡东石门送杜二甫》、《沙丘城下寄杜甫》。此外，《戏赠杜甫》、《秋日鲁郡尧祠亭上宴别杜补阙范侍御》存疑，但《戏赠杜甫》一首诙谐、随意，学者一般认为非李白所作。《秋日鲁郡尧祠亭上宴别杜补阙范侍御》一首应该不是杜甫，而是另外一个朋友，因为写诗的当时杜甫并无官职，一生也并未作过“补阙”的官。

【原文】

酬乐天扬州初逢席上见赠①

刘禹锡②

巴山楚水凄凉地③，二十三年弃置身④。
怀旧空吟闻笛赋⑤，到乡翻似烂柯人⑥。
沉舟侧畔千帆过，病树前头万木春。

今日听君歌一曲⑦，暂凭杯酒长精神⑧。

【注释】

①唐敬宗宝历二年(826年)岁暮，刘禹锡由和州刺史调回洛阳，途经扬州与白居易初次相逢。白居易写了《醉赠刘二十八使君》，刘禹锡作此诗酬答。酬：酬答。乐天：白居易字乐天。

②刘禹锡：772～842年，字梦得，洛阳（今河南）人，唐代文学家、哲学家。祖籍中山（今河北定州）。贞元九年(793年)中进士，登博学宏词科。翌年授太子校书。永贞元年(805年)，因辅助王叔文进行政治革新，先贬连州刺史，加贬朗州司马。后回京，又贬连州刺史。历夔州、和州刺史。大和元年(827年)，回洛阳任职。次年回朝任主客郎中，后出苏州、汝州、同州刺史。开成元年(836年)，改任太子宾客，分司东都。会昌元年(841年)，加检校礼部尚书衔。世称刘宾客、刘尚书。临终前撰《子刘子自传》，揭示永贞政变真相。诗现存800余首。其学习民歌，反映民众生活和风土人情的诗，题材广阔，风格清新自然，健康活泼，充满生活情趣。其讽刺诗往往以寓言托物手法，抨击镇压永贞革新的权贵，涉及较广的社会现象。刘禹锡也是古文运动的积极参加者。刘禹锡的散文与其诗歌一样，辞藻瑰丽，题旨隐微。有《刘禹锡集》。今人卞孝萱有《刘禹锡年谱》。

③巴山楚水：指四川和两湖一带。刘禹锡先后被贬到朗州、连州、夔州、和州等地，夔州古属巴国，其他地方大都属楚国。

④二十三年：从唐顺宗永贞元年(805年)永贞革新失败后刘禹锡被贬官为连州刺史到写此诗时，前后共22年，因第二年才能回到京城，所以说23年。弃置：抛弃。

⑤闻笛赋：指西晋向秀的《思旧赋》。该赋序文中说：自己经过嵇康故居，因写此赋追念他。刘禹锡借用这个典故怀念已死去的王叔文、柳宗元等人。

⑥烂柯人：传说晋人王质进山砍柴，看见两个童子下棋。看到局终，童子问王质为何不去，王质才惊悟过来，见斧柄已经腐烂。回到家乡，已历百年，无人相识（见《述异记》）。刘禹锡借这个故事表达世事沧桑，人事全非，比喻暮年返乡的恍如隔世的心情。

⑦歌一曲：指白居易作的《醉赠刘二十八使君》一诗。

⑧长(zhǎng)：增长，振作。

【经典原意】

巴山楚水一片荒远凄凉，23 年来，我被朝廷抛弃在那里。想起去世的朋友，只能徒然吟诵向秀写的《思旧赋》来怀念他们。而自己重回故都，恍如隔世，就像神话中那个因看神仙下棋而烂掉了斧头的王质，回到家乡早已无人相识。沉船的旁边已有千帆驶过，病树的前头正是万木争春。今天听了你为我吟诵的诗篇，暂借这手中的杯酒重新振作起精神吧。

【当代阐释】

感伤中的振作

敬宗宝历二年(826 年)冬，刘禹锡从和州刺史任上调回归洛阳，途经扬州，与从苏州刺史任上也调回洛阳的白居易初次相会，席间，白居易作《醉赠刘二十八使君》，为刘禹锡长期被贬的不幸遭遇鸣不平，诗歌如下：

为我引杯添酒饮，与君把箸击盘歌。
诗称国手徒为尔，命压人头不奈何。
举眼风光长寂寞，满朝官职独蹉跎。
亦知合被才名折，二十三年折太多。

刘写此诗酬答。

白居易尾联“亦知合被才名折，二十三年折太多”，一方面感慨刘禹锡的不幸命运，另一方面又称赞了刘禹锡的才气与名望。首联，刘禹锡承白居易的诗句，回顾了长期被贬的经历。永贞元年(805 年)，刘禹锡因积极参加顺宗朝王叔文领导的政治革新运动而遭受迫害。他先贬到朗州，再贬连州，调夔州、和州，20 多年辗转贬谪在这些蛮荒偏远之地。朗州在战国时是楚地，夔州在秦、汉时属巴郡，楚地多水，巴郡多山，“巴山楚水”泛指贬地。“凄凉地”和“弃置身”，情绪复杂，蕴蓄深沉。

颔联，刘禹锡用了两个典故。一是“闻笛赋”，指曹魏后期向秀的《思旧赋》。向秀的好友为司马氏所杀，向秀经过两人旧居时，听到邻人吹笛子，其声慷慨，向秀感音而叹，写了《思旧赋》来表示对故友的怀念。另一是“烂柯人”，据《述异记》所载，晋人王质入山砍柴，见二童子对弈，他观棋至终局，发现手中的“柯”（斧头的木柄）已经朽烂了。王质下山回村，才知已经过去了100年，同时代的人都已经死尽了。“怀旧”句表达了诗人对受害战友王叔文、柳宗元等的悼念，“到乡”句抒发了诗人对岁月流逝，人世变迁的感叹。用典贴切，感情深沉。

永贞革新的失败，不仅使刘禹锡被长贬蛮荒之地，还使他失去了众多志同道合的朋友。其感慨愤激之情在内心必定汹涌澎湃，但刘禹锡就是不同凡响，他在颈联忽然振起，一变前面伤感低沉的情调，用“沉舟侧畔千帆过，病树前头万木春”来比喻时移世易，一切都在发展变化，过去的也只能让它过去。刘禹锡对世事的变迁和仕宦的升沉，表现出豁达的襟怀。因为这两句富于哲理，后世用以比喻新事物必将代替旧事物，其意义就超越了诗人本身的身世之感，因而成为名句。连白居易本人也称赞这一联“神妙”。这两句诗意又和白诗“命压人头不奈何”、“亦知合被才名折”相呼应，但其思想境界要比白诗高。

尾联点题，“长精神”三字，表明诗人欲重新振作的气概，坚韧不拔的意志。

刘禹锡在这首诗所表现的百折不回的精神和富于哲理的感悟，给后人以莫大的鼓舞和启迪，所以古今传诵不衰。

全诗愤激而不浅露，感慨而不低沉，惆怅而不颓废，实为不可多得的佳作，堪称刘禹锡的代表作品。

【原文】

冉溪[1]

柳宗元[2]

少时陈力希公侯[3]，许国不复为身谋。
风波一跌逝万里[4]，壮心瓦解空缧囚[5]。
缧囚终老无余事，愿卜湘西冉溪地[6]。
却学寿张樊敬侯，种漆南园待成器[7]。

【注释】

①本诗为柳宗元于元和五年(810年)在永州时作。冉溪,又名染溪,后柳宗元卜居于此,改名愚溪。溪在永州西南,东流入潇水。

②柳宗元:773~819年,字子厚。唐代文学家、思想家、哲学家,唐宋八大家之一。祖籍河东(今山西省永济市),后迁长安(今陕西西安)。与韩愈共同倡导唐代古文运动,并称韩柳。因为他是河东人,终于柳州刺史任上,所以人称柳河东或柳柳州。贞元九年(793年)中进士,十四年登博学鸿词科,授集贤殿正字。一度为蓝田尉,后入朝为官,积极参与王叔文集团政治革新,迁礼部员外郎。永贞元年(805年)九月,革新失败,贬邵州刺史,十一月加贬永州(今湖南零陵)司马。元和十年(815年)春回京师,又出为柳州刺史,政绩卓著。宪宗元和十四年(819年)逝于任所。柳宗元一生留诗文作品达600余篇。有《柳河东集》。

③陈力:贡献才力。公侯:公和侯是古代官吏所封的较高爵位。

④风波:指柳宗元等人在顺宗的支持下进行夺取宦官兵权和压制藩镇、取缔宫市等一系列改革,后在宦官、藩镇、朝廷旧势力的联合抵制下失败,宦官等发动政变,迫使顺宗退位,拥立宪宗即位,将王叔文、王伾以及柳宗元、刘禹锡等其他八人贬斥外地,史称"二王八司马"事件。

⑤缧(léi):捆绑犯人的绳索。缧囚:囚犯。

⑥卜(bǔ):择地定居。湘西:这里指永州(今湖南永州)。

⑦寿张樊敬侯:后汉樊重,封寿张侯,谥敬。他为了要做器具,自己先种梓树和漆树,当时人们都笑他。但后来他种的树终于长大成材,皆得其用。

【经典原意】

年轻时欲贡献力量报效国家,希冀自己的贡献能达到公与侯的爵位。以身许国,从来没有为自己的利益谋划考虑。谁知改革失败,宦官等发动政变,我一下子跌入万丈深渊,过去的雄心壮志都灰飞烟灭,成了朝廷贬谪的囚犯。可能我要以囚犯的身份终老此地,没有别的事可做,所以愿意选择冉溪这个地方来定居。我学习寿张侯樊重的方法,在南园种上漆树等,耐心等待它们成材作器。

【当代阐释】

“风波一跌逝万里”之后

柳宗元年轻时锋芒毕露，才华横溢，“俊杰廉悍，议论证据今古，出入经史百子，踔厉风发，率常屈其座人，名声大振，一时皆慕与之交。诸公要人，争欲令出我门下，交口荐誉之。”（韩愈《柳子厚墓志铭》）这是柳宗元“少时陈力希公侯”的基础。随后他参加顺宗支持下的王叔文革新集团，在顺宗初即位时进行一系列政治改革，其中最重要的举措是夺取宦官兵权，改变宦官专权的局面。但此事办得不够周密，宦官反噬，联合藩镇和朝廷旧势力，发动政变，逼迫顺宗退位，拥立宪宗，并将王叔文、王伾以及柳宗元、刘禹锡等其他八人加以谋取皇权的罪名，贬斥外地，随后王叔文被杀，王伾病死，史称“二王八司马”事件。这就是柳宗元诗中的“许国不复为身谋”和“风波”所指。

“风波一跌逝万里，壮心瓦解空缧囚”，惊心动魄的政变浓缩成这两句诗，令人读之感慨万端。“二王八司马”集团一心要解决安史之乱后江河日下的唐王朝的致命的弊端。其中最重要的是宦官专政和藩镇割据，而其中又尤以前者为急迫。由于痼疾已成，加之行事不周密，改革失败，柳宗元等人反而被扣上大的吓人的谋夺皇权的罪名。此后皇帝不过是宦官首中的傀儡，皇帝的废立成了宦官权利争夺的游戏，皇帝的性命在宦官手里不异鸡犬，想杀就杀，顺宗、宪宗皇帝都死于宦官之手。由此可见，“二王八司马”集团的忠耿，亦可见改革的必要性，还可见柳宗元等人被贬后的冤屈。

柳宗元知道谋夺皇权的罪名是随时可能被杀的，王叔文不就被杀了么？因此，他并不存太多重回京城为官的幻想，而是打算安心在永州定居下来。“却学寿张樊敬侯，种漆南园待成器”有两层意思，一层是真种植物，表明安心卜居之意，更重要的一层是尽其所能地指导年轻学子成为国家的栋梁之材。因此，他在永州和柳州教学生，办学校，致力于培养年轻一代。韩愈在《柳子厚墓志铭》中说“衡湘以南，为进士者，皆以子厚为师。其经承子厚口讲指画为文词者，悉有法度可观”，就可看出柳宗元的所作所为及其成绩。

尽管柳宗元写此诗时离他们的政治革新及失败已经整整5年了。柳宗元终于可以较为平静地去写这件事,并已作久居蛮荒的打算,但从“少时陈力希公侯,许国不复为身谋。风波一跌逝万里,壮心瓦解空缧囚”的叙述里我们仍然能感受到一股难以化解的慷慨不平之气。从他的一系列作品可以看出,这种忠心耿耿却被诬以谋反之罪的郁积不平之气贯穿柳宗元的后半生,使他在47岁时就英年早逝。

【文化常识】

二王八司马事件

唐顺宗在位期间由王叔文、王伾等人所领导的一次政治革新运动。

王叔文,越州山阴(今浙江绍兴)人,善棋;王伾,杭州人,善书法。唐德宗李适时,二王以其所擅侍候太子李诵。李诵常与东宫的侍读们谈论时事,独有王叔文的见解得到常识。经过多年的接触,李诵对王叔文深为信任。当时一批有才能的士大夫如陆质(原名淳)、吕温、李景俭、李谅、李位等及上述十人,形成了一个以王叔文为领袖,以“二王、刘、柳”为核心的革新集团。

贞元二十一年(805年)正月,德宗病死,李诵继位,是为顺宗。顺宗深知宦官专权和藩镇割据对唐中央政权的危害,即位后立即着手进行改革,希图改变艰难局面。其内容主要为:收夺宦官兵权,制裁藩镇跋扈,打击贪官污吏,废除宫市、五坊小儿及进奉等弊政,免除民间欠税和各种杂税,选拔德才兼备的人为官等。其中革除宫市、五坊小儿及进奉等进展较为顺利。西川节度使(今四川成都)韦皋妄图完全领有剑南三川,以扩大地盘的阴谋也未能得逞。王叔文乘势命宿将范希朝为左、右神策、京西诸城镇行营节度使,韩泰为其行军司马前去接管宦官手中的兵权。

权阉俱文珍、刘光琦等策动神策军将官拒绝范希朝接权,又策划宫廷政变。他们与西川节度使韦皋、荆南(今湖北江陵)节度使裴钧、河东(今山西太原南)节度使严绶串通起来反对王叔文集团,胁迫顺宗禅位。宦官久握兵权，顺宗被迫禅位。宦官拥立太子李淳(后改名纯)即位。由于顺宗预定改元永贞，史称“永贞内禅”。

宦官得势以后，王叔文、王伾即遭贬逐。王叔文被贬后又被赐死。王伾死于贬所。柳宗元等八人都被贬为“边州司马”。韦执谊被贬为崖州司马，韩泰被贬为虔州司马，陈谏被贬为台州司马，柳宗元被贬为永州司马，刘禹锡被贬为郎州司马，韩晔被贬为饶州司马，凌准被贬为连州司马，程异被贬为郴州司马。历史上称这一事件为“二王八司马事件”。“八司马”以外，陆质先已病死；李景俭守丧，吕温出使吐蕃未还，没有参加革新运动，未遭贬谪；在王叔文集团中地位比较次要的李谅、李位，稍后也被赶出朝廷。

因顺宗在位期间的年号为“永贞”，故又称这次政治革新运动为“永贞革新”。王叔文集团掌权146天。他们的施政方针，主要是抑制专横的宦官集团，改革德宗时期诸弊政，具有进步意义。

由于刘禹锡和柳宗元两位著名文学家、诗人的深深卷入，这次改革更加引人注目。

【原文】

登科后①

孟郊②

昔日龌龊不足夸③，今朝放荡思无涯④。
春风得意马蹄疾，一日看尽长安花。

【注释】

①孟郊46岁那年进士及第，按捺不住满心欣喜得意之情，便写下了这首诗。这首小诗给后人留下了两个为人们熟知的成语：“春风得意”与“走马看花”。

②孟郊，字东野，中唐诗人。湖州武康(今浙江德清)人。早年贫困，曾游两湖、广西，无所遇合，屡试不第。46岁始中进士，50岁为溧阳尉。元和初，任河南水陆转运从事，试协律郎，定居洛阳。元和九年，在阌乡(今河南灵宝)暴病去世。张籍私谥为贞曜先生。孟郊专写古诗，现存诗500多首，以短篇五古最多。他与

韩愈志趣相投，诗风有共同之处，后人把他与韩愈为代表的诗派称为“韩孟诗派”。他和贾岛齐名，皆以苦吟著称，苏轼评价他们为“郊寒岛瘦”，后来论者把孟、贾二人并称为苦吟诗人的代表。

③龌龊（wòchuò）：指生活上的困顿与心情上屡试不第的郁结。

④放荡：自由自在，无所拘束。

【经典原意】

过去的生活上的困顿与心情上屡试不第的郁结再不值得一提了。今朝金榜题名，我的愁闷之气已一扫而光，心情是说不尽的畅快。在春风吹拂中，我志满意得，觉得座下的骏马今天也走得格外轻快，不知不觉我已在一天之中把京城长安的浪漫春花都看过一遍了。

【当代阐释】

喷薄的欢乐，独木桥的悲哀

孟郊46岁那年进士及第，写了这首诗歌。诗人两次落第，这次竟然高中，长久的压抑与郁结忽然被释放，就像压紧的弹簧骤然放松，得意欢乐之情也就不可抑制地喷薄而出了。

开头两句今昔对比，诗人神采飞扬，心花怒放，欢乐简直难以抑制。接下来的“春风得意马蹄疾”，活画出诗人的得意之态，马并不知道诗人高中了，所以今日的马蹄格外轻快，不过是诗人欢乐情感在外界的投射，或曰只是诗人的主观感受，并不一定是客观现实，却更令人觉得感同身受。“一日看尽长安花”，偌大京城，春花无数，“一日”也不可能“看尽”，但诗人在飘飘欲仙中觉得已经看尽，我们也并不觉得荒唐。无理却有情，诗人情真意真，便令我们觉得理也真了。因而，这两句诗成为人们喜爱的千古名句，并产生出“春风得意”、“走马观花”两个成语，至今为人们所常用。

有人觉得孟郊此诗的欢乐之情太过直露，不够含蓄持重，“年五十始得一第，而放荡天涯，哦诗夸咏，非能自持者，其不甚远大，宜哉。”（清葛立方《韵语阳秋》）但人们代代传诵这首诗，我们今天喜欢这首诗，恰恰是因为他袒露情怀，直抒胸臆。这种坦诚与直抒胸臆在唐代和宋前期诗词中尚可见到，至于宋晚期尤其明清两朝“存天理，灭人欲”，对人的思想和精神束缚得越来越紧后，就难得一见了。科举制千余年，写中举之快乐的诗篇人们往往只记得起这一篇，余者感情不痛不痒，表达遮遮掩掩、欲语还休，人们也就不太留心了。

其实，这首诗表现中举时的欢乐，正可推知落第的悲苦。我们不妨同时看看孟郊本人的落第诗：

落第

晓月难为光，愁人难为肠。
谁言春物荣，岂见叶上霜。
雕鹗失势病，鷦鷯假翼翔。
弃置复弃置，情如刀刃伤。

下第东南行

……

江蓠伴我泣，海月投人惊。
失意容貌改，畏涂性命轻。
时闻丧侣猿，一叫千愁并。

再下第

一夕九起嗟，梦短不到家。
两度长安陌，空将泪见花。

这种痛苦与狂喜令人不禁想起《儒林外史》中的范进中举。真是异代同喜亦同悲啊！科举制带给中下层士子参与上层社会的可能，也剥夺了无数人的欢乐和希冀，耗尽了不计其数的青春。科举本身未必有错，但社会只给读书阶层唯一的出路，中举的数目如此之少，考中与考不中的人生将有云泥之别，这才是错的。

所幸今日人们在社会上寻求成功已经可以条条道路通罗马，八仙过海，各显神通了。高考或曰考试是一个走向进步的一个重要的途径，却不是学生们的唯一出路，更不是人生成功的唯一途径，这是社会的大幸。走到今日，我们的祖祖辈辈走了很久很久。

【国学故事】

杜羔与赵氏

唐朝有个读书人叫杜羔，娶了赵氏为妻子。杜羔连连几次去京城考试，都名落孙山。一次，落榜的消息传到家中时，在家里节俭度日，却一直对丈夫充满了期待的赵氏感到非常失望，她含着怨气写了下面这样一首诗：

良人的的有奇才，何事年年被放回？

如今妾面羞君面，君若来时近夜来。

她丈夫看了以后，感到非常惭愧，连家也不回了，可能赵氏要的正是这种结果吧。

从此杜羔发奋读书，终于考中了进士。消息传到家中，四邻都来贺喜。赵氏高兴之余，又有些担心了，她在《闻夫杜羔登第》里写道：

长安此去无多地，郁郁葱葱佳气浮。

良人得意正年少，今夜醉眠何处楼？

在这个故事里，醉眠何处是不重要的，重要的是杜羔没有考中后妻子对他的激励。没有头脑清醒，才华出众而要强好胜的妻子，杜羔怎么能狠下工夫，博得一第呢？赵氏的功劳是不容抹杀的。

杜羔中了进士以后，曾经到淮海和蜀汉一带漫游，在外时，他的妻子也寄过杂言诗给他，倾诉离别之情，诗云：

君从淮海游，再过兰杜秋。

归来未须臾，又欲向梁州。

梁州秦岭西，栈道与云齐。

羌蛮万余落，矛戟自高低。

已念寡俦侣，复虑劳攀跻。

丈夫重志气，儿女空悲啼。

临邛滞游地，肯顾浊水泥。

人生赋命有厚薄，君但遨游我寂寞。

杜羔的诗文没有留下多少，倒是赵氏文笔才情，显示她是唐朝的一位奇女子。

六、年年岁岁花相似，岁岁年年人不同

——咏情悟理的情理诗

【导读】

感情的抒写和哲理的感悟

所谓情理诗，实际包含了两类，一类是以抒写爱情、亲情、友情、乡情为主的诗歌，如本编所选元稹的《遣悲怀》、崔护的《题都城南庄》便是，另一类是以感悟哲理为主的诗歌，如李贺《梦天》便是。

但哲理与人生本密不可分，人生与感情更难分难割，故许多诗歌都是写情与写理兼类的，如《春江花月夜》，既是对历史人生的透彻思考和高度哲理概括，也是对游子思妇传统题材的继承和拓展，如果一定要将情于理分割，只会导致这“以孤篇压倒全唐”的优秀之作难以归类。白居易以描写爱情为主体的长诗《长恨歌》，既有“在天愿作比翼鸟，在地愿为连理枝”这样表达爱情的山盟海誓，也有“春宵苦短日高起，从此君王不早朝”、“遂令天下父母心，不重生男重生女”的含蓄批判，有“回头下望人寰处，不见长安见尘雾”等富于象征意义的描述，还有“天长地久有时尽，此恨绵绵无绝期”这样情理结合的名句。即使是元稹的《遣悲怀》这样以浓郁的感情为主的诗歌，其最为布在人口的名句：“昔日戏言身后意，今朝皆到眼前来”、“贫贱夫妻百事哀”岂不都是因为他富于哲理地概括了人生的普遍现象，才如此深入人心吗？以上是本书将写情与写理诗合为一编的原因和考虑。

爱情、亲情、友情、乡情，是人间最重要的感情，也是自《诗经》以来的传统诗歌题材。这一题材的诗歌在唐代得到了极大的发展，众多诗篇亲切而富于情味。写乡情的，如贺知章《回乡偶书》“少小离家老大回，乡音未改鬓毛衰。儿童相见不相识，笑问客从何处来”，写回到家乡的亲切而又陌生的感受，能引起久别家乡的人们的广泛共鸣。写友情的，如王勃《送杜少府之任蜀州》，“海内存知己，天涯若比邻”表现了唐人特有的豪迈情怀。写爱情的，不仅有《长恨歌》这样的杰出长篇，崔护《题都城南庄》“人面不知何处去，桃花依旧笑春风”，明媚的春光中，青春的年华里，那混杂着失望和怅惘，混淆着爱情和友情的那种复杂和美好是多么的动人。写亲情的，自古以来，恐怕没有比孟郊《游子吟》更为动人的诗篇了。而这些杰出篇章中，几乎无不闪耀着哲理的光辉。

唐人给我们留下如此多美好的写情、写理的诗篇，确实是我们的福分。这里选的，当然只能挂一漏万。

【原文】

春江花月夜[1]

张若虚[2]

春江潮水连海平，海上明月共潮生。
滟滟随波千万里[3]，何处春江无月明。
江流宛转绕芳甸，月照花林皆似霰[4]。
空里流霜不觉飞，汀上白沙看不见[5]。
江天一色无纤尘，皎皎空中孤月轮[6]。
江畔何人初见月，江月何年初照人。
人生代代无穷已，江月年年只相似。
不知江月待何人，但见长江送流水[7]。
白云一片去悠悠，青枫浦上不胜愁[8]。
谁家今夜扁舟子，何处相思明月楼[9]。
可怜楼上月徘徊，应照离人妆镜台。
玉户帘中卷不去，捣衣砧上拂还来[10]。
此时相望不相闻，愿逐月华流照君。
鸿雁长飞光不度，鱼龙潜跃水成文[11]。
昨夜闲潭梦落花，可怜春半不还家[12]。
江水流春去欲尽，江潭落月复西斜。
斜月沉沉藏海雾，碣石潇湘无限路[13]。
不知乘月几人归，落月摇情满江树[14]。

【注释】

①春江花月夜：乐府《清商曲辞·吴声歌曲》旧题。

②张若虚：约660～约720年，扬州（治所在今江苏扬州）人。曾任兖州兵曹。与贺知章、张旭、包融齐名，被称为“吴中四士”。诗作今仅存两首，其中《春江花月夜》是广为传诵的名作，另一首是《代答闺梦还》。

③滟滟:动荡闪光貌,这里指月光在水上闪动。

④芳甸:遍生花草的原野。甸:郊外之地。霰(xiàn):雪珠。

⑤流霜:古人以为霜和雪一样,是从空中落下来的,所以叫流霜。这里比喻月光皎洁,似在流动,而又不觉得似霜霰飘扬。汀:水边平地。

⑥纤尘:微细的灰尘。月轮:指月亮,因月圆时像车轮,故称月轮。

⑦但见:只见、仅见。

⑧悠悠:渺茫、深远。青枫浦:地名,今湖南浏阳县境内有青枫浦。这里泛指游子所在的地方。

⑨扁(piān)舟:小船。明月楼:代指明月照临的楼头的思妇。此句以下一段转入写游子思妇的两地相思。

⑩玉户:门的美称。捣衣砧:洗衣时把衣物置石板上,用棒槌捶击去污,这石板就叫捣衣砧。捣:反复捶击。这二句以月光无处不在,喻思妇愁思难遣。

⑪"鸿雁"二句:借古代鱼雁传书的典故,表达难通音讯的惆怅。鸿雁:古人说鸿雁能传送书信,事见《汉书·苏武传》。光不度:飞不过这片无尽的月光,也就是书信不到之意。鱼龙:这里是偏义复词,偏指鱼。古乐府《饮马长城窟行》:"客从远方来,遗我双鲤鱼。呼儿烹鲤鱼,中有尺素书。"后以鱼书指书信。水成文:只能泛起水纹。文:同纹。两句意谓鸿雁、鱼都不能传书。

⑫闲潭:深深的水潭。

⑬碣(jié)石:山名,在河北,这里代指北方。潇湘:水名,潇水在湖南零陵入湘水,这一段湘水叫潇湘,这里代指南方。碣石、潇湘,代指游子、思妇天各一方。无限路:言游子思妇之间距离遥远。

⑭乘月:随着月色。摇情:激荡情思,犹言牵情。

【经典原意】

春天的江潮水势浩荡,仿佛与大海连在一起,一轮明月随潮涌生。月光照耀着春江,随着波浪闪耀千万里,有哪一处春江不映照着明亮的月光呢?江水曲曲折折地绕着花草丛生的原野流淌,月光照射着开遍鲜花的树林,树木繁华好像细密的雪珠的闪烁。月光洁白如霜,似在流动,却感觉不到它如霜雪飘飞,它照着江畔的白沙,让人只看见白沙而不觉得月光的存在。

江水、天空成一色,没有些微灰尘,只有明亮的一轮孤月高悬空中。江边上什么人最初看见月亮，明月又是哪一年开始照耀人间？人生代代相传无穷无尽，而江月却年年相似。不知江月在等待什么人，只见长江不断地输送着滔滔流水。

游子如白云一般飘然远去，只剩下思妇站在离别的青枫浦愁绪满怀。哪家的游子今晚坐着小船在漂流？什么地方有人在明月照耀的楼上相思？这惹人怜爱的月光在思妇的楼上徘徊不去，照耀着孤独的她的梳妆台。月光照耀在门帘上、捣衣石上，挥遣不去。这时我们双方都望着月亮却难以互通音讯，我真希望能随着月光一道始终能看见你。据说能送信的鸿雁飞得很远却不能度过这月光飞到你身边，听说能带信的鱼在水中潜游跳跃也只能在水面激起阵阵波纹。昨晚我梦见花朵落在深深的水潭上，可怜春天过了一半你还没能回家。春光短暂将要随流水去尽，江边水潭上方的月亮也已西斜，就要落下。斜月慢慢下沉，终于沉没在海雾之中，有情人却仍然天各一方。不知有几人能乘着这美好的月光回家，只有那西落的月亮仍摇荡着离情，清辉洒满江边的树林。

【当代阐释】

美好的自然，悲情的人生

这首诗被闻一多先生誉为“诗中的诗，顶峰上的顶峰”（《宫体诗的自赎》）。

本诗大体分三段。前八句为第一段，写春、江、花、月共同构成的美好景观。次八句为第二段，写关于人生以及人生与大自然、宇宙间关系的哲理性思考，启人智慧，引人深思。余下二十句为第三段，写游子思妇在这春江花月夜中的离情别绪，选取的是思妇的视角，但“谁家今夜扁舟子，何处相思明月楼”，“不知乘月几人归，落月摇情满江树”等句子又使这种离愁别思超越了某个人、某个家庭，联系上两段，则也超越了某个时代，从而使这种离愁具有了超时空的普遍意义。本来，这三段各自独立也能成诗，并且也算好诗。但三者结合，却更成完璧。春江花月夜的美好景观使人油然感慨人生的短暂和自然、宇宙的绵长。春夜的美好和人生的短暂又加重了长久离别的悲剧性和悲情。

喜春花之烂漫、江月之美好，叹人生之短暂、宇宙之长存，恨有情之阻隔、长别之难会，此景此理此情，人何以堪？

《春江花月夜》给人留下绵长而又绵长的怅惘和思索。

当然，由于诗人的感伤乃源于对人生的热爱和珍惜，故全诗的感情基调是哀而不伤。

全诗中"月"是联系全篇的纽带。月在一夜之间经历了升起——高悬——西斜——落下的过程，联结全篇，表现了诗人的精心结撰。

全诗四句一换韵，平仄交替，前后呼应，节奏感强，富于音乐美。全诗诗情回环反复而又层出不穷，声情并茂，宛转谐美。

《春江花月夜》这一旧题，一到张若虚手里，便异彩焕发、光耀千秋，不愧为盛唐绝响，盛世华章。

【原文】

别董大[①]二首(其一)

高适

千里黄云白日曛[②]，北风吹雁雪纷纷。
莫愁前路无知己，天下谁人不识君[③]。

【注释】

①董大：唐玄宗时著名的琴师董庭兰。在兄弟中排行第一，故称"董大"。

②黄云：在阳光下，乌云是暗黄色，所以叫黄云。曛(xūn)：昏暗。白日曛：即太阳黯淡无光。

③君：您，指董大。

【经典原意】

千里长空布满了昏黄的云，连太阳也被遮得黯淡无光。北风吹送着南归的雁阵，大雪纷纷飘落。你不要担忧前面的路上没有知心朋友，普天之下，有谁不认识你董君呢？

【当代阐释】

盛唐的宏阔，诗人的自信

诗中的董大，是唐玄宗时著名的琴师董庭兰。唐代诗人崔珏有诗道：“七条弦上五音寒，此艺知音自古难。惟有河南房次律，始终怜得董庭兰。”古琴因其博大精深，因而曲高和寡、知音难觅，唐代诗人白居易也感叹它“古声澹无味，不称今人情。”唐时盛行胡乐，古琴无法与这些流行歌曲的受欢迎程度相比，因此，技高于世的董庭兰也自有其寂寞。这时才学满腹的高适也很不得志，他在《别董大》之二中写道：“六翮飘飖私自怜，一离京洛十余年。丈夫贫贱应未足，今日相逢无酒钱。”二人相遇，必有相知相惜之感。

不过本诗中，高适却以豪阔的胸襟，慷慨的语言来写离情。

前两句“千里黄云白日曛，北风吹雁雪纷纷”，场景虽荒寒凄绝，气象却也宏壮阔大。后两句“莫愁前路无知己，天下谁人不识君”，是对朋友的劝慰，也是对董庭兰和自身的自信。这就是盛唐气象。境遇可以艰难、逼仄，心却无比广大；眼前虽然穷愁，前景必定光明。这种豪放，既需要时代的大环境有可能令寒微的文化人找到向上发展的路径，又需要人们对自身才华有足够的把握和自信，二者缺一不可。这就是为什么盛唐诗有别于初唐、中唐、晚唐诗，也有别于其他任何时代诗歌的深层原因。

【原文】

题都城南庄①

崔护②

去年今日此门中，人面桃花相映红。

人面不知何处去，桃花依旧笑春风。

【注释】

①都城：京都长安。南庄：南郊村庄。题：古人有题诗墙壁的习惯。

②崔护，字殷功，博陵（在今河北省）人。贞元十二年登进士第。终岭南节度

使。其诗诗风精练婉丽，语言清新。

【经典原意】

去年的今天我来到这里，看到这个门里桃花盛开，美丽的姑娘白里透红的脸庞与桃花相互映衬，倍加艳丽。今天我再次来到这里，姑娘却不知去了哪儿，不见踪影，只有桃花还是纷繁浪漫地在春风中含笑轻舞。

【当代阐释】

美好的共鸣

显然，这是一次真实的经历。作者没有描写具体的相遇细节、缘由、过程，只写了再次寻访不遇的惆怅。

但这首诗仍是有情节性的，读者完全可以大概想象出的场景：春光中，诗人独步南郊，不觉信步来到一家幽静的门前，正欣赏其纷繁浪漫的桃花，忽见一个姑娘正在默默微笑注视着自己，其艳丽纯美的容颜更比桃花动人，诗人心中忽然像有电流通过，感到惊心动魄的震动。

至于二人是否有问路、讨水之类的接触，诗歌没有明言，读者自可想象。总之离开之后，诗人不仅觉得这个姑娘美好的容颜难以忘怀，更有那含情的眼神令他难以释怀。

崔护回到京城，碌碌的人事纷繁，忙忙的功名追求，不觉已是一年。又是一年春好处，崔护再次来到南郊。想起去年的美好的相遇，他不禁加快脚步，寻找记忆中那清雅美丽的小院，谁知桃花依旧，人影杳然。崔护怅惘良久，在门上题写了这首诗。

这首诗所以动人，脍炙人口，千古传诵，原因大体有三。

一是：爱情本来就是这个世界上不可多得的珍贵宝物，因而尤为动人。浪漫春光、青年男女、两情相悦本来就是爱情中最可贵、最美好的要素，它们在本诗中齐聚了，这本身就是一个奇迹，是真正的浪漫。

二是：爱而不得，其怅惘，其失落，则比得到真正的爱情更动人心。

三是：在偶然情况下遇到某种美好事物，而当自己终于有时间、或有心情、或有可能去刻意追求时，却再也不可复得。错过每徒增惆怅，失去更弥足珍贵，回忆会更添美好。这是历代人、每个人都有可能的体验。这种际遇往往是人们心中最柔软、最温暖的一角，是记忆中最美、最怅惘、最不愿碰触又最想去碰触的那一部分。因此，千载之下，四海之内，每读此诗，最易共鸣。

【国学故事】

崔护因诗得妻

崔护，字殷功，博陵人，天资聪慧，很年轻就考中了进士。清明节这天，他独自一人到长安城的南郊去游玩。这天天气晴朗，春意融融。崔护信步走到一个村庄，看到有一个清静的庭院。院子里花木葱郁，鸟鸣啾啾。崔护走得有些口渴了，想讨碗水喝。就走上前去敲门。过了一会儿，一位少女在门缝中向外观望，问道："谁呀?"崔护赶忙应声答道："博陵人崔护路过此地，口渴难耐，想跟您讨些水喝。"少女见公子彬彬有礼，笑了笑把门打开，请崔护稍等。不一会儿，少女把水端来，含笑着递给他。崔护喝完水，抬眼望去，只见少女正斜倚在桃树旁，默默地凝望着自己，粉红的脸庞在桃花的映衬下分外动人。崔护心中不禁有所触动，少女也似乎对他颇为倾慕。两人四目相遇，虽没有说什么话，却似已有心灵沟通。崔护起身告辞，少女含笑送他到门口。

第二年的春天，又是桃花盛开的时候，崔护忽然想起去年美好的相遇，很激动地循着旧迹，来到当年那个院子。可是让他失望的是，院子外的大门被锁上了。桃花依旧盛开，茂盛的枝叶甚至伸出到围墙外面来了，可是哪里还有可爱的少女呢?崔护不禁非常惆怅，于是在门上题了一首诗：

去年今日此门中，人面桃花相映红。

人面不知何处去，桃花依旧笑春风。

随后便快快而归。

过了些日子，崔护偶然到城南办事，顺便又去寻访，听到门内有哭泣的声音，非常惊讶，于是他鼓起勇气敲门问询。只见一位老者蹒跚而至，问道："相公您是崔护吗？"崔护吃了一惊，答道："是啊。"老者哭着说："是您杀了我的女儿啊！"崔护听了，非常惊讶。只听老者哭哭啼啼地解释道："我女儿才15岁，她知书达理，尚未许配于人。自从去年以来经常精神恍惚，若有所失。前不久我和她出门去了，回来看见门上有字，那就是您写的诗啊！读完诗小女就病了，终日茶饭不思，这不，刚刚去世了。"崔护听了感到揪心的痛楚，请求祭奠女子。进去一看，女子依然是去年见到时的可爱模样，崔护不禁冲上去抱着女子哭喊："我在这里啊，我在这里。"说也奇怪，崔护刚喊几句，那女子的眼睛竟然慢慢睁开了。过了半天，她已完全苏醒。老者喜出望外，后来就把女儿嫁给了崔护。

这个故事记载在唐代孟棨《本事诗》中，虽然孟棨是当朝人，但仍不排除它是根据崔护的诗歌而编出来的这一可能性。

【原文】

梦天①

李贺

老兔寒蟾泣天色②，云楼半开壁斜白③。
玉轮轧露湿团光，鸾珮相逢桂香陌。
黄尘清水三山下，更变千年如走马。
遥望齐州九点烟，一泓海水杯中泻。

【注释】

①梦天：诗写梦游月宫的幻想境界。

②老兔寒蟾(chán)：兔和蟾蜍为神话传说中住在月宫里的动物，这里指代月亮。泣天色：意思是秋月初出，光影凄清，有如兔和蟾在哭泣似的。

③云楼：月中楼阁，仙人所居。壁斜白：月光斜照墙壁，呈现白色。

④玉轮：指月亮。轧(yà)：碾。"玉轮"句：月亮带着光晕，像被露水打湿了似的。

⑤鸾珮(pèi)：雕着鸾凤的玉珮，这里指佩带鸾珮的仙女。桂香：《酉阳杂俎》卷一载，“旧言月中有桂，有蟾蜍，故异书言月桂高五百丈，下有一人常斫之，树创随合。”陌：小径。此句写诗人在月宫中桂花飘香的路上遇到了仙女。

⑥“黄尘”二句：王琦注：“蓬莱、方丈、瀛洲三神山俱在海中。今视其下，有时变为黄尘，有时变为清水。千年之间，时复更换，而自天上观之，则犹走马之速也。”葛洪《神仙传》：“麻姑云：接待以来，已见东海三为桑田，向到蓬莱，水又浅于往日会时略半耳，岂将复为陵陆乎？”这里化用其意。这两句写仙女对诗人说的话。黄尘清水即沧海桑田，“更变千年如走马”即类似“山中（指仙界）方七日，世上已千年”的意思。

⑦齐州：中州，即中国。古人认为中国有九州，九州之外，便是四海。“遥望齐州”两句是说在月宫俯瞰中国，九州小得就像九个模糊的小点，而大海小得就像一杯水。泓(hóng)：量词，清水一道或一片叫一泓。

【经典原意】

秋月初出，光影凄清，有如兔和蟾在哭泣似的。我来到月宫中，只见云雾中的楼阁半隐半现，月光斜照墙上，一片雪白。月亮像个大轮子，带着光晕，像碾过露水，被打湿了似的。我在桂花飘香的小路上遇见了仙女，她告诉我海中的三神山蓬莱、方丈、瀛洲的山脚下，有时变为干燥的扬着黄尘的陆地，有时变为环绕三山的清水。从天上看起来，千年之间，更换得像走马一样迅速。我从月宫俯瞰中国，九州小得就像九个模糊的小点，而大海小得就像一杯水。

【当代阐释】

人间结借仙界解

本诗的突出特点是想象奇特。诗写梦游月宫的情景。前四句写漫游月宫所见；后四句写在月宫俯瞰人间的感觉。李贺在这首诗里，通过梦游月宫，描写天上仙境，以排遣个人在人间不得志的苦闷。通过天上仙界的视角，揭示对于人生短暂、世事无常的哲学思考，从而使自己有可能超脱现实的具体烦恼和苦闷。

本诗构思奇妙，想象丰富，比喻新颖，体现了作为“鬼才”的李贺诗歌变幻怪谲的艺术特征。

《唐诗快》评论本诗说："命题奇创。诗中句句是天，亦句句是梦，正不知梦在天中耶？天在梦中耶？是何等胸襟眼界，有如此手笔！"《李长吉集》引黎简的评论说："论长吉（李贺）每道是鬼才，而其为仙语，乃李白所不及。九州二句妙有千古。"二评从不同角度揭示了这首诗歌的妙处。

【原文】

遣悲怀[①]三首（其二）

元稹[②]

昔日戏言身后意，今朝都到眼前来。
衣裳已施行看尽[③]，针线犹存未忍开。
尚想旧情怜婢仆，也曾因梦送钱财。
诚知此恨人人有，贫贱夫妻百事哀。

【注释】

①这是元稹悼念亡妻韦丛所写的三首七言律诗《遣悲怀》之一。韦氏是太子少保韦夏卿的幼女，20岁时嫁与元稹。7年后，即元和四年（809年）七月，韦氏去世。此诗约写于元和六年前，时元稹在监察御史任上。

②元稹：779～831年，字微之，洛阳人，唐著名诗人。幼孤，母郑氏贤能，亲自教育元稹。15岁以明两经擢第。举明经书判入等，补校书郎。元和初，应制策第一。自少与白居易唱和，当时称"元白"，号为"元和体"。与白居易同为新乐府运动倡导者。

③施：施舍与人。行看尽：眼看快没有了。行：快要。

【经典原意】

当年咱俩开玩笑谈论着死后的事，今日却都成了现实。你生前穿的衣裳眼看就要施舍完，只有你做的针线活我还不忍去打开。我深切思念你，因此对你旧日使用的婢女仆人也加意怜爱；也曾因梦中见到你而为你施舍钱财。我也知道这种生离死别是世间人人都可能经历的，但是咱们一同度过艰难岁月的夫妻，回忆起来更觉事事悲哀。

【当代阐释】

以浅浅语道深深情

这是元稹悼念亡妻韦丛所写的三首七言律诗《遣悲怀》其二。韦氏是太子少保韦夏卿的幼女，20岁时嫁与元稹。7年后，即元和四年(809年)七月，韦氏去世。韦丛娘家家境很好，嫁给元稹这些年元稹一直处于寒微的地位，所以元稹在《遣悲怀》三首其一中说：

谢公最小偏怜女，自嫁黔娄百事乖。
顾我无衣搜荩箧，泥他沽酒拔金钗。
野蔬充膳甘长藿，落叶添薪仰古槐。
今日俸钱过十万，与君营奠复营斋。

从元稹的诗可以看出，二人感情很好，韦氏勤俭持家，千方百计地照顾元稹。这使元稹觉得特别亏欠韦氏，对共苦而没能同甘的妻子，他总想做点补偿。

这里选的《遣悲怀》其二，"昔日戏言身后事"，是家家常有的情境；"今朝都到眼前来"，是人人都不愿有却每每发生的现实；"贫贱夫妻百事哀"更是抒发了共苦却难以同甘的夫妻的普遍悲感。用质朴的语言极为精当地概括出人人欲道不能，却人人常历之景、人人常有之情，因此这几句成了广为传颂的名言。

《遣悲怀》其三承上文写自己的悲慨：

闲坐悲君亦自悲，百年都是几多时。
邓攸无子寻知命，潘岳悼亡犹费辞。
同穴窅冥何所望，他生缘会更难期。
惟将终夜长开眼，报答平生未展眉。

这最后一首，写纵然同穴，死后之事渺茫难凭，难以指望，至于来生再结夫妻的想法，则更加飘渺而不现实。因此只能以夜夜失眠思念来报答她往日共苦时的付出。

这三首诗用"悲"字贯穿，分别着重写生前、死后、将来，缠绵痴情，哀痛欲绝，令人不能不感动。

清代蘅塘退士评论此诗说："古今悼亡诗充栋，终无能出此三首范围者"，可说是公正之评。

【原文】

长恨歌[1]

白居易

汉皇重色思倾国，御宇多年求不得[2]。
杨家有女初长成，养在深闺人未识[3]。
天生丽质难自弃，一朝选在君王侧。
回眸一笑百媚生，六宫粉黛无颜色。
春寒赐浴华清池[4]，温泉水滑洗凝脂。
侍儿扶起娇无力，始是新承恩泽时。
云鬓花颜金步摇[5]，芙蓉帐暖度春宵。
春宵苦短日高起，从此君王不早朝。
承欢侍宴无闲暇，春从春游夜专夜。
后宫佳丽三千人，三千宠爱在一身。
金屋妆成娇侍夜，玉楼宴罢醉和春。
姊妹弟兄皆列土[6]，可怜光彩生门户。
遂令天下父母心，不重生男重生女[7]。
骊宫高处入青云，仙乐风飘处处闻。
缓歌慢舞凝丝竹，尽日君王看不足。
渔阳鼙鼓动地来，惊破《霓裳羽衣曲》[8]。
九重城阙烟尘生，千乘万骑西南行[9]。
翠华摇摇行复止，西出都门百余里[10]。
六军不发无奈何，宛转蛾眉马前死[11]。

花钿委地无人收，翠翘金雀玉搔头[12]。
君王掩面救不得，回看血泪相和流。
黄埃散漫风萧索，云栈萦纡登剑阁[13]。
峨嵋山下少人行[14]，旌旗无光日色薄。
蜀江水碧蜀山青，圣主朝朝暮暮情。
行宫见月伤心色，夜雨闻铃肠断声。
天旋日转回龙驭[15]，到此踌躇不能去。
马嵬坡下泥土中，不见玉颜空死处。
君臣相顾尽沾衣，东望都门信马归。
归来池苑皆依旧，太液芙蓉未央柳[16]。
芙蓉如面柳如眉，对此如何不泪垂。
春风桃李花开夜，秋雨梧桐叶落时。
西宫南苑多秋草[17]，宫叶满阶红不扫。
梨园弟子白发新[18]，椒房阿监青娥老[19]。
夕殿萤飞思悄然，孤灯挑尽未成眠。
迟迟钟鼓初长夜，耿耿星河欲曙天。
鸳鸯瓦冷霜华重，翡翠衾寒谁与共。
悠悠生死别经年，魂魄不曾来入梦。
临邛道士鸿都客[20]，能以精诚致魂魄。
为感君王展转思，遂教方士殷勤觅。
排空驭气奔如电，升天入地求之遍。
上穷碧落下黄泉，两处茫茫皆不见。
忽闻海上有仙山，山在虚无缥缈间。
楼阁玲珑五云起，其中绰约多仙子。
中有一人字太真，雪肤花貌参差是。
金阙西厢叩玉扃，转教小玉报双成[21]。
闻道汉家天子使，九华帐里梦魂惊。

揽衣推枕起裴回，珠箔银屏逦迤开。
云鬓半偏新睡觉，花冠不整下堂来。
风吹仙袂飘飖举，犹似霓裳羽衣舞。
玉容寂寞泪阑干，梨花一枝春带雨。
含情凝睇谢君王，一别音容两渺茫。
昭阳殿里恩爱绝[22]，蓬莱宫中日月长[23]。
回头下望人寰处，不见长安见尘雾。
唯将旧物表深情，钿合金钗寄将去[24]。
钗留一股合一扇，钗擘黄金合分钿。
但教心似金钿坚，天上人间会相见。
临别殷勤重寄词，词中有誓两心知。
七月七日长生殿[25]，夜半无人私语时。
在天愿作比翼鸟[26]，在地愿为连理枝[27]。
天长地久有时尽，此恨绵绵无绝期。

【注释】

①在白居易作《长恨歌》诗后，陈鸿也写了一篇笔记小说《长恨歌传》。二者都以唐玄宗和杨贵妃的爱情故事为题材，因为以悲剧结局，故以“长恨”为名。

②汉皇：汉武帝宠李夫人，这里借指唐玄宗宠杨贵妃。倾国：指美女。李夫人出身娼家，未入宫前，其兄延年为武帝歌，中有“北方有佳人，绝世而独立，一顾倾人城，再顾倾人国”之句，引起武帝注意，李夫人因而入宫。御宇：指帝王统治天下。

③杨家有女：指杨玉环，后来被册封为玄宗贵妃。《新唐书·杨贵妃传》载：“幼孤，养叔父家。始为寿王妃。开元二十四年（当作二十五年）武惠妃薨，后廷无当帝意者。或言妃姿质天挺，宜充掖廷。遂召内（纳）禁中，异之，即为自出妃意者，丐籍女冠（请求出家入女道士籍），号太真。更为寿王聘韦昭训女，而太真得幸。”寿王：唐玄宗子。“养在深闺人未识”是作者有意美化杨玉环。

④华清池：在昭应县（今陕西临潼）东南骊山北麓。有温泉，唐开元中，建温泉宫。天宝时改名华清宫。玄宗常往避寒，辟浴池十余处。

⑤步摇：首饰名。插在女子发鬓上随行步摆动摇荡，故名。

⑥“姊妹弟兄”句：指杨玉环家人因为杨贵妃之宠而得玄宗恩封。列土：即裂土，指分封土地。《新唐书·杨贵妃传》：“天宝初，注册贵妃。追赠父玄琰太尉、齐国公，擢叔玄珪光禄卿，宗兄铦鸿胪卿，锜侍御史，尚太华公主。……而钊亦浸显。钊，国忠也。三姊皆美劭，帝呼为姨，封韩、虢、秦三国为夫人。出入宫掖，恩宠声焰震天下。”

⑦“不重”句：当时有歌谣唱道：“生女勿悲酸，生男勿喜欢。”“男不封侯女作妃，看女却为门上楣。”

⑧渔阳鼙(pí)鼓：指天宝十四年(755年)范阳节度使安禄山反唐作乱。渔阳，秦郡名，唐渔阳郡是范阳节度使所辖八郡之一，这里沿用古称，泛指范阳地带。鼙鼓：军鼓。霓裳羽衣曲：唐舞曲名，为唐玄宗据其他舞曲改写而成。

⑨九重城阙：指京城。京城为皇宫所在，皇宫门有九重似九重天。西南行：天宝十五年六月，安禄山破潼关，玄宗率众奔逃西南蜀地。

⑩翠华：指皇帝的仪仗。《文选》司马相如《上林赋》：“建翠华之旗。”注：“以翠羽为葆也。”葆：车盖。葆车为由五彩羽毛编成车盖的坐车。

⑪“六军不发”两句：指玄宗一行奔蜀西行，至马嵬坡，陈玄礼率部不前，逼玄宗诛杀奸相杨国忠、赐死杨贵妃一事。“马嵬坡”在今西安西边的兴平县。

⑫“花钿”二句：意谓各种首饰都散落地上。花钿：即金钿，镶嵌金花的首饰。翠翘、金雀，都是钗名。玉搔头，即玉簪。

⑬云栈：高入云霄的栈道。剑阁：即剑门关，在今四川省剑阁县。其地险峻，两山耸峙，望之似门，中有通道，为古时由秦入蜀的要道。

⑭峨嵋山：在今四川峨眉山市，这里泛指蜀中山岭。

⑮天旋日转：喻唐肃宗至德二年(757年)十二月，长安收复，玄宗一行离蜀返京一事。龙驭：皇帝的车驾。

⑯太液：唐大明宫内池名。未央：汉宫名，这里借指唐宫。

⑰西宫：唐太极宫。南苑：唐兴庆宫。按：玄宗由蜀返京后，先住兴庆宫，后来因李辅国所迫，迁住西宫。

⑱梨园弟子：唐玄宗选乐工、宫女数百人，教授乐曲于梨园。梨园的歌舞艺人，称梨园弟子。

⑲椒房：唐皇后居处，因其墙壁涂着椒泥，故名。阿监：后宫侍女。

⑳临邛(qióng)：在今四川邛崃县。鸿都：原指东汉洛阳北宫门，这里借指唐长安。“鸿都客”即在京城客居。

㉑小玉:吴王夫差女。双成:西王母身边的玉女董双成。这里借小玉、双成作太真在仙山中的侍女。

㉒昭阳殿:汉宫名,这里借指杨妃曾居住过的唐宫。

㉓蓬莱宫:传说的海上仙山,借指诗中太真魂灵所居之境。

㉔钿合:镶嵌金花的精制盒子。

㉕长生殿:玄宗所筑之殿,亦名集灵台。

㉖比翼鸟:雌雄并飞、不失不离之鸟。

㉗连理枝:形容两树不同根而纠结在一起的枝干。

【经典原意】

汉(唐)朝的君王看重女色,思慕着倾城倾国般的美人,他统治着天下,却多年没有找到中意的佳丽。杨家有一个女儿刚刚长大成人,养在幽深的闺阁中无人相识。天生的美色不甘被埋没,终于有一天被选在君王的身侧。她回头一笑,眼波流转间就显出万般妩媚,相形之下,所有的嫔妃都黯然失色。春寒时君王恩赐她到华清池沐浴,温泉的池水浸润着她白嫩幼滑的皮肤。侍女轻轻地将她扶起,她显得那么娇弱乏力。乌云般的鬓发,鲜花似的容颜,鬓边的首饰晃晃摇摇,她与君王在芙蓉帐里共度良宵。只恨春宵太短,太阳早已升起,从此君王再不上早朝。陪伴君王寻欢作乐、饮酒宴集,没有丝毫空闲,春日陪着君王春游,夜晚专伴君王过夜。后宫妃嫔无数,但君王的宠爱全部都集中在她一人身上。豪华的宫殿里细细梳妆娇美的她夜晚侍候君王,精美的楼台中酒宴过后她的醉态与春光共美。她的姊妹兄弟都受到皇上的分封,人们都羡慕她家无限光彩,门庭辉煌。使得天下的父母心里,不再看重男儿,只盼生下娇艳的美女。骊山上的华清宫高耸入云,乐声如从仙界传来,随风飘荡,处处都能听到。舒缓的歌声,轻盈的舞蹈,伴奏着管弦乐器,君王整日观赏乐此不疲。

叛军在渔阳擂响了战鼓,鼓声惊天动地,人马杀进京城,惊破了美妙的《霓裳羽衣曲》。京城里弥漫着战火烟尘,皇上带着千万人马慌忙向西南逃奔。君王的车驾走得不远忽然又停住了,这时向西离开都门才百余里。原来是护送的军队到了马嵬坡就不肯前进,君王无可奈何，难割难舍地让人把美人在马前缢死。翠翘、金雀等金钗，还有那玉簪等精美的首饰，丢在地上无人收拾。君王掩着脸面无法相救，回头一看，不禁眼中泪流，心中血流。路上尘土飞扬，寒风萧索，走过高入云端回环曲折的栈道登上了剑阁。峨嵋山下行人稀少，旗帜无光，日色惨淡。在青山绿水的蜀地，君王日日夜夜怀念美人。住在行宫看见月色而伤心落泪，雨夜独处听到铃声便愁肠寸断。

大局扭转，君王得以返回都城，途经马嵬坡这出事地点，徘徊着不忍离去。眼望这马嵬坡下的黄泥尘土之中，不见贵妃的容颜空剩下她的死处。君臣们相对无言泪湿衣襟，向东望着都门，无心策马，任马前行。

回来后只见池沼园林都依然如旧，太液池中开放着鲜艳的芙蓉，未央宫里飘荡着依依的杨柳。芙蓉就如美人的面容，柳叶就如美人的蛾眉。面对如此景象如何不伤心落泪？春风吹来，桃李花开之日，秋雨飘来，梧桐叶落之时，对美人的无尽思念，更是悠远绵长。太极宫和兴庆宫里长满秋草，落叶遮盖了石阶也无人打扫。梨园的艺人已添了白发，后宫的女官也已衰老。深夜里萤火虫在宫殿飞舞，君王把美人默默地思念，独守孤灯不能成眠。报更的钟鼓声是那样的迟缓，黑夜如此清冷漫长。苦熬长夜，银河微明，天才发亮。秋霜厚重，鸳鸯瓦显得寒冷无比，无人相伴，翡翠被感觉愈加凄寒。生离死别，已经度过漫长一年，美人的魂魄却从来不曾来到梦中。临邛的一位道士来到京城作客，能以精诚的法术招来死者的魂魄。被君王深切的思念所感动，那道士殷勤地到处寻觅贵妃。他在空中腾云驾雾奔驰如闪电，上天入地都找遍。上至天界，下至阴间，两处都杳杳茫茫不曾把她发现。忽然听说在海上虚无缥缈的地方有一座仙山，玲珑的楼阁耸立在五色的彩云中间，里面住着许多美丽的仙女。仙女中有一位字号太真，如雪的肌肤，如花的容颜，似乎就是君王思念的那位美人。道士敲开了宫阙西房的玉门，守门人转叫小玉去告诉双成，让双成去禀报她们的主人。听说汉（唐）家的天子派来了使者，美人在九华帐里从梦中惊醒。披上衣衫推开枕头立即起身，焦急得在地上走来走去，忙令把珠帘银屏依次打开。刚刚睡醒来不及梳妆，如云的发髻偏在一边，头上的花冠也来不及整理，美人就匆匆忙忙地走下堂来。清风吹着她的衣袖飘飘飞动，还像当年和着《霓裳羽衣曲》舞蹈一样优雅。她美丽的容颜显得无比凄凉，泪流满面，那情景正如一枝梨花洒满了春雨。眼波中含着深情注视着使者请他转达对君王的致意，分别之后无法见面音信难通。昔日皇宫里的恩爱如今已经断绝，我在仙宫里孤独寂寞，日子显得无比久长。回头下望人间居处，看不见长安只见一片尘雾。只有拿出我的旧物表达我的一片深情，把这钿盒金钗带回去给君王做个念心。我把金钗钿盒都掰断分开，君王和我各自留一半。只要我们相爱的心如这金钗钿盒一样坚牢，天上人间总有一天能相见。临别时她殷勤地把这些话再三叮嘱，话中的誓言只有她和君王两人能领会。记得当年七月七日在长生殿，夜半无人时我们私下说过的话。"在天上愿化作比翼双飞的鸟，在地上愿变成两棵枝干相连的树。"天长地久总有穷尽的时候，这真挚爱情的遗憾绵长没有终绝之期！

【当代阐释】

爱情与事业

这首诗歌一方面表现了唐玄宗的荒淫误国，一方面歌颂了唐玄宗李隆基与贵妃杨玉环的爱情故事，而以后者为主，前者只是附庸，或曰只是为了交待李杨爱情夭折的原因。作为文学作品，我们当然不妨欣赏这动人、真挚、优雅、富于曲折和传奇性的爱情故事，更应该细细品味白居易不凡的大家手笔，但我们若要反观现实，指导人生，却必须澄清和强调几个重要事实。

其一，不可忽视唐玄宗荒淫误国的事实。唐玄宗前期，尚不妨称之为一个有为之主，国力强盛，经济持续发展，社会繁荣达到整个唐代的最高峰。这当然不完全是他的功劳，而是他顺应了初盛唐的发展势头并使其继续发展。但后期，他好大喜功、穷兵黩武、信用小人、贪恋美色，并纵容内戚专权，耽于斗鸡、歌舞、戏剧等娱乐，不理国事，荒废朝政。更加错误的是，安禄山等人的谋反迹象已经非常明显，朝臣已经多次提醒，他仍然执迷不悟，最终导致发生破坏性极强的安史之乱，使生灵涂炭，国势一落千丈，一蹶不振。可以说，唐朝的大好江山，在玄宗末年就已经失去了，终唐之世，老百姓的太平安宁的日子从此一去不复返。此后，不要说百姓的境况，就是皇帝本人，也不过是宦官手中任由宰杀的鸡犬，或是不断与此起彼伏地反叛的强大藩镇首领你争我夺的可怜虫。有人可能会说安史之乱的起因源远流长，府兵制本身在不断变化，安史之乱有其必然性；而且盛极而衰也是事物发展的一般规律。但人之智在于能防微杜渐、防患于未然，若能不断革新，便可盛极不衰。改革的目的就是革弊图新，这样人类社会就能不断向前发展。这就是为什么历史上历代改革家，不论成败，我们都不由自主地怀着钦仰之情，因为他们是有预见性和远见的人，是先天下之忧而忧的人。唐玄宗造成国家骤衰，从而破坏性极强，罪不可诿。唐玄宗纵乐误国，酿成了安禄山叛乱大祸，也断送了他和杨贵妃间的“爱情”，成为绵绵无绝期的“长恨”。试想，他当太上皇期间的屈辱、羞愧、后悔想必是十分不堪的，他的处境和地位也必是十分不堪的，这从本诗“西宫南苑多秋草，宫叶满阶红不扫”也透露出了一点消息，他连住所都不能自主，宫殿卫生都没有人搞，肃宗和太监对他的态度就可想而知了，甚至随时有被他们暗杀的可能。从这个意义上说他“长恨”决不止于“爱情”，他的恐怕未必有太多心情去回忆爱情，但必定十分懊丧于他的好日子一去不复返了。但是，大唐帝国的好日子也一去不复返了。清代袁枚的《马嵬驿》就写到：“莫唱当年长恨歌，人间亦自有银河。石壕村里夫妻别，泪比长生殿上多。”指出因玄宗误国，爆发安史之乱，使人间无数无辜百姓夫妻分别或永别，人民流离失所，其痛苦远甚于唐玄宗的痛苦。

顺便提及，乾隆皇帝虽被称为千古福帝，但清朝也正是从他手里开始走下坡路的，只是没有在当朝爆发类似安史之乱的大危机。但他在执政期间尤其是后期守成而不创业，因循而不革新，用人不当，纵容贪污，使各种矛盾滋生和加剧，却是事实。

其二，家天下的罪恶。首先，政治完全取决于皇帝个人品质，没有制度的约束和保障。其次,如果统治者不够贤明和理智,就容易造成是非不分,贤才被抑制,因此历史上很多忠耿志士做到了"文死谏",却无补于事,这大概是曹雪芹借贾宝玉之口批评"文死谏,武死战"的原因吧。再次,很多改革失败,都源于最高统治者的权力易手,或核心统治集团的权利斗争,最后个人利益战胜了国家利益,比如宦官操纵,比如太后夺权,比如旧皇帝崩亡新皇帝即位。只有真正的民主,老百姓才有可能过上正常的生活。

其三,过分贪恋美色,不务正业,在任何时代、任何阶层都会造成恶果。先说贪恋美色。几乎每个亡国、败国之君都有一个他所沉迷、执著的美色,如商纣王的宠妃妲己,周幽王的宠妃褒姒,陈后主宠妃张丽华、孔贵嫔。晚唐宰相郑畋的《马嵬坡》说:"玄宗回马杨妃死,云雨难忘日月新。终是圣明天子事,景阳宫井又何人。"很多人认为他在赞扬唐玄宗,但其实他真正的意思应是玄宗的举动虽胜陈后主,但实在不过是五十步与百步的关系,所胜无几。次说不务正业。南唐主李璟、李煜之于词,宋徽宗之于书法绘画,唐玄宗之于歌舞音乐戏剧斗鸡,乾隆皇帝之于书法绘画瓷器古董,明熹宗朱由校之癖好于做木匠,明武宗朱厚照之癖好于当将军。这些人如果辞职专注于艺术,不能不称之为兴趣浓厚、才华横溢、成效卓著的艺术家、军事家。可惜他们还占着一个极其重要的位置而渎职,就不能不称之为亡国之君、败国之君了。

其四,红颜祸水论是不公平也不正确的。唐玄宗没有杨贵妃,就会有李贵妃、王贵妃、张贵妃,只要玄宗是个"重色思倾国",为了美色"从此君王不早朝"的人,安史之乱就会发生。晚唐诗人罗隐《西施》早就说过:"家国兴亡自有时,吴人何苦怨西施。西施若解倾吴国,越国亡来又是谁?"玄宗除了女色还沉迷于斗鸡、歌舞、音乐……,就是不务正业。女人对于亡国、败国之君来说,与他酷爱的斗鸡、蹴球之类并无本质区别,吴王给西施筑的"馆娃宫"字面的意思即是"藏娇屋",据说宫内"铜勾玉槛,饰以珠玉",美则美矣,但若承认众生平等的话,亦不妨称之为"金丝笼"。

其五，即便是真挚的爱情，过分执著，也可能导致严重的后果，比如发疯、抑郁、精神紊乱、自杀，现实中这样的例子比比皆是。所以真挚爱情固然美好，固然可歌可泣，固然值得追求，但在内外条件不具备拥有或保持的情况下，就应识时务者为俊杰，不必胶着、固执、偏执。至于纯粹的单相思，则更应理智战胜感情，将精神解放出来去追求真正可以而且值得追求的东西。

《长恨歌》留给我们的，除了绝美的文笔和凄美的爱情故事，更有对于爱情、事业、人生的思考。

【原文】

游子吟

孟郊

慈母手中线，游子身上衣。
临行密密缝，意恐迟迟归。
谁言寸草心①，报得三春晖②。

【注释】

①寸草：比喻非常微小。

②三春晖：三春，指春天的孟春、仲春、季春；晖，阳光；形容母爱如春天和煦的阳光。

【经典原意】

慈祥的母亲手里穿针引线，为将远游的儿子赶制新衣。临行前她刻意把衣服缝得结结实实，总担心儿子短时间内难以归家。谁说像小草一样的那点孝心，能报答得了如春日阳光般的慈母之爱呢？

【当代阐释】

出自肺腑的感激

母亲，提起来总是那么亲切；母爱，谈起来总是感动难言。几乎人人都承认，世界上母亲最伟大，母爱最广博。

孟郊以苦吟著名，唐末张为作《诗人主客图》，以他为“清奇僻苦主”，苏轼则将它与贾岛并称“郊寒岛瘦”，故他有些诗歌不免流于晦涩、奇僻，但这首《游子吟》却完全不是这样。全诗语言明白如话，诗意却感人至深。

古往今来描写母爱的诗文不计其数，但本篇只选取了一个小小的细节：临行缝衣，却感动了无数的人。尤其是“谁言寸草心，报得三春晖”两句比喻，实在是道出了千古人想道却道不出的肺腑之言。“寸草心”，多么微小，不是凌云木，也不是凌霄花；“三春晖”，多么和煦，不是夏晖、冬晖，也不是秋晖。母爱如太阳，给我们光明、温暖和希望。但这样的比喻哪里比得上“三春晖”道尽温煦的恰切，哪里说得出“寸草心”大恩难以言报的精微，更哪里道得明二者依依相存的关系。

本篇题下作者自注：“迎母溧上作”，当是他居官溧阳时的作品。孟郊一生窘困潦倒，直到50岁时才得到了一个溧阳县尉的卑微之职。宦途失意，诗人饱尝世态炎凉，更觉亲情之可贵。苏轼《读孟郊诗》说他“诗从肺腑出，出辄愁肺腑”，这首诗出自肺腑，感人至深，是难得的不令人“愁肺腑”的好诗。

【原文】

无题[1]

李商隐

相见时难别亦难，东风无力百花残。
春蚕到死丝方尽[2]，蜡炬成灰泪始干[3]。
晓镜但愁云鬓改[4]，夜吟应觉月光寒。
蓬山此去无多路[5]，青鸟殷勤为探看[6]。

【注释】

①无题：无标题，因不便明言，故讳其意。

②丝方尽：丝，与“思”是谐音字，“丝方尽”意思是除非死了，思念才会结束。

③泪始干：泪，指燃烧时的蜡烛油，这里取双关义，指相思的眼泪。

④晓镜：早晨梳妆照镜子；云鬓：女子多而美的头发，这里比喻青春年华。

⑤蓬山：蓬莱山，传说中海上仙山，比喻被怀念者住的地方。

⑥青鸟：神话中为西王母传递音讯的信使。

【经典原意】

想要相见很难，想到离别也很痛苦。东风将尽，百花凋残。春蚕结茧，到死时丝才吐完，蜡烛燃烧，成灰时滴蜡方尽。我早晨对镜，只担忧青春消逝，如云的鬓发将改变颜色；他夜晚吟诗，必然感到冷月凄清，寒气逼人。对方的住处就在不远的蓬莱山，却无路可通，可望而不可及。希望像青鸟一样的使者殷勤地为我去探看对方，来往传递消息。

【当代阐释】

李商隐一生写了很多无题诗，过去人们常常认为这些诗有政治寓意，但这种解释不免显得牵强附会。现在大部分人们认为这些是爱情诗，因为它们太情真意切了。这应该是一种正本清源。

这首诗，以女性的口吻描写爱情，这是一桩无望的爱情。由于受到某种力量的阻隔，这对情人难成眷属，甚至难以相见。

一二句，相见与离别两难，更哪堪暮春时节，东风无力，百花凋零，美好的春光也即将逝去。显然这是有象征意义的，象征人生易老，青春易逝。联系“晓镜但愁云鬓改”，这一点就更加明显。另外，“东风无力”，也很可能有象征意义。朱自清说春风“像母亲的手抚摸着你”，古代的人们也把东风与母亲联系。如陆游与妻子唐婉的深挚夫妻感情被陆母活活拆散，陆游在赠唐婉的《钗头凤》中就忍不住说“东风恶，欢情薄”，自然界的东风绝不可能恶，这里东风比喻母亲无疑。因此，李商隐此诗“东风无力”是否比喻即便慈爱的母亲或长辈也对此无能为力,不确定,但有可能。

三四句,“春蚕到死丝方尽”中的“丝”字与“思”谐音,“蜡炬成灰泪始干”,蜡泪暗喻眼泪。连用两个比喻表明此情至死方休。

五六句,夜间爱而不得,因痛苦而憔悴,清晨对镜憔悴,想到青春易逝而爱情渺茫,更添焦灼。“夜吟”句是揣想对方也必将夜不成寐,必借吟诗解愁,爱情的无望也必令他感觉冷月凄清,寒气逼人。可见,这爱情是两情相悦的,而且是相知极深的。

七八句,以传说中的海上仙山蓬莱山为对方居处的象征,而以青鸟作为女主人公的使者出现。爱情不可能实现,唯愿能不时获得对方音讯。句中的“无多路”,可作“没有多远的路”或“没有别的什么路”两种理解,但相见难却并无区别。

这首诗,写的是痛苦、失望而又缠绵、执著的感情,苏涵在《一个弱者的爱情世界》里评论说:“‘弱者的强爱’,也是这种特殊的爱情形态深刻揭示了人间爱情悲剧的共性。”不愧独有见地。

包括本诗在内的李商隐无题诗音调谐美,深情绵邈,含蓄隐涩,且富于象征和暗示色彩,在抒情诗方面成就卓越。其实本诗中有些句子前人已有类似表述,但诗人却大大增强了它们的美感和表现力。这与诗人丰富的文学修养分不开,更与他对艺术手法的执著探索和努力分不开。

聚散离合,爱情得失,令人悲令人喜。但真正的美感,常常来源于真正的悲剧。不论爱,还是它带来的痛,只要沉淀成了好诗,就都是美的。

“春蚕到死”、“蜡炬成灰”如今不仅成了爱情的誓言,还常常用以表达人们事业、理想、信念的执著追求。

关于李商隐执著地爱着的是谁呢?至少我们知道这个人进入了一个几乎绝对难以接触的地方。有学者考证说是玉阳山灵都观道姑宋华阳,或曰宋真人。又有学者说是入道宫女,即先入宫当宫女,后又被皇宫统一安排入道观。(韦然超《相见时难别亦难——李商隐无题诗探微》)后面这种说法有一定道理。

我们先姑且假设是一个人——入道宫女，大体还是说得通的。下面以李商隐的无题诗作一点简单分析。

此人似乎是亲戚，所以有可能青梅竹马，试看这首无题：

八岁偷照镜，长眉已能画。

十岁去踏青，芙蓉作裙衩。

十二学弹筝，银甲不曾卸。

十四藏六亲，悬知犹未嫁。

十五泣春风，背面秋千下。

他几乎看着她长大，对她的所有细节都极为关心。“悬知犹未嫁”，他一直在关心他们的未来。但到15岁时，他得不到他，只能无奈地远远地注目着她哭泣的背影。

似乎他们成年后，她离开前，他们有过美好的接触：

昨夜星辰昨夜风，画楼西畔桂堂东。

身无彩凤双飞翼，心有灵犀一点通。

隔座送钩春酒暖，分曹射覆蜡灯红。

嗟余听鼓应官去，走马兰台类转蓬。

两情相悦而且两心相许，但是没有结果，“昨夜”，强调是对过去的回忆。当时男主人公忙于功名利禄，没有及时珍惜。

《中元作》“羊权虽得金条脱，温峤终虚玉镜台”用两个典故暗示自己虽得对方的青睐和定情信物，但却无缘与她结为夫妇。

此后，再也没有机会了，而且是绝对难以接触。“刘郎已恨蓬山远，更隔蓬山一万重”；“直道相思了无益，未妨惆怅是清狂”；“扇裁月魄羞难掩，车走雷声语未通。曾是寂寥金烬暗，断无消息石榴红”；“贾氏窥帘韩掾少；宓妃留枕魏王才。春心莫共花争发，一寸相思一寸灰”。后两首诗和上引《中元作》似乎还暗示一点：这位姑娘先表示了对富于才华的李商隐的钦慕和爱恋。

但后来忽然又比过去更有机会能相见了，但仍然绝无可能正常结合：

闻道阊门萼绿华，昔年相望抵天涯。

岂知一夜秦楼客，偷看吴王苑内花。

从这首诗的叙述来看，李商隐的恋人先入宫后入道，开始相隔“天涯”后来却有可能被“偷看”到，但她仍是属于“吴王苑内花”，始终没有人身自由，似乎说得通。“阊门”乃苏州古城之西门。阊门始建于春秋时期，是吴王阖闾大城的八门之一。以传说天门中的阊阖得名。它与“吴王苑内花”，以及其他一些无题诗的比喻也似乎暗示确与宫廷有关。

如果是这样，李商隐的爱情遭遇再一次控诉了封建社会“家天下”的罪恶。

【文化常识】

牛李党争

牛李党争源于唐宪宗元和三年(808年)一次科举考试。时任宰相的李吉甫对应试举子牛僧孺、李宗闵进行打击，因为他们在试卷中严厉地批评了朝政。由此，李吉甫与牛僧孺、李宗闵等人结怨。后来李吉甫的儿子李德裕与他们继续结怨。于是以后牛僧孺、李宗闵就跟一些科举出身的官员结成一派，李德裕也跟士族出身的人结成一派，以牛僧孺、李宗闵为领袖的“牛党”和以李德裕为领袖的“李党”在数十年中互相攻讦，争斗不休，成为晚唐政治的一大矛盾。

【国学故事】

李商隐与牛李党争

李商隐最初在令狐楚的幕下，得到他的帮助和赏识。令狐楚是“牛党”领袖，唐文宗开成二年(837年)，令狐楚之子令狐绹协助李商隐中了进士。在令狐楚去世后，李商隐成为泾原节度使王茂元的幕僚，并受到其赏识，娶了他的女儿为妻。王茂元与李德裕交好，被视为“李党”成员。这桩婚姻使他被牛党视为李党中人。令狐绹十分厌恶他，认为他忘恩负义。后来，无论是“牛党”还是“李党”得势，李商隐都没有机会晋升，因为他们都认为他属于对方阵营的人。他一生的大部分时间都在一些外派官员的幕下供职。

七、怅望千秋一洒泪，萧条异代不同时

——谈古喻今的咏史诗

【导读】

历史在现实中的复活

咏史诗是我国诗歌中一个重要的品类，是指以历史题材为咏写对象的诗歌创作。它往往针对具体的历史事件或人物抒写感慨或感悟。《诗经》、《离骚》中就有这类作品，但直接以咏史为题的诗歌是东汉班固的《咏史》。刘大杰的《中国文学发展史》说，“咏史起于班固，但只咏史事，不联系自己。”但发展到唐代，几乎所有的咏史诗都加入了诗人自我遭遇的感慨和强烈的感情色彩。咏史诗经过汉魏六朝的发展，至唐朝时达到了鼎盛的状态。

《贞一斋诗说》说：“咏史诗不必凿凿指事实，看古人名作可见。”咏史诗中的历史，是艺术化了的历史。史实是现实的映射，是诗人对现实的思索，因此了解诗人所咏的历史固然重要，但更重要的是要体味作者通过史实和历史人物所要表达的情志和思想。

唐代咏史诗或以历史人物、事件为触发点，抒发个人情志或现实感慨，或以王朝的兴亡、具有转折意义的历史大事为载体，抒发对现实政治的关怀和对历史的独到见解。

咏史诗在初盛唐时，陈子昂、李白、杜甫等诗人在汉魏六朝的咏史诗基础上进一步发展成熟，写出了许多托咏史以言志、以史实体察现实的杰出篇章。中晚唐的咏史诗数量激增，乃因为王朝衰落、社会动荡，文人更加关注现实，希冀从历史的经验教训中寻找救国制策，因此诗歌也更多地反映诗人们对历史和现实的思索。中晚唐出现了刘禹锡、杜牧、李商隐等卓有成就的咏史大家。

初唐时期，陈子昂是咏史诗的一个代表诗人，《感遇》“乐羊为魏将”、“吾爱鬼谷子”等篇都是优秀的咏史诗。本编所选王勃的《滕王阁》抒发了时移世易的历史感慨，是一首情词俱美的佳作。

盛唐时期，咏史诗继续繁盛，李白诗中出现大量的历史人物，如鲁仲连、范蠡、张良、谢安、郦食其、叔孙通等，写作了许多咏史佳篇。如果说李白的咏史诗更多是贯穿其强烈的主观情志，杜甫的咏史诗则常常对史实本身进行具体评论和深入分析，言外暗含对时事的评论，除了本编所选的《蜀相》、《八阵图》外，如著名的《咏怀古迹》(五首其三)：“群山万壑赴荆门，生长明妃尚有村。一去紫台连朔漠，独留青冢向黄昏。画图省识春风面，环佩空归月夜魂。千载琵琶作胡语，分明怨恨曲中论。”代昭君申怨，暗含对统治者苟且偷安的批评和讽刺。

中晚唐咏史诗数量众多，本编所选的杜牧的诗篇表现了他高瞻远瞩、独具慧眼的历史洞察力，其中《过华清宫绝句》咏的是当朝的史实，具有更强的现实性。章碣《焚书坑》借秦始皇的愚举讽刺统治者妄想用暴政来获取天下太平的愚蠢。

咏史诗，与现实密不可分。

【原文】

滕王阁①

王勃②

滕王高阁临江渚③，珮玉鸣鸾罢歌舞④。
画栋朝飞南浦云⑤，珠帘暮卷西山雨⑥。
闲云潭影日悠悠，物换星移几度秋⑦。
阁中帝子今何在⑧，槛外长江空自流⑨。

【注释】

①滕王阁：唐高祖李渊之子滕王李元婴任洪州（治所在今江西南昌）都督时所建，故名滕王阁。阁位于赣江边。

②王勃：约650～675年，字子安，绛州龙门（今山西河津县）人，初唐文学家，文中子王通之孙。与杨炯、卢照邻、骆宾王以文章齐名，称初唐四杰。

③江：赣江。临：靠近。渚：水边。

④珮玉：古人佩带在腰间的玉饰，常不止挂一块，故行则有响。鸣鸾：有鸾鸟图案或形状的铃铛发出的响声，常挂车上。

⑤画栋：饰有彩画的栋梁。

⑥珠帘：用珍珠穿缀或装饰的帘幕。

⑦物换：指一年四季景物的变化。星移：天上的星宿不断运行，指时光流逝。

⑧帝子：皇帝的儿子，指滕王李元婴。

⑨槛：栏杆。

【经典原意】

高高的滕王阁紧靠着江边，当年滕王经常在这里歌舞宴集，每当罢席，身佩玉珮、车带鸾铃的宾客纷纷离去，景象繁华热闹。雕梁画栋，珍珠为帘，它们朝朝暮暮在这里迎送南浦的云，西山的雨。如今悠闲的云影映在江水中，时日悠悠不尽；物换星移，时光流转，不知度过了几个春秋。高阁中的滕王如今在哪里呢？只有那栏杆外的长江空自流淌不息。

【当代阐释】

王勃滕王阁诗文争辉

提起王勃，很多人都只知道他的《滕王阁序》，却不知道王勃的《滕王阁》诗。其实《滕王阁》诗与《滕王阁序》可谓双璧同辉，相得益彰。明人胡应麟在《诗薮》中评价说："初唐短歌，子安《滕王阁》为冠"，"婉丽和平，极可法师。"

滕王阁号称江南第一阁，早在唐代就已名闻遐迩。韩愈在《新修滕王阁记》中赞叹说："愈少时，则闻江南多临观之美，而滕王阁独为第一，有瑰伟绝特之称。"

本诗首句的"临"字写出了滕王阁的居高之势，次句用"罢"席的场景来描写当年宴集的繁华热闹，可谓别具一格。

三四句用工整的对仗，写滕王阁的豪华富丽，与大自然灵气相通，气势宏阔，极地利之美。

五六句从上句的空间转入写时光易逝，世事无常，转眼间时移世易，唯江潭阁影，尚留原地。

七八句感慨人生短暂，宇宙长存，暗示当珍惜寸阴，及时进取。

这首诗很明显由前后四句分两部分，就像是两首诗的合体。前半写当年，后半写今日。前半用仄韵，后半用平韵。著名语言学家王力曾评论此诗说："这首诗平仄合律，粘对基本合律，简直是两首律句连在一起，不过其中一首是仄韵绝句罢了。注意：这种仄韵与平韵的交替，四句一换韵，到后来成为入律古风的典型。高适、王维等人的七言古风，基本上是依照这个格式的。"指出了它在诗歌史上的重要地位和巨大影响。

寿仅 20 多岁的王勃给我们留下了如此宝贵的遗产，让我们不能不惊叹其才华之卓异。

【原文】

邺都引[1]

张说[2]

君不见魏武草创争天禄[3]，群雄睚眦相驰逐[4]。
昼携壮士破坚阵，夜接词人赋华屋[5]。
都邑缭绕西山阳[6]，桑榆汗漫漳河曲[7]。
城郭为墟人代改，但见西园明月在[8]。
邺傍高冢多贵臣，蛾眉曼睩共灰尘[9]。
试上铜台歌舞处[10]，唯有秋风愁杀人。

【注释】

①邺(yè)都：汉末曹操曾迁都于邺，故称邺都，在今河北临漳县西。邺城在唐代属相州，诗人张说时为相州刺史。引：诗体名，邺都引，属新乐府辞。

②张说：667～730年，唐代文学家，诗人，政治家。字道济，一字说之。原籍范阳（今河北涿县），世居河东（今山西永济），徙家洛阳。晚封燕国公，善文章，与许国公苏颋并称“燕许大手笔”。

③魏武：指曹操。曹丕称帝后追尊其父为魏武帝。草创：开创，指开创魏国基业。天禄：天赐的禄位，指地位。

④群雄：指与曹操争夺霸权的人。睚眦：怒目而视。相驰逐：比喻相互争斗。

⑤坚阵：牢固的阵地或军阵。赋华屋：在华丽的殿堂里吟诗作赋。

⑥都邑：指邺城。缭绕：环绕。西山阳：西山的南面。山南为阳。

⑦桑榆：村庄。汗漫：无边无际的样子。漳河曲：漳河的弯曲之处。

⑧但：只。西园：也称铜雀园，曹操与众文士常在此园宴游。

⑨高冢：高大的坟墓。蛾眉：形容美女的眉毛，代指美女。曼睩(lù)：目光明亮妩媚。

⑩铜台：铜雀台，曹操时所建，供曹操歌舞游乐之所。

【经典原意】

您没见当年那魏武帝曹操创业，与天下群雄争夺帝位，那时各路英雄都怒目而视，相互争斗。他白天带领将士攻破敌人牢固的阵势，夜晚与富于才华的文士在富丽堂皇的殿堂里吟诗作赋。邺城被西山环绕在其南面，在这漳河的转弯处，有无数村庄分布在城周围。

今天当日的城郭已变为丘墟，人事也早已代代更替，唯有西园的明月还一如既往地照耀着这片土地。邺城旁高大的坟墓中埋葬的是当日的高官贵臣，他们与当日那些明眸善睐的美女一样，也早已化作了灰尘。今天我试登上这当时歌舞繁华的铜雀台，只感到阵阵令人愁肠寸断的秋风吹拂。

【当代阐释】

万物之灵的思索

邺城在唐代属相州，诗人张说这时正在此地作相州刺史。他登上高高的铜雀台，想起当日的人杰地灵，一代英豪曹操文韬武略，才华过人，创下庞大的魏帝国家业。遥想当年繁华，反观今日丘墟，怎不令人感慨生悲。宇宙永恒，天地长存，人生短暂，世事每每发生沧海桑田似的改变。试想文武全才如曹操、庞大帝国如魏国，也早已灰飞烟灭。不要说小小的我尚且名不见经传，就是能建功立业，百年、千年之后又将如何呢？秋风中我浮想联翩，真不免愁肠寸断。

人类正是有了这些关于宇宙、自然、历史、人生的深层次思考，方配称为万物之灵。

【原文】

与诸子登岘山[①]

孟浩然

人事有代谢，往来成古今[②]。
江山留胜迹[③]，我辈复登临。
水落鱼梁浅，天寒梦泽深[④]。
羊公碑尚在，读罢泪沾襟。

【注释】

①诸子：指同登山的各位朋友。岘(xiàn)山：岘首山，在襄阳县南。

②“人事”二句：西晋名将羊祜(hù)镇守荆襄，常登岘首山宴饮吟诗，曾对同游者说：“自有宇宙，便有此山，由来贤者胜士登此远望如我与卿者多矣，皆湮(yān)灭无闻，使人伤悲。”(《晋书·杨祜传》)表现了对江山常在而人事代谢的感伤，表达了希望建功立业而流芳百世的意愿。羊祜在荆襄多德政，死后，襄阳百姓于岘山立碑纪念他，见者无不堕泪，杜预继任，名之曰“堕泪碑”。这两句孟浩然因羊祜的言行而感兴。

③胜迹：名胜古迹。胜：美。

④水落、天寒：表明当时是深秋或冬天。鱼梁：鱼梁洲，在岘山附近的汉水中，汉代庞德公隐居于此。梦泽：古书所说的云泽与梦泽，范围极广，为今湖北南部，湖南北部一带低洼水泽之地的总称，洞庭湖为其一部分。

【经典原意】

人间世事不停地更替变换，来来往往代代相传便形成了古和今。江上留下了这样的名胜古迹，今天我们又来登临此山。水落下去鱼梁显露出来，天气寒冷云梦泽显得更加深湛。羊祜“堕泪碑”依然还在，读罢碑文我泪水沾襟无限感伤。

【当代阐释】

巍巍之盛，仰羡前贤，洋洋之风，沐我伤情

本诗前四句感慨宇宙永存、江山常在而人事代谢，时光易逝。似乎有点突兀，但我们知道岘山有过羊祜的感慨和有羊公碑的存在，就丝毫不觉其突兀了。此外，登高壮观天地间，既能令人感觉胸襟阔大，俯视一切，又能令人联想到人在大自然无限的空间、在宇宙和历史无限的时间中的渺小。五六句写高处所见的秋冬之景，对仗工稳而意境深远。清寒肃穆的景观也加重了寂寞感伤之情。七八句“羊公碑尚在”，一个“尚”字，更道尽心中五味杂陈的滋味。当年羊祜感今怀古，无限感伤。今日羊祜早已逝去，我辈又复登临。羊公虽逝，终有德政事功流传人世，也算不虚此生。我辈碌碌，无所作为，死后难免湮没无闻,对此如何能不泪下沾襟!

这首诗语言平淡,意境清新,而又感情真挚,思致深远,不愧为怀古诗中的力作。

羊祜立德立功,孟浩然立德立言,都得以留名千古,如今我辈又复登临此世,对此能不悚然而惊?

【国学故事】

孟浩然求仕

孟浩然40岁以前都没有离开家乡襄阳。他是个热心肠的人,从年轻时起就喜欢替人排忧解难。40岁时他终于来到京城长安,想寻找进入朝廷当官的机会。他曾经在国家最高级的学校——太学里作诗,所有在座的人都感叹佩服,没有人敢跟他一比高低。京城里,当时著名的大臣、同时也是诗人的张九龄,还有著名诗人王维都对他赞扬备至。

有一次,王维私自把他带到了自己工作的朝廷内署。没想到不一会儿玄宗皇帝来了。孟浩然慌忙躲入座椅之下。王维不敢隐瞒实情,告诉皇上孟浩然正在这里。皇上高兴地说:“我早听说这个人了,就是还没见过他,何必害怕我而躲起来呢?快叫他出来吧!”孟浩然出来后,皇上问他最近作了些什么诗。孟浩然行过礼,就吟诵起自己新作的诗篇《岁暮归南山》,当吟到“不才明主弃,多病故人疏”时,皇上不高兴地说:“你自己不来要求当官,我也并没有抛弃你,你怎么诬陷我呢?”或许皇上觉得孟浩然这么写显示他的性格不够成熟,就让他回去了,并没有使用他。

后来,采访使韩朝宗约孟浩然和他一起进京,想要向朝廷推荐他。这天,正好有老朋友来了,孟浩然喝了很多酒,高兴极了。友人提醒他说:“你不是和韩大人有约吗?”孟浩然不以为然地说:“已经开始喝酒了,管他呢!”就没有去赴约。韩朝宗很生气。孟浩然也并不感到后悔。

【原文】

蜀相①

杜甫

丞相祠堂何处寻②，锦官城外柏森森③。
映阶碧草自春色，隔叶黄鹂空好音④。
三顾频烦天下计⑤，两朝开济老臣心⑥。
出师未捷身先死⑦，长使英雄泪满襟⑧。

【注释】

①蜀相：蜀汉丞相诸葛亮。这诗是上元元年(760年)春，杜甫初至蜀中游诸葛武侯庙作。

②丞相祠堂：即武侯祠，或称武侯庙。在今成都市南郊公园内。祝穆《方舆胜览》："成都府，武侯庙在府城西北二里。武侯初亡，百姓遇节朔，各私祭于道中。李雄称王，始为庙于少城内。"

③锦官城：成都的别称。森森，树木繁茂的样子。

④黄鹂：即黄莺。

⑤"三顾"句：诸葛亮隐居南阳，刘备曾三顾茅庐。他替刘备筹划三分大计，创立了蜀汉的基业。频烦：一再烦劳。

⑥"两朝"句：刘备死后，诸葛亮当国，撑持危局，前后20多年。两朝：指蜀汉先主刘备和后主刘禅两代。开济：开创基业，匡济艰危。

⑦"出师"句：蜀汉建兴十二年，诸葛亮伐魏，据五丈原(在今陕西郿县西南)，与魏军隔渭水相持，胜负未决。这年八月，病死军中。

⑧英雄：这里指豪杰之士或有英雄之志的人。

【经典原意】

到哪里去寻找三国时魏国丞相诸葛亮的祠堂？就在那锦官城外柏木浓郁地方。武侯祠内绿草掩映着石阶，枉自呈现一派春色；黄莺隐蔽叶间，空把那婉转的歌儿唱。当初刘备三顾茅庐讨教天下大计，诸葛亮两朝开国守业竭尽老臣忠心。诸葛丞相啊，你出师中原大功未成却染病身死，长使古今英雄深深感慨，泪下沾襟！

【当代阐释】

今古相通的憾恨

这首诗情调悲壮,寄托了自己忧时伤乱,怀才不遇的情感。当时安史之乱尚未平息,杜甫深感朝中无人,希望能有诸葛亮这样的人才出来改革朝政,恢复统一。

刘备与诸葛亮,频烦"三顾"与"开济"两朝,明君贤相风云际会,正是儒家政治理想的典型。所以入蜀期间,杜甫对诸葛孔明反复吟咏。

三国蜀国先主刘备去世后,后主阿斗庸懦无能,诸葛亮明君贤相政治成为泡影。杜甫本怀"致君尧舜上,再使风俗淳"的崇高理想,却因疏救宰相房绾而触怒皇帝,险遭杀身之祸,从而被疏远不用。政治失意、流落西蜀的他,其心中憾恨正与诸葛亮的不幸遭遇今古相通。

"出师未捷身先死,长使英雄泪满襟"两句,道出了千载欲有所作为而未能实现者的共同心声,因此深入人心。中唐政治家王叔文在唐顺宗的支持下图谋夺取宦官兵权,革除宦官专权的积弊,不料被宦官联合其他势力进行反噬,他们发动政变另立唐宪宗为帝,王叔文被害,临死前他反复吟咏杜甫这两句诗。南宋抗金名臣宗泽临死不忘恢复北方失地,三呼"渡河",又吟诵杜甫这两句诗,悲慨壮烈。仇兆鳌评论这一联诗说:"千载英雄有同感也!"(《杜诗详注》)

【文化常识】

杜甫与"沉郁顿挫"

杜甫年轻的时候很穷,但很有才华,当时的大臣李邕对他的才华感到很惊异,主动前去看望他。杜甫后来的诗句"李邕求识面,王翰愿卜邻",就是回忆这件事的。

此后他参加进士考试,没有考中,因为贫穷就被困在长安。

杜甫对自己写诗作赋的本领非常自信,他自己说:"赋料扬雄敌,诗看子建亲。"意思是觉得自己的赋比得上扬雄,诗则与曹植不相上下。天宝十三年(754年),趁唐玄宗朝祭献太清宫的时候,杜甫向皇帝献上了三篇赋。皇帝看了,非常惊讶于他的才华,让宰相测试他的才能,给了他右卫率府胄曹参军的官职,这是他进入官场的起步。由这件事也可以从侧面看出杜甫在以诗赋取士的科举考试中没有受到公正的待遇。

此后,杜甫还曾向皇帝多次献上赋颂,并说:我的作文能做到沉郁顿挫,并能随叫随写,与扬雄、枚皋相比是没有问题的。后人觉得他"沉郁顿挫"的自评非常恰当,就总是以这四个字来形容杜诗风格特征。"沉郁顿挫"的意思大体是指诗文内容深厚广博、感情强烈、文思深刻、富于层次和节奏感。

【原文】

八阵图[①]

杜甫

功盖三分国[②],名成八阵图。
江流石不转[③],遗恨失吞吴[④]。

【注释】

①八阵图:诸葛亮所创,由八种阵势组成的图形,用来操练军队或作战。八阵:天、地、风、云、龙、虎、鸟、蛇。方法是聚石成堆,各高五尺,纵横棋布。相传诸葛亮所布八阵有四处,都在四川,以夔州最为有名。

②三分国:指三国时魏、蜀、吴三国。

③石不转:指涨水时,八阵图的石块仍然不动。

④失吞吴:是吞吴失策的意思。

【经典原意】

三国鼎立,孔明的功勋最为卓著,他创制的八卦阵,更是名扬千古。任凭江流冲击,石头却依然如故,千年遗恨,在于刘备失策想吞并吴国。

【当代阐释】

感史伤时的《八阵图》

这是作者初到夔州时作的一首咏怀诸葛亮的诗，写于大历元年(766年)。

"功盖三分国"，劈空而起，高屋建瓴地赞扬诸葛亮的盖世成就，"名成八阵图"，由面到点，突出他富于创造性的军事才华。

"江流石不转"，精炼地概括出八阵图遗迹富有神奇色彩的特征。"遗恨失吞吴"，对刘备吞吴失师，葬送了诸葛亮联吴抗曹统一中国的宏图大业，深表惋惜。

"遗恨失吞吴"一句，由于汉字和诗歌的特点，可以有两种解释。《东坡志林》记载："仆(我)尝梦见人云是杜子美(杜甫)，谓仆曰：世人多误解吾诗《八阵图》，诗云'江流石不转，遗恨失吞吴'，人皆以为先主(刘备)、武侯(诸葛亮)皆欲与关羽复仇，故恨其不能灭吴，非也。我本意谓吴蜀唇齿之国，不当相图，晋之所以能取蜀，以蜀有吞吴之意，此为恨耳。"这当然不可能是杜甫真的托梦，只是苏轼深入思考的结果。大概人们成见已深，所以苏轼借梦取信于人，真难为这位大才子了。

八阵图是刘备征吴败归，诸葛亮所作的紧急救援措施。它既是诸葛亮富于创造性的军事才华的历史见证，又留下了未能完成统一大业的历史遗恨。诸葛亮辅助刘备创建蜀国基业，是一项从无到有的艰巨工程，结果因为刘备错误的决策，功败垂成。杜甫对诸葛亮未能完成统一大业予以深切惋惜和同情，当然也对最高统治者刘备的决策感到痛心。

杜甫身处安史之乱时期，目睹唐玄宗末年的荒淫腐朽，也亲历了唐肃宗的愚蠢失策。唐王朝欲收复两京，宰相房琯在危难之际自告奋勇亲临前线作战，面对劲敌本拟等待时机，肃宗派往督战的宦官催促，导致仓促作战而失败。陈涛斜一战，出战唐军全军覆没，"四万义军同日死"，其状至惨。《新唐书·房琯列传》载："琯欲持重有所伺，中人邢延恩促战，故败，士死麻苇。""故败"清楚点明战争失败原因在于宦官。房琯不久罢相，杜甫上疏解救，触怒肃宗，被贬，并从此被疏远。“琯之废，朝臣多言琯谋包文武，可复用，虽琯亦自谓当柄任，为天子立功。善琯者暴其言于朝。……帝以琯虚言浮诞……乾元元年，出琯为邠州刺史。始，邠以武将领刺史，故纲目废弛。琯至，一切革之，人以便安，政声流闻。”尽管如此，肃宗再没有真正起用房琯，终病死于地方刺史任。杜甫与房琯为“布衣交”，相知极深，杜甫自己也自许有宰相之才，二人遭际如此，杜甫的感慨可知。说《八阵图》诗为房琯和自己所发，也不为过。

【原文】

赤壁[①]

杜牧[②]

折戟沉沙铁未销[③]，自将磨洗认前朝[④]。
东风不与周郎便[⑤]，铜雀春深锁二乔[⑥]。

【注释】

①作于武宗会昌中，杜牧任黄州（今属湖北）刺史时。赤壁：三国火烧赤壁之战的赤壁在湖北境内长江沿岸（今湖北蒲岍县西），黄州有赤壁，但并非三国孙、曹大战之赤壁，此借相同地名论史而已。

②杜牧：803～852年，字牧之，号樊川，京兆万年（今陕西西安）人。晚唐著名诗人和古文家。擅长长篇五言古诗和七律。曾任中书舍人，中书省别名紫微省，人称杜紫微。其诗英发俊爽，为文尤纵横奥衍，多切经世之务，在晚唐成就颇高。与李商隐齐名，被并称为“小李杜”，以区别于盛唐李白、杜甫的并称“李杜”。

③戟：古代兵器。折戟，断戟。

④将：拿起。前朝：指三国。

⑤东风：指赤壁之战火攻曹军之事。周郎：指周瑜。

⑥铜雀：铜雀台，汉建安十五年曹操在邺都（今河北临漳县西）所建，因楼顶有大铜雀而得名，为曹操晚年享城乐处，其妻妾皆在台中。二乔：即大乔、小乔，江东乔玄之女，孙策于战乱中得之，娶大乔，小乔嫁周瑜。

【经典原意】

沉埋在沙中的断戟还未完全销蚀，捡起来磨洗认出它来自以前的朝代三国。倘使当年东风不给周瑜方便，春深时分大乔、小乔必将早已被关在曹操的铜雀台中。

【当代阐释】

生不逢时的军事家

诗歌一二句从折戟的发现写起，物是人非、睹物思情的感慨很深。"沉沙"令人拟想大浪淘沙，此戟独存的情形，"磨洗"让人感受古迹斑斓和发现的惊奇。

三四句，杜牧认为周瑜不过是侥幸取胜，若不是东风帮助周瑜火攻破曹，那么恐怕东吴君臣及其家小都已成为曹操的俘虏了，言下之意，曹操才是真正有实力、有才华的人。大有认为周瑜不过是"竖子成名"的意味。隋唐之世，以蜀汉为正统，直到明代《三国演义》也是如此。杜牧却能从实际出发，作此翻案文章，可以说是需要胆气和卓识的。实际上，不论从曹操个人才华和能力，还是从魏国实力，还是从最后魏、晋统一全国的实际结局来看，杜牧的观点都是正确的，但想到、说出、尤其用富于风情的语言说出，则只有杜牧。

杜牧自许知兵，好为王霸之论，有论兵著作多篇，又注《孙子兵法》。曹操也注过《孙子兵法》，杜注对曹注多有引用，因此可以想知杜牧对曹操军事才能是拳拳服膺的。当然，既然他另外作注，自然认为自己还有很多发挥的余地。今存《十一家注孙子》中，杜注和曹注是其中最为人所称道的两家。可见，杜牧也确实是有其才华的。

杜牧此诗，一方面，显示了自己特立独行的卓见，另一方面，大概也借咏史来抒发自己深知兵法，腹藏韬略，却空有抱负难以施展的憾恨。杜牧所处的时代，朝廷已完全为宦官所把持，唐王朝确已从各方面腐朽溃烂，杜牧确实生不逢时。

【文化常识】

小李杜

“小李杜”指晚唐诗人李商隐和杜牧。二人在晚唐诗坛成就很高，人们把他们二人并称，为了与盛唐李白、杜甫并称的“李杜”相区别，故称“小李杜”。

【原文】

过华清宫[①]绝句三首(其二)

杜牧

新丰绿树起黄埃[②]，数骑渔阳探使回[③]。

霓裳一曲千峰上[④]，舞破中原始下来[⑤]。

【注释】

①华清宫：《元和郡县志》：“华清宫在骊山上，开元十一年初置温泉宫。天宝六年改为华清宫。又造长生殿，名为集灵台，以祀神也。”

②新丰：唐设新丰县，在陕西临潼县东北，离华清宫不远。黄埃：马队奔驰踏起的尘土。

③渔阳探使：安禄山任平卢、范阳、河东三镇节度使，伺机谋反。太子和与安禄山不和的宰相杨国忠以及一些有远见的朝臣屡次奏陈安禄山有反意，玄宗遂派中使(宦官)璆琳以赐柑为名前去探听虚实。璆琳受安重贿，回来盛赞安忠心，玄宗于是高枕无忧，更加纵情享乐。

④霓裳：《霓裳羽衣曲》，开元年间，西凉节度使杨敬述进献印度《婆罗门》舞曲十二篇，唐玄宗亲自改编为《霓裳羽衣曲》。千峰上：指骊山。

⑤舞破中原：指玄宗耽于享乐而误国，导致安史之乱。《唐诗笺注》评此句云：“造句惊人，奇绝！痛绝！”《唐贤小三昧集续集》云：“语带诙谐，妙绝千古。”

【经典原意】

新丰县绿树繁茂处忽然扬起了团团烟尘，原来是几骑探马刚从平卢、范阳、河东三镇节度使安禄山的驻地渔阳探查回来，服饰艳丽的美人正和着《霓裳羽衣舞》的节拍在高高的骊山顶上的华清宫跳舞，这一舞直到敌人已经将中原攻破才停了下来！

【当代阐释】

深刻的揭示，无奈的裨补

唐玄宗时，安禄山兼任平卢、范阳、河东三镇节度使，受到唐玄宗的极度宠信。宋代吴曾《能改斋漫录卷七》转引唐代姚汝能《安禄山事迹》载："正月二十日，禄山生日，赐物甚多。后三日，召禄山入内。贵妃以锦绣绷缚禄山，令内人以彩舆舁之。宫中欢呼动地，明皇使人问之。报云：'贵妃与禄山作三日洗儿。'明皇就观之，大悦。因赐贵妃洗儿金银钱物，极欢而罢。自是宫中皆呼禄山为禄儿，不禁其出入。"安禄山谋反图谋已显，皇太子和与安禄山不和的宰相杨国忠及一些有远见的朝臣屡屡启奏，唐玄宗方派中使璆琳以赐柑为名去探听虚实。璆琳受安禄山厚赂，回来后盛赞他的忠心。玄宗轻信谎言，自此更加高枕无忧，恣情享乐了。

既已经有了"数骑渔阳探使回"的行为，说明安禄山的谋反痕迹已显，"渔阳探使"对安禄山本人也有打草惊蛇的作用，但唐玄宗却毫不警惕地继续寻欢作乐，直到中原残破，才从歌舞沉酣中惊醒，实在是昏庸至极。"舞破中原始下来"的设想新颖奇异，尤其具有讽刺和警醒的意味。《唐诗笺注》评此句云："造句惊人，奇绝！痛绝！""千峰上"同"始下来"构成鲜明对照，富于力量感。表现了诗人高超的语言能力。

此外，《过华清宫绝句三首》其一，是人们最为熟悉的：

长安回望绣成堆，山顶千门次第开。

一骑红尘妃子笑，无人知是荔枝来。

这首诗讽刺唐玄宗沉迷女色，以及统治者为了一己之私欲，不惜大动干戈、劳民伤财。

《过华清宫绝句三首》其三：

万国笙歌醉太平，倚天楼殿月分明。

云中乱拍禄山舞，风过重峦下笑声。

《旧唐书·安禄山传》载：禄山体肥，重三百三十斤，但却能在唐玄宗面前表演《胡旋舞》，其疾如风。旁边的宫人拍掌击节，因为舞得太快，节拍都乱了。这首诗从唐玄宗愚蠢昏聩、荒淫无耻的角度揭示安史之乱爆发的原因。

晚唐的杜牧，如此细致、鲜明、深刻地描画玄宗朝的事，当然不会是为咏史而咏史。他所处的晚唐社会，世风更其败坏，王朝统治者"大起宫室，广声色"，过着醉生梦死的生活，败亡之兆随处可见，诗人深深忧虑，然亦无可奈何，也只能借古讽今，冀裨补于万一。

【原文】

焚书坑[①]

章碣[②]

竹帛烟销帝业虚[③]，关河空锁祖龙居[④]。
坑灰未冷山东乱[⑤]，刘项原来不读书[⑥]。

【注释】

①焚书坑：焚书、坑儒是发生在秦朝的重要历史事件。本诗针对焚书而发。秦始皇三十四年（公元前213年），丞相李斯主张禁止百姓以古非今，以私学诽谤朝政。秦始皇采纳李斯的建议，下令焚烧《秦记》以外的列国史记，对不属于博士馆的私藏《诗》、《书》等也限期交出烧毁；有敢谈论《诗》、《书》的处死，以古非今的灭族；禁止私学，想学法令的人要以官吏为师。此即为"焚书"。

②章碣：836～905年，唐代诗人，章孝标之子。唐乾符三年（876年）进士。有《章碣集》一卷传世。

③竹帛：指书，在造纸术发明之前，竹简和帛是主要的书写工具。帝业虚：秦始皇的帝王家业就空虚了。

④关河：指秦朝都城咸阳近处的黄河和函谷关。泛指拱卫京城的天险。祖龙：秦始皇。龙是帝王的象征。秦始皇自称始皇帝，希望子孙万世为帝，故称之为"祖龙"，含讽刺意味。

⑤山东：崤山以东的广大地区。

⑥刘项元来不读书：刘邦起义之前是个小吏，项羽则是一介武夫。

【经典原意】

伴随着各种书籍化成青烟消散，秦始皇“万世帝业”的根基也就被淘空了。这焚书坑里的书灰还没冷却呢，崤山以东就已经有反秦的“叛乱”了。最终覆灭强秦的刘邦、项羽等人原来都不属于“讥议朝政、蛊惑民心”的读书人之列啊！

【当代阐释】

始皇“妙计”安天下，赔了政权又损名

秦始皇帝为了钳制知识分子的思想，巩固其独裁政权，收缴天下书籍，除“医药、卜筮、种树之书”外，全部焚毁。又把政治上的异己分子，主要是儒士，活埋了460多人。这就是历史上所谓“焚书坑儒”。

焚书，是中国历史上一场巨大的文化浩劫。不可一世的秦始皇，妄图倚仗暴力维持“万世基业”，那不过是他的一厢情愿罢了。

一、二句说嬴政企图用焚书的蛮横手段来愚化民众，竹帛化为灰烟消失了，秦始皇的帝业也就跟着灭亡了，好像当初在焚书坑里焚烧的就是他的“万世帝业”。“关河”主要指函谷关与黄河，当然也包括其他关隘、河流，如散关、萧关、泾河、渭河、崤山、华山等。“祖龙”指秦始皇。不用“始皇”而用“祖龙”，自然是对希望子孙帝业万世相传却恰恰“二世而斩”的秦始皇的绝妙讽刺。

三、四句说秦始皇和李斯等人把“书”看成是祸乱的根源，以为钳制了一切言论就可以永保太平了，岂料暴政恰恰葬送了王朝的前景。当然“坑灰未冷”使用了夸张的手法，只是为了强调其荒谬，实际上从焚书到最初的陈胜、吴广起义，前后相隔4年。“刘项原来不读书”，不啻对秦始皇最冷峻而无情的嘲讽。

今尚有所谓“焚书坑”遗址留存。其实，当时要求地方各地无不焚书，坑儒则发生在首都咸阳。不过这遗址唐代就有，晚唐诗人罗隐也有一首《焚书坑》诗云：

千载遗踪一窖尘，路旁耕者亦伤神。

祖龙算事浑乖角，将谓诗书活得人。

这首诗可以作章碣诗的一个注脚和补充。章碣诗的主题讽刺秦始皇暴政和愚民政策的愚蠢，但另一个侧面也说明儒士或曰知识分子并不是政权更替的主要力量。罗隐则嘲笑秦始皇夸大了书籍的功用，其实读书连养家糊口也做不到，暗含了知识分子的愤慨和辛酸。文化只是文化，决定政权更替的其实是经济、政治的力量。章碣和罗隐的诗都暗含了这一重道理。

八、炙手可热势绝伦，慎莫近前丞相嗔

——放口直言的时事诗

【导读】

复杂现实在诗歌中的折射

唐王朝在中国历史上是一个辉煌的时代。但这个时代本身是复杂的，有着各种各样的优越感，也有着许多难以解决的自身的弊端。

初盛唐时期，唐帝国沿着发展、繁荣的路子走，唐太宗注意吸取隋亡教训，善于用人和纳谏，积极调整统治政策，出现了“贞观之治”的局面；武则天统治时期，继续发展生产，重用人才；唐玄宗前期，基本上继续推行唐太宗的政策，励精图治，重用人才，从而形成了我国封建社会少有的盛世局面——“开元盛世”。这期间尽管也有很多问题，如武则天时期陈子昂《感遇》就反映了佞佛、穷兵黩武等问题，但大方向是好的，国家太平，社会繁荣。

但到了唐玄宗天宝年间，事情就发生了变化。在经历了“开元全盛”的繁荣之后，这个已经拥有近两个世纪历史的王朝走向了衰败。唐玄宗后期，沉湎酒色，不理朝政，重用奸臣，政治腐败，终于导致安史之乱。李白《答王十二寒夜独酌有怀》、杜甫《丽人行》都从不同侧面揭示了玄宗朝后期的腐朽和是非颠倒、小人当道。

8年战乱使农业生产遭到极大破坏，唐朝从此由盛转衰。安史之乱后唐朝出现藩镇割据、宦官专政、朋党之争的混乱局面。同时，土地兼并严重，阶级矛盾尖锐，终于引发了唐末农民战争。在农民战争打击下，唐朝走向彻底灭亡。“宦官专政”可以说是唐朝后期最严重的政治危机，也是唐朝败亡的根源。甚至可以说，安史之乱后的唐王朝基本上就是宦官的王朝了。唐朝最有名的两大政治事件“永贞政争”和“甘露事变”都是皇帝和朝臣中的有识之士想要除掉这一弊端所作的努力，可惜都以失败告终。本章所选苏涣的《变律》虽未指明针对什么事件而发，但用来比喻这两次皇帝与部分朝臣联手与宦官的较量倒是十分合适的。

白居易《轻肥》、曹邺《官仓鼠》、罗隐《感弄猴人赐朱绂》从不同侧面反映了宦官专权、贪污遍行、社会不公、朝政腐朽，这些种种都是唐王朝由衰落走向灭亡的征兆和原因。

柳宗元《柳州峒氓》反映了少数民族的独特生活，柳宗元欲全力对地方有所作为和贡献的决心和思想。这是中晚唐反映政治和人民生活诗歌中少有的亮色。可惜柳宗元本来是个有着安邦治国才能、欲帮助唐王朝根除宦官之祸、具有深谋远虑的政治家、思想家，却难以施展才能于万一，不免令人叹惋。

坎曼耳的《忆学字》，表现了唐王朝昌盛繁荣时期对周边国家和少数民族的核心凝聚力，反映了少数民族人民学习外语的坚韧不拔的意志和持久不衰的热情，不唯对我们了解唐代社会有益，对我们今天的治国和学习语言也都有很好的借鉴意义。

【原文】

答王十二寒夜独酌有怀[1]

李白

昨夜吴中雪，子猷佳兴发[2]。
万里浮云卷碧山，青天中道流孤月[3]。
孤月苍浪河汉清[4]，北斗错落长庚明[5]。
怀余对酒夜霜白，玉床金井水峥嵘[6]。
人生飘忽百年内，且须酣畅万古情。
君不能狸膏金距学斗鸡[7]，坐令鼻息吹虹霓[8]。
君不能学哥舒横行青海夜带刀，西屠石堡取紫袍[9]。
吟诗作赋北窗里，万言不值一杯水。
世人闻此皆掉头，有如东风射马耳。
鱼目亦笑我，谓与明月同[10]。
骅骝拳跼不能食，蹇驴得志鸣春风[11]。
《折杨》、《皇华》合流俗，晋君听琴枉《清角》[12]。
《巴人》谁肯和《阳春》，楚地由来贱奇璞[13]。
黄金散尽交不成，白首为儒身被轻。
一谈一笑失颜色，苍蝇贝锦喧谤声[14]。
曾参岂是杀人者，谗言三及慈母惊[15]。
与君论心握君手，荣辱于余亦何有。
孔圣犹闻伤凤麟[16]，董龙更是何鸡狗[17]。
一生傲岸苦不谐，恩疏媒劳志多乖[18]。
严陵高揖汉天子，何必长剑拄颐事玉阶[19]。
达亦不足贵，穷亦不足悲。
韩信羞将绛灌比[20]，祢衡耻逐屠沽儿[21]。
君不见李北海，英风豪气今何在[22]。

君不见裴尚书，土坟三尺蒿棘居[23]。

少年早欲五湖去，见此弥将钟鼎疏[24]。

【注释】

①王十二：生平不详。王十二赠李白《寒夜独酌有怀》诗一首，李白以此诗作答。

②子猷(yóu)：《世说新语·任诞》载："王子猷居山阴，夜大雪，眠觉，开室命酌酒，四望皎然，因起彷徨，咏左思《招隐》诗，忽忆戴安道。时戴在剡，即便夜乘小船就之。经宿方至，造门不前而返。人问其故，王曰：'吾本乘兴而行，兴尽而返，何必见戴？'"这里用王子猷来比拟王十二。

③中道：中间。流孤月：月亮在空中运行。

④苍浪：即沧浪。王琦注："沧浪，犹沧凉，寒冷之意。"这里有清凉的意思。河汉：银河。

⑤长庚：星名，即太白金星。《诗·小雅·大东》："东有启明，西有长庚。"古时把黄昏时分出现于西方的金星称为长庚星。

⑥玉床：此指井上的装饰华丽的栏杆。

⑦狸膏：用狐狸肉炼成的油脂，斗鸡时涂在鸡头上，对方的鸡闻到气味就畏惧后退。金距：套在鸡爪上的金属品，使鸡爪更锋利。

⑧坐令句：王琦注："玄宗好斗鸡，时以斗鸡供奉者，若王准、贾昌之流，皆赫奕可畏。"李白《古风·大车扬飞尘》载："路逢斗鸡者，冠盖何辉赫，鼻息干虹霓，行人皆怵惕。"

⑨哥舒：即哥舒翰，唐朝大将，突厥族哥舒部人。曾任陇右、河西节度使。《太平广记》卷四九五《杂录》："天宝中，哥舒翰为安西节度使，控地数千里，甚著威令，故西鄙人歌之曰：'北斗七星高，哥舒夜带刀。吐蕃总杀尽，更筑两重濠。'"西屠石堡：指天宝八年哥舒翰率大军强攻吐蕃的石堡城。《旧唐书·哥舒翰传》："吐蕃保石堡城，路远而险，久不拔。八载，以朔方、河东群牧十万众委翰总统攻石堡城。翰使麾下将高秀岩、张守瑜进攻，不旬日而拔之。上录其功，拜特进，鸿胪员外卿，与一子五品官，赐物千匹，庄宅各一所，加摄御史大夫。"紫袍：唐朝三品以上大官所穿的服装。哥舒翰取石堡事件，唐军伤亡惨重，未必符合战略需要，但迎合了唐玄宗好大喜功的心理。

⑩明月：一种名贵的珍珠。《文选》卷二九张协《杂诗十首》之五："鱼目笑明

月。”此以鱼目混为明月珠喻朝廷小人当道。

⑪骅骝(huáliú):骏马,此喻贤才。拳跼(jú):局促不得伸展。蹇驴:跛足之驴,比喻无能的庸人。

⑫《折扬》、《皇华》:皇华又作黄华、黄花。《庄子·天地》:“大声不入于里耳,《折杨》、《皇华》则嗑然而笑。”成玄英疏:“《折杨》、《皇华》,盖古之俗中小曲也,玩狎鄙野,故嗑然动容。”《清角》:曲调名。传说这个曲调有德之君才能听,否则会引起灾祸。据《韩非子·十过》载:春秋时晋平公强迫帅旷替他演奏《清角》,结果晋国大旱三年,平公也得了病。

⑬《巴人》:即《下里巴人》,古代一种比较通俗的曲调。《阳春》:即《阳春白雪》,古代一种比较高雅的曲调。奇璞:《韩非子·和氏》:“楚人和氏得玉璞楚山中,奉而献之厉王。厉王使玉人相之。玉人曰:‘石也。’王以和为诳而刖其左足。及厉王薨,武王即位,和又奉其璞而献之武王。武王使玉人相之,又曰:‘石也。’王又以和为诳而刖其右足。武王薨,文王即位。和乃抱其璞而哭于楚山之下,三日三夜,泪尽而继之以血。王闻之,使人问其故曰:‘天下之刖者多矣,子奚哭之悲也?’和曰:‘吾非悲刖也,悲夫宝玉而题之以石,贞士而名之以诳,此吾所以悲也。’王乃使玉人理其璞,而得宝焉。遂名曰和氏之璧。”

⑭苍蝇:比喻进谗言的人。《诗·小雅·青蝇》:“营营青蝇,止于樊,岂弟君子,无信谗言。”贝锦:有花纹的贝壳,这里比喻谗言。《诗经·小雅·巷伯》:“萋兮斐兮,成是贝锦。彼谮人者,亦已太甚。”两句意为:谈笑之间稍有不慎,就会被进谗的人作为罪过进行诽谤。

⑮曾参:春秋时鲁国人,孔子的门徒。《战国策·秦策二》:“曾子处费,费人有与曾子同名姓者而杀人。人告曾子母曰:‘曾参杀人。’曾子之母曰:‘吾子不杀人’。织自若。有顷焉,一人又曰:‘曾参杀人’。其母尚织自若也。顷之,一人又告之曰:‘曾参杀人’。其母惧,投杼,逾墙而走。”

⑯伤凤麟:《论语·子罕》:“子曰:‘凤鸟不至,河不出图,吾已矣夫!’”《史记·孔子世家》:“鲁哀公十四年春,叔孙氏车子鉏商获兽,以为不祥。仲尼视之曰:‘麟也。’叹之曰:‘河不出图,雒不出书,吾已矣夫!’颜渊死,孔子曰:‘天丧予!’及西狩见麟,曰:‘吾道穷矣。’”

⑰董龙:《资治通鉴》卷一〇〇晋纪穆帝永和十二年:“秦司空王堕性刚毅。右仆射董荣,侍中强国皆以佞幸进,堕疾之如仇。每朝见,荣未尝与之言。或谓堕曰:‘董君贵幸如此,公宜小降意接之。’堕曰:‘董龙是何鸡狗?而令国士与之言乎!’”胡三省注:“龙,董荣小字。”

⑱不谐：不能随俗。恩疏：这里指君恩疏远。媒劳：指引荐的人徒费苦心。乖：事与愿违。

⑲严陵：即东汉隐士严光，字子陵，曾与汉光武帝刘秀同学。刘秀做皇帝后，严光隐居。光武帝亲自去拜访他，严坚决不出来做官（见《后汉书》卷八三《逸民传》）。高揖：双手抱拳高举过头作揖。古代作为辞别时的礼节。拄颐（zhǔyí）：顶着面颊。长剑拄颐：《战国策·齐策六》“大冠若箕（jī），修剑拄颐。”事玉阶：在皇宫的玉阶下侍候皇帝。

⑳韩信：汉初大将，淮阴人。楚汉战争期间，曾被封为齐王。汉王朝建立后，改封楚王，后降为淮阴侯。《史记·淮阴侯列传》载：韩信降为淮阴侯后，常称病不朝，羞与绛侯周勃、颍阴侯灌婴等并列。

㉑祢衡：汉末辞赋家。屠沽儿：以屠牲沽酒为业者，亦用为对出身微贱者的蔑称。《后汉书》卷一一〇《祢衡传》：“祢衡……少有才辩，而气尚刚毅，矫时慢物……是时许都新建，贤士大夫四方来集。或问衡曰：‘盍（何不）从陈长文、司马伯达乎？’对曰：‘吾焉能从屠沽儿耶！’”

㉒李北海：即李邕，唐玄宗时曾任汲郡北海太守。

㉓裴尚书：即裴敦复，唐玄宗时任刑部尚书。李、裴皆当时才俊之士，同时被李林甫杀害。

㉔五湖：太湖及其周围的四个湖。五湖去，是借春秋时越国大夫范蠡功成身退，隐居五湖的故事（《史记·货殖传》），说明自己自少年时代就有隐居之志。弥：更加。钟鼎，鸣钟列鼎而食，形容贵族人家的排场。这里代指富贵。

【经典原意】

就像当年吴中下雪天乘兴拜访朋友的王子猷一样，你昨夜诗兴大发，想起了我这朋友。浮云万里舒卷于青山周围，不一会，浮云散去，天空中间一轮孤月照耀人间。月光清凉明亮，银河一览无余。北斗七星错落有致，长庚星明亮耀眼。你思念着我，独自饮酒，月光照耀着寒霜，寒霜泛着白光，华美是井里井水清亮深湛。

唉！你不能给鸡冠涂上狐狸油，给鸡爪装上金属爪套，去学斗鸡。又不能学哥舒翰夜带宝刀横行青海，不惜牺牲无数生命去向西夺取石堡城，以获得紫袍加身的荣耀。你我只能在北窗里吟诗作赋，即使是滔滔万言也不值一文啊！这世上的人听到我说这话都掉头而去，就像东风射进马耳一样，无动于衷。

死鱼眼睛也来笑我，并自称他们就是明月一样名贵的珍珠。骅骝这样的骏马弯腰曲背没有粮草，跛脚驴子却沐着春风得意非凡。《折杨》、《皇华》这样的浅俗小调符合当今人的胃口，晋平公这样昏庸的君主听琴，听《清角》这样高华绝世的调子那是枉费了好曲子。爱唱《巴人》俗调的世人谁愿意和着高雅的《阳春》曲调唱歌呢？楚国的人历来都贱视珍贵的璞玉。我散尽黄金仍难以结交到交心的朋友，白发满头还是个普通读书人被人看轻。一谈一笑都有人陡然变色，这些小人如苍蝇一般编织谣言尽情地诽谤我。孔子的学生曾参岂是能杀人的人，可谣言说了三遍，连最了解他最爱他的母亲也不免惊慌失措。

我今天握着你的手对你披肝沥胆地说，荣华富贵还是辱身下贱对我来说又有什么可挂在心上的呢？圣明如孔子还听说他为凤凰不出和麒麟被猎而悲伤呢，那奸佞小人董龙这样的人更是什么鸡狗！我一生孤傲清高难以随俗，致使君恩疏远，当年引荐我的人不免徒费苦心，我的理想也早事与愿违。想当年汉代的严子陵高高作揖辞别汉光武帝的亲近和邀请，我又何必长剑拄腮在皇宫玉阶下侍候皇帝呢？富贵发达也没有什么了不起的，坎坷困顿也不必悲伤。汉代名将韩信被降为淮阴侯后，羞于与绛侯周勃、颍阴侯灌婴等并列，三国时祢衡则耻于与以屠牲沽酒为业的市井小人为伍。你没见北海太守李邕，如今他的英风豪气在哪里呢？你没见刑部尚书裴敦复，三尺高的土坟上早已长满了野草荆棘。我打少年时代起就有隐居之志，见到这些黑白颠倒的现实就更不把荣华富贵看在眼里了。

【当代阐释】

在黑白颠倒的社会里傲视王侯

李白的朋友王十二写了一首题为《寒夜独酌有怀》的诗赠给李白，李白便写了这首答诗，酣畅淋漓地抒发自己的悲愤情怀。

本诗大体分为四段，“且须酣畅万古情”以上十句为第一段，想象描写王十二雪夜独酌、怀念自己的情景。诗人凭借丰富的想象创造出一个美好境界，以与下文丑恶现实作对照。

“君不能”至“有如东风射马耳”八句为第二段，揭示玄宗朝耽于娱乐、好大喜功，从而宠信小人，重用武将，贤能的儒士难以立身的现实。

“鱼目亦笑我”至“谗言三及慈母惊”十四句为第三段，通过一连串的比喻，揭露当时黑白颠倒、是非不分的社会现实，抒写自己曲高和寡，遭人谗毁的悲愤。

“与君论心握君手”以下十八句为第四段，慨言荣辱穷达之不足挂怀，实质是对黑暗现实无可奈何，只能选择远离是非。

唐玄宗后期，信用奸相李林甫，杀戮贤臣。天宝六年（747 年），北海太守李邕和曾任过刑部尚书的裴敦复，遭到杀害。天宝八年（749 年）六月，陇右节度使哥舒翰攻破吐蕃石堡城，士卒伤亡惨重。此诗写了这些事件，当是八年六月以后所作。当时已近安史之乱，唐统治集团的奢侈和政治上的腐朽已达极点。

“君不能狸膏金距学斗鸡，坐令鼻息吹虹霓。君不能学哥舒横行青海夜带刀，西屠石堡取紫袍”，用极为生动的语言抨击宠臣、权贵们斗鸡邀宠，杀戮邀功。

“《折杨》、《皇华》合流俗，晋君听琴枉《清角》”，直接点出玄宗不识贤才，讽刺他有眼无珠，宠信小人。

“一谈一笑失颜色，苍蝇贝锦喧谤声。曾参岂是杀人者，谗言三及慈母惊”，非常真切地再现了李白为群小中伤，无法立足于朝的现实，也侧面反映玄宗末期是如何完全被小人所包围。李白的《远别离》“我纵言之将何补，皇穹窃恐不照余之忠诚”，与此事反映的情形一致。值得推敲的还有《远别离》随后的几句“雷凭凭兮欲吼怒，尧舜当之亦禅禹。君失臣兮龙为鱼，权归臣兮鼠变虎”，后两句很好理解，主要指安禄山。但前面提到禅让，唐玄宗确实不得已顺水推舟禅让给当时已经生米煮成熟饭的、由宦官出主意在灵武私自称帝的唐肃宗，那“雷凭凭兮欲吼怒”的是谁呢？似乎不是肃宗本人，而是宦官。可以逆推，在“苍蝇贝锦喧谤声”的小人中，宦官也是极为重要的一族。宋代乐史在《李翰林集序》中说：“白有歌云：‘吟诗作赋北窗里，万言不直一杯水。'盖叹乎有其时而无其位。呜呼！以翰林之才名，遇玄宗之知见，而乃飘零如是。"确实，才华卓异，诗名远扬，曾深受玄宗宠遇的李白尚且遭遇如此，其他贤才的遭遇就可想而知了。

最后，"孔圣犹闻伤凤麟，董龙更是何鸡狗"，他决定置荣辱于度外，为了避祸，更为了羞与小人为伍。李白确实早就有泛舟五湖的打算，但他的归隐有一个前提，那就是功成身退，须等到"事君之道成，荣亲之义毕"的(《代寿山答孟少府移文书》)。但玄宗朝贤愚颠倒、远贤亲佞现实逼得他功未成而身已退，不得已选择了远离污秽的朝廷、浪迹江湖的人生。他的心情是悲愤的。他只能自己宽解自己：像孔子那样的圣人，尚不能遭逢盛世实现他的理想，何况我呢？"董龙更是何鸡狗"，则直接斥骂小人，英风豪气溢于笔端。

诗人襟怀磊落，在指斥现实中表现了蔑视一切的自负和自信，或嘲讽，或怒骂，其感情的表达方式，是奔腾浩荡、浩气如虹的，即使抒发受谗言遭诽谤、壮志难伸的愤懑之情，也是如此。这表现了李白一贯的自信、豪放和傲视王侯的气概。

【国学故事】

斗鸡神童遍享荣华胜书生

唐玄宗时有一首《神鸡童谣》，写一个13岁斗鸡小儿的传奇人生：

生儿不用识文字，斗鸡走马胜读书。
贾家小儿年十三，富贵荣华代不如。
能令金距期胜负，白罗秀衫随软舆。
父死长安千里外，差夫持道挽丧车。

斗鸡在我国，是非常古老的一种娱乐。唐朝的时候，由于统治者的爱好提倡，这种娱乐更是盛极一时。特别是唐玄宗后期，政治由开明转向腐败，各种娱乐花样翻新，并且达到相当高的水平。在众多的斗鸡徒中，玩的最好的应该数斗鸡神童贾昌了。

贾昌的父亲是皇宫里的护卫，唐玄宗听说他斗鸡玩的好，所以就把贾昌召进宫里去了。

贾昌的确是个聪明的孩子，他入鸡坊不久，就摸熟了鸡的习性，很快，他就把鸡训练得能听从他的口令行事了。他为皇宫训练出了一大批骁勇善战的斗鸡，这让皇帝非常高兴，唐玄宗为他手下能有这样聪明的斗鸡神童而非常满意，他还封贾昌为鸡坊五百小儿长。

开元十三年(725 年)，唐玄宗到东岳泰山举行封禅大典，贾昌带着他训练出来的三百只雄鸡一同前往。不巧他父亲死在泰山脚下了，玄宗特别恩准他送父亲的灵柩回京归葬，还指示沿途郡县派人护送，在当时这样的事情真是荣耀无比，所以就有了前面提到的《神鸡童谣》。

每到一个节日，例如正月十五的“中元节”，八月五日玄宗的生日“千秋节”，元旦和清明节等，在骊山，都要举行盛大的游乐会，那都是贾昌大出风头的时候，到时，六宫中的人都来看各种游艺杂耍的演出，最精彩的就是斗鸡了。只见他头戴雕翠金华冠，身穿锦绣衣衫，神气活现地站在广场上指挥斗鸡。鞭子指处，鸡们迅速排好队伍，摆好架势，只等一声哨响，立即竖毛振翅，随着指挥斗了起来。那场面真是精彩无比。

贾昌 22 岁的时候，玄宗将潘大同的女儿赐婚给他，那是一位善歌舞的千金小姐，曾经受到杨贵妃的宠爱，可见贾昌的福分。

太平盛世，娱乐本来也没有什么大错。错的是皇帝把行乐当作正经事来对待了，所以埋下安史之乱的隐患，铸下盛世凋残的大错。

【原文】

丽人行①

杜甫

三月三日天气新，长安水边多丽人②。
态浓意远淑且真，肌理细腻骨肉匀③。
绣罗衣裳照暮春，蹙金孔雀银麒麟④。
头上何所有，翠为㔩叶垂鬓唇⑤。

背后何所见，珠压腰衱稳称身[⑥]。
就中云幕椒房亲，赐名大国虢与秦[⑦]。
紫驼之峰出翠釜，水精之盘行素鳞[⑧]。
犀箸厌饫久未下，鸾刀缕切空纷纶[⑨]。
黄门飞鞚不动尘，御厨络绎送八珍[⑩]。
箫鼓哀吟感鬼神，宾从杂遝实要津[⑪]。
后来鞍马何逡巡，当轩下马入锦茵[⑫]。
杨花雪落覆白苹[⑬]，青鸟飞去衔红巾[⑭]。
炙手可热势绝伦，慎莫近前丞相嗔[⑮]。

【注释】

①丽人行：新乐府辞。天宝十一年（752年）十一月，杨贵妃兄杨国忠为右丞相。诗中言"三月三日"，则这首诗有可能作于天宝十二载三月三日上巳节后。

②"三月"二句：古以三月第一个巳日为上巳节，后固定为三月三日，此日祭于水边，祓除不祥，后演为游春活动。长安东南曲江池畔游人尤众，即诗所云"水边"。

③淑且真：闲雅而自然。"肌理"句：言丽人皮肤细润如脂，骨骼匀称，肥瘦适中。

④绣罗：绣花的细绸。"蹙（cù）金"句：言衣裳花样有金银线所绣的孔雀、麒麟等。金、银互文，孔雀、麒麟举偏概全。蹙金是刺绣术翠微语，用捻紧的金银线刺绣，使纹路蹙缩有立体感，故又名捻金。

⑤翠为㔩（è）叶：指用玉翠精制的叶片。㔩彩，妇女发髻上所用的花饰。

⑥衱（jié）：衣后襟。稳称身：指衣物合身。

⑦就中：其中。云幕椒房亲：指杨贵妃之姊韩、虢、秦诸夫人。汉成帝时，甘泉紫殿设有云幄、云帐、云幕。汉未央宫有椒房殿，以椒和泥涂壁。云幕和椒房，是说后妃所住的宫殿。赐名：赐以封号。唐制，文武官一品及国公的母亲、妻子封国夫人，相当于古代列国诸侯的母、妻，是最高的封号。杨妃有三姐妹均封为国夫人，这里举虢、秦以概括三人。

⑧紫驼之峰：驼背上的肉，为珍贵食品。翠釜：翠色的锅。水精：即水晶。行：

传递。素鳞：白色的鱼。

⑨犀箸：犀牛角制的筷子。厌饫(yù)：饱足。鸾刀：刀环装有鸾铃的刀，用来割肉。纷纶：忙乱的样子。

⑩黄门：宦官的通称。飞鞚(kòng)：犹言飞驰的马。鞚，带嚼子的马笼头。不动尘：形容骑技熟练，马行快速而又平稳。络绎：接连不断。八珍：泛指精美罕见的食品。

⑪宾从：指奔走于杨氏兄弟姊妹门下的人。杂遝(tà)：乱杂而众多。实要津：一指这些宾从占满了朝廷上重要的位置。一指宾从在曲江塞满了交通要道。

⑫后来鞍马：最后骑着马来的人，指杨国忠，即下文的"丞相"。逡巡：欲进不进的样子。这里形容神态舒缓，大模大样。当轩：即当门的意思。锦茵：华贵的地毯。

⑬"杨花"句：隐指杨国忠和虢国夫人兄妹间有不正当的男女关系。按北魏胡太后与杨白花私通，太后曾作诗有句云："杨花飘荡落南家"、"愿衔杨花入窠里"。世俗又传"杨花入水化为浮萍"，故云。

⑭青鸟，神话中群玉山的仙鸟，是西王母的使者。后来广泛用于男女之间传递消息的人。红巾，妇人之饰，此处亦隐示杨国忠与虢国夫人的事。

⑮炙手可热：形容气焰灼人。势绝伦：权势无人可比。丞相：指杨国忠。嗔：发怒。

【经典原意】

三月初三上巳节，天气格外清新，长安的曲江边来了许多美人。她们姿色艳丽、神态高雅，自然而又娴静，皮肤洁白细嫩，身材适中匀称。轻罗的绣衣，光彩照耀着晚春；上面绣着的那些珍禽异兽，都用金丝银线捻蹙而成。头上插戴着什么？翠玉制成的发饰垂在鬓边。背后看见的是什么？衣后裾缀满珍珠，衣服显得多么妥帖合身。这些美女中有杨贵妃的亲眷，天子赐予她们封号为虢国和秦国夫人。筵席上紫色的驼峰刚从青铜釜烹出，水晶盘盛着鲜鱼。她们举起象牙筷，因为吃腻了，久久不能下筷，御厨们用装有鸾铃的刀把不停地切菜切肉，可惜那细致切脍的刀功真是白费了。太监们骑马多么纯熟，一路上没有扬起灰尘，从皇家的厨房里接连送来名贵的美味。箫管声声吹奏，美妙能感动鬼神，众多的宾客、随从，阻塞了路口交通。最后来的那人骑着高头大马神态舒缓，大模大样，到了门口才下马踏上华贵的地毯。杨花像雪一样飘落覆盖水上白蘋，青鸟衔着红巾飞去暗传消息。他的气焰逼人，权势无人可比，当心这位丞相发怒呵，千万别走近前！

【当代阐释】

大唐没落的根源

唐代自武后以来，外戚擅权已成为统治阶层中一种通常现象，他们形成了一个特殊的利益集团，引起了广大人民的强烈不满，这也是安史之乱的一大诱因。

诗巧借曲江游春这一特定事件，着力描写杨氏姐妹的穷奢极欲、气焰嚣张，讽刺杨氏兄妹奢侈淫乱，从一个典型侧面反映玄宗的昏庸和朝政的腐败。

诗中开头十句，“珠压腰衱稳称身”之前，先泛写上巳曲江水边踏青丽人之众多，以及她们意态之娴雅、体态之优美、衣着之华丽。《杜臆》引前人评论说：“‘态浓意远’、‘骨肉匀’，画出一个国色。状姿色曰‘骨肉匀’，状服饰曰‘稳称身’，可谓善于形容。”泛写既描绘了整个上层社会的奢靡之风，也为由面到点着重写杨氏一门作了极好的铺垫。

中间十句，“就中云幕椒房亲”至“宾从杂遝实要津”，着力描写杨氏姐妹的奢华靡费，势焰熏天，“黄门飞鞚不动尘，御厨络绎送八珍”二句更直接写出唐玄宗对她们的眷顾备至。“宾从杂遝实要津”则突出了奔走阿谀者络绎不绝。《旧唐书·杨贵妃传》载：“玄宗每年十月，幸华清宫，国忠姊妹五家扈从。每家为一队，着一色衣；五家合队，照映如百花之焕发。而遗钿坠舄，瑟瑟珠翠，璨瓓芳馥于路。而国忠私于虢国，而不避雄狐之刺，每入朝，或联镳方驾，不施帷幔。每三朝庆贺，五鼓待漏，靓妆盈巷，蜡炬如昼。而十宅诸王、百孙院婚嫁，皆因韩、虢为绍介，仍先纳赂千贯，而奏请罔不称旨”，非常集中地揭示了杨氏一门的势焰熏天、奢侈糜烂。

“后来”六句，写杨国忠纵恣骄横，入木三分，同时用“杨花”二句含蓄手法揭露他与虢国夫人私通的丑行。

杨氏一门的气焰，当然要有唐玄宗在背后的支持。唐朝张祜所作《集灵台》“虢国夫人承主恩，平明骑马入宫门。却嫌脂粉污颜色，淡扫蛾眉朝至尊”，暗示虢国夫人与唐玄宗也关系暧昧。讽刺杨氏，最终当然还是讽刺最高统治者唐玄宗。乐史《杨太真外传》载：“时新丰初进女伶谢阿蛮，善舞。上与妃子钟念，因而受焉。就按于清元小殿，宁王吹玉笛，上羯鼓，妃琵琶，马仙期方响，李龟年觱篥，张野狐箜篌，贺怀智拍。自旦至午，欢洽异常。时唯妃女弟秦国夫人端坐观之。曲罢，上戏曰：‘阿瞒乐籍，今日幸得供养夫人。请一缠头！’秦国曰：‘岂有大唐天子阿姨，无钱用邪？’遂出三百万为一局焉。”文中唐玄宗丑态可掬，秦国夫人傲态可掬，虽然可能有小说家夸张成分在里面，但也相去不远。大唐没落的根源还得到最高统治者身上去找。

浦起龙在《读杜心解》诗中评此诗“无一刺讥语，描摹处语语刺讥。无一慨叹声，点逗处声声慨叹”。同时，本诗体现了新题乐府“即使名篇，无复依傍”的典型特征。

【原文】

变律[1]

苏涣[2]

毒蜂成一窠，高挂恶木枝。
行人百步外，目断魂亦飞。
长安大道傍，挟弹谁家儿[3]。
右手持金丸，引满无所疑[4]。
一中纷下来，势若风雨随。
身如万箭攒，宛转迷所之[5]。
徒有疾恶心，奈何不知几[6]。

【注释】

①变律:变排律为古体的意思。

②苏涣:? ~775年,青年时好打抱不平,善用白弩,劫富商及地主财物。后折节读书,广德二年(764年)中进士,累迁侍御史。湖南崔瓘辟为从事。瓘遇害,苏涣前往交州、广州,因不满唐王朝统治,鼓动岭南将领哥舒晃造反,兵败被诛。苏涣善诗,曾作变律诗十九首上广州节度使李勉,李勉厚待他。杜甫与他有赠答之诗,对他的作品给予了很高的评价。作品散佚殆尽,《全唐诗》录其诗四首,为《变律》三首和《赠零陵僧》。

③挟:携带、带着。弹:弹弓。

④金丸:金属制成的弹丸。引满:把弹弓拉开到极限。无所疑:指不顾金丸射中毒蜂窠的后果。

⑤攒:聚积。宛转:指晕头转向,或翻滚身体挣扎。迷所之:指迷失方向,或失去知觉。

⑥徒:空。疾:痛恨。几(jī):同"机",机宜、策略。

【经典原意】

毒蜂成一窝,高高地挂在丑恶不成材的树木上。行人在百步以外看见,就被吓得目不敢视、魂飞魄散。首都长安的大道旁,那是谁家的孩子?他左手拿着弹弓,右手拿着金属弹丸,完全不考虑有什么后果,拉满弹弓,奋力射去。一丸射中,毒蜂纷纷飞下,其阵势就像狂风暴雨随身而来。少年被毒蜂螫刺,如万箭攒心,翻滚挣扎,一会儿就失去了知觉。这年轻人空有疾恶如仇的正义之心,可惜不知对敌策略,终致失败。

【当代阐释】

为勇有余而力不足的革新志士所作的痛惋之歌

苏涣的《变律》十九首,是大历五年到七年(770 ~772年)在广州时,上岭南节度使李勉的作品。这是留存下来的三首其二。这是一首政治讽刺诗,反映了作者对唐代宗为首的统治集团的愤恨。唐代宗宠信宦官程元振、鱼朝恩,又任用依附宦官的元载为相,排斥异己,纳贿聚敛，各地藩镇，也搜刮无尽，民不聊生。诗歌用“毒蜂成一窠”比喻黑暗势力结成一团，“高挂恶木枝”比喻他们有坚固的后盾，势高力强，用无畏的少年比喻疾恶如仇、勇敢无畏而又缺乏经验的反对者。

这首诗构思新颖奇特，是唐诗中别具一格的作品。诗中反映的现实，是每一个朝代都有的，那些赍志而没的改革家或欲除恶的志士，令人为之痛惜、叹惋，包括苏涣自己的结局，也仍与此诗相似。黑暗时代的政治局势总是险恶复杂，既得利益集团结成牢不可破的恢恢之网，想要有所改变，常常要付出很大的代价，例如唐朝的永贞革新、甘露事变；甚至常常需要在全社会发生破坏性变化，强行推动社会前进、发展，例如经历唐末黄巢起义、五代乱世，最后才达到宋朝相对稳定的局面。鲁迅先生在杂文中一再反对用一片绿色的森林去换取少量的煤，就是主张青年人要讲究斗争策略，尽量减少无谓的牺牲。

苏涣是个有思想的志士，他仅存的《变律》三首其三说：“一女不得织，万夫受其寒。一夫不得意，四海行路难。”表现对民生疾苦的关切，对社会高屋建瓴的思考。他还说：“祸亦不在大，福亦不在先”，“世路险孟门，吾徒当勉旃”，都表现了哲学家般的睿智和政治家般的敏锐。

【原文】

忆学字[①]

坎曼尔[②]

古来汉人为吾师，为人学字不疲倦。
吾祖学字十余载，吾父学字十二载，
吾今学之十三载。
李杜诗坛吾欣赏[③]，迄今皆通习为之[④]。

【注释】

①忆学字：回忆学习汉族文化的情况。

②坎曼尔：唐代中期回纥(hé)族的民间诗人。大约与白居易同时。1959 年

在新疆米兰古城发现《坎曼尔诗签》,内有坎曼尔所作《忆学字》等三首诗和他抄录的白居易的新乐府诗《卖炭翁》。

③李杜诗坛吾欣赏:理解为诗坛李杜吾欣赏,或李杜诗篇吾欣赏,则文意通顺。李杜:指李白、杜甫。

④迄今:至今。通:通晓李杜的诗。习为之:学习做诗。

【经典原意】

自古以来汉人就是我们回纥民族的老师,我们学习汉族文化不知疲倦。我祖父学习了汉文化十多年,我父亲学了十二年,我现在也已经学了十三年。诗坛巨擘李白、杜甫的诗篇我很欣赏,如今我已通晓他们的诗篇并以之为榜样学习写诗。

【当代阐释】

沟通世界的学习

本诗回忆了他们祖孙三代刻苦学习汉族文化的动人情景,表现了他对汉族文化的真诚欣赏和对汉族人民的深厚感情。社会通过交流而进步,民族通过互相学习而取长补短,古往今来莫不如此,其中相对先进的民族文化对别的文化影响要深刻一些。本诗反映了千余年前汉民族与少数民族间的语言文化的密切交流的情况,很有历史和现实意义。

今天,我们在积极地学习英语等全世界各种重要的语言,以便向其他先进的国家和民族学习其文化和技术。全世界也在积极的学习汉语,为了与中国有更好的互相学习、相互促进。语言和文化学习不是一朝一夕的事,坎曼尔一家三代坚持不懈长期学习汉语和汉文化的精神给予今天的我们极大的激励。

【原文】

柳州峒氓①

柳宗元

郡城南下接通津②,异服殊音不可亲③。

青箬裹盐归峒客④，绿荷包饭趁虚人⑤。
鹅毛御腊逢山罽⑥，鸡骨占年拜水神⑦。
愁向公庭问重译⑧，欲投章甫作文身⑨。

【注释】

①柳州：元和十年（815年）春，柳宗元在贬谪十年后被召回京城，三月，又再次出为柳州（今属广西柳州）刺史。峒：通“洞”，山穴。氓：同“民”。峒氓，即山区的百姓、山民。

②郡城：指柳州城。津：来往必经的渡口。通津，这里指沟通两岸和上下游运输的柳江。

③异服殊音：指柳州少数民族在服装上和语言上都和汉族不同。不可亲：难于接近。

④箬（ruò）：指箬竹的叶子，俗称粽巴叶，宽大可用来包物。裹：包。

⑤绿荷：绿色的荷叶。趁虚：即赶墟，赶集。

⑥腊：农历十二月称腊月，这里指寒冷的冬季。御腊，即抵御寒冷。山罽（jì）：用山中禽兽的毛缝制而成的防寒衣被。

⑦鸡骨占年：古代南方的一种迷信活动。用鸡的骨头来预测吉凶和年成的好坏。拜水神：设置祭品，向水神祈祷不旱不涝、风调雨顺。

⑧公庭：官府。重（chóng）译：经过多次辗转的翻译。这里是指担任翻译的人。

⑨投：扔掉。章甫：古代的一种帽子，读书人或做官者所戴。文身：即纹身，在身上刺花纹。

【经典原意】

柳州城是个人来人往的大渡口，往南与交通要道柳江相通。山民们的服装奇异，语言与中原完全不同，让你无法和他们接近。他们赶墟和进进出出时，常用青翠的箬叶包盐、用碧绿的荷叶裹饭。他们用鹅毛和其它禽兽的毛缝制成衣被防御冬寒，用鸡骨来占卜年成好坏，祭拜水神来祈求风调雨顺、旱涝不生。我愁于每交流一句话都要通过官府的翻译辗转传达，简直想扔掉这读书做官的人戴的礼帽，转而像他们一样在身上纹上花纹，彻底地融入当地人民的生活。

【当代阐释】

异彩奇情，拳拳爱心

这首七律当写于元和十年(815年)冬天。柳宗元到了柳州之后接触了柳州地区少数民族的生活，发现不论在语言、生活和风俗习惯方面都有其独特的表现，这首诗对此作了生动形象的描绘。诗歌对少数民族生活的独特描绘富于奇情异彩，记录了迥然不同于中原的生活风情，内容新鲜，艺术精美，是唐诗中别具一格的诗篇。

面对着当地相对的贫穷、落后和闭塞的情况，柳宗元没有厌恶和嫌弃，反而希望彻底融入当地生活，以便更好地交流，哪怕为此需要完全放弃自己来自中原的习惯，也在所不辞，表现了他高洁的情怀。

柳宗元作为王叔文集团的重要成员，辅助朝廷作了一系列富于进步意义的改革。但王叔文集团在夺取宦官兵权、以便改变宦官专权的局面时，因计划不密和敌方势力过强，流于失败。这导致柳宗元等人长贬边地。当被再一次从朝廷贬到柳州时，柳宗元知道，由于反对势力强大，自己也已中年衰弱，再次返回朝廷的可能性不大了。于是他彻底放弃了造福全国的政治幻想，决定全心全意把柳州治理好。据说他刚到柳州时就说:“这难道不值得好好治理吗?”他想办法解救了一大批因为贫困被沦为奴隶的人，因为方法得体可行，被上级长官作为榜样向其他地方推广。他在当地积极办学校、请教师，提高人民的文化水平。南方数省的读书人常常不远千里赶到柳州向柳宗元请教读书作文的方法，并且都受益匪浅。因为以上种种，以及其他一些诸如植树造林之类的善政，使老百姓获益良多，当他逝于柳州时，老百姓立即为他建起祠庙纪念他。至今虽已千年，但今日柳州人民仍不能忘怀他的惠泽，继续在用各种方式深切怀念柳宗元。

【原文】

轻肥①

白居易

意气骄满路，鞍马光照尘。
借问何为者，人称是内臣②。
朱绂皆大夫，紫绶或将军③。
夸赴军中宴，走马去如云。
樽樽溢九酝，水陆罗八珍④。
果擘洞庭橘，脍切天池鳞⑤。
食饱心自若，酒酣气益振⑥。
是岁江南旱，衢州人食人⑦。

【注释】

①轻肥：诗题取自《论语·雍也》中的“乘肥马，衣轻裘”，用以概括豪奢生活。这是《秦中吟》组诗十首中的第七首。

②内臣：宦官。

③朱绂（fú）：朱色的朝服。紫绶：紫色的系印丝绳。朱、紫二色，高级官员才能用。“大夫”、“将军”分指文职和武职。皆：全、都。或：有的人。

④樽（zūn）、罍（léi）：盛酒器。九酝：一种经过重酿的美酒，这里泛指美酒。罗：罗列。八珍：泛指多种精美罕见的食品。

⑤擘（bò）：分开；剖裂。脍（kuài）：切得很细的鱼或肉。天池：海的别名。一说，扬州有天池（在今江苏省仪征县）。鳞：鱼。

⑥自若：坦然自得。振（zhēn）：精神振作，这里比喻气焰嚣张。振，现代汉语读去声，古代属阴平声，为韵脚一致，诗中宜读阴平声。

⑦江南：泛指长江以南地区。衢州：唐代州名，今浙江省衢州一带。

【经典原意】

道路上所到之处到处洋溢着他们傲慢的气息，黄尘弥漫中他们光鲜华丽的鞍马格外耀眼。请问这些是干什么的人呢？有人告诉我他们是皇宫里的宦官。他们穿着红色的朝服,佩着紫色系绳的官印,官职不是大夫,就是将军。他们骑着马去参加由他们掌管着的军队中的宴会,一彪彪人马如云般飘过。一壶壶一坛坛的都装着精酿的美酒,一盘盘一碟碟是难得的山珍海味。珍贵的水果是诸如来自洞庭湖边的橘子,难觅的鱼虾也来自遥远的江河湖海。他们一个个吃饱了志得意满,喝醉了更显得气焰嚣张。这一年江南一带大旱,衢州地区发生了人吃人的惨剧。

【当代阐释】

皇权旁落,民不聊生

这首诗分三段。

开头四句是一段,选取了一个路人的视角,写了气焰冲天、鞍马照地的一队队人马,让这个过路人油然感到吃惊,不禁要问,他们都是干什么的人呢?别人告诉他,那是皇宫中的宦官!可是,宦官不都是一些没什么文化、人身残缺的皇帝“家奴”吗?错!

接下来十句是第二段,进一步描写其骄奢淫逸。“军中宴”的“军”是指禁军神策军,由宦官管领。原来,他们早已不是昔日的皇帝“家奴”,由于掌管着装备精良、捍卫京城和皇宫的神策军的军事大权,他们早已“权归臣兮鼠变虎”,成为能随便发动政变、废立甚至谋害皇帝的“超级大总管”了,掌握了对皇帝的生杀予夺之权,当然也就掌握了国家政权,从某种意义上说,他们中的宦官头子才是真正的皇帝,皇帝不过是他们用来控制朝臣的傀儡。要不然,他们怎么富埒皇室,贵越王侯呢?这就难怪他们势焰熏天、目中无人,“坐令鼻息吹虹霓”了。更为可怕的是,宦官大都是文盲出身,加之身体因强制而残疾,往往心理阴暗,其一旦手握重权,其贪鄙、残酷、可耻常常超越人们的想象。

最后两句,忽然从筵席上宕开,写到江南的旱灾,写到人吃人的惨剧,可谓奇峰突起,波澜顿生,突出的对比达到惊心动魄的效果。

全诗演绎的,一是难以救治的宦官专权的唐朝痼疾,一是类似于杜甫"朱门酒肉臭，路有冻死骨"诗意的极端的社会不公平。

【原文】

官仓鼠[①]

曹邺[②]

官仓老鼠大如斗[③]，见人开仓亦不走。

健儿无粮百姓饥[④]，谁遣朝朝入君口[⑤]。

【注释】

①官仓：官府的粮仓。

②曹邺：约816～875年，唐代诗人。字业之，一作邺之。广西桂林人。自幼聪颖，勤于攻读。唐大中四年(850年)中进士，历任天平节度使幕府掌书记、太常博士、礼部郎中、吏部郎中、洋州刺史。后辞官南归，迁居桂林城北阜财坊，以读书、写诗、教馆自娱。其诗或吟咏故乡山水景色和田园风光，或抒发政治上不得志的感慨，或讽刺时政，《官仓鼠》是其名篇。《全唐诗》收其诗108首。

③斗：古代容量单位，十升为一斗。也指能容一斗的容器。

④健儿：士兵。

⑤谁遣：谁让。朝朝：天天。君：指老鼠。

【经典原意】

官府仓库里的老鼠大得像量东西的斗，见人来开仓门也并不惊慌，还是呆着不走。战士们没有粮食，老百姓肚子还饿着，是谁让你们天天把粮食往嘴里塞的呢?!

【当代阐释】

将矛头指向最高统治者

老鼠身子大得惊人，胆子也大得惊人。老鼠而特地指明是"官仓"之鼠，当然暗示讽刺的对象是各级贪官污吏。作者愤怒地责问："是谁让你们天天把粮食往嘴里塞的呢?!"那么是谁呢？显然，是手握重权的统治者,从最高统治者皇帝本人开始,无不纵容各级官吏的贪污。为什么呢?一是,自己要得好处,就要允许别人得好处,因为都在统治层,有些东西是不可能瞒人耳目的;二是,自己的好处常常要靠下一级官吏搜刮而来。

如果我们结合白居易的《秦中吟》之《重赋》看,就会明白更多:

……

厥初防其淫,明敕内外臣:
税外加一物,皆以枉法论。
奈何岁月久,贪吏得因循。
浚我以求宠,敛索无冬春。
织绢未成匹,缫丝未盈斤。
里胥迫我纳,不许暂逡巡。

……

昨日输残税,因窥官库门:
缯帛如山积,丝絮似云屯。
号为羡余物,随月献至尊。
夺我身上暖,买尔眼前恩。
进入琼林库,岁久化为尘!

早在中唐德宗时期,官吏开始搜刮国家规定税收之外的"羡余",定时送给皇帝,皇帝专用"琼林"等两个大仓库来装这些"私房钱",可以想象,各级官吏在收集这些皇帝"私房钱"的同时,怎么可能不上行下效,也往自己的兜里揣上一些呢?况且,他们还是直接跟钱物打交道的人,渠道就未必只有一条了。据史书记载,唐德宗的宦官到地方去,地方官一定要送给宦官厚礼,有一次,有个官员给少了,回来跟皇帝告状,皇帝还老大不高兴,嫌地方官薄待他的家奴了呢!这就是"谁遣朝朝入君口"的答案了。此后的中晚唐,宦官专权,把持朝政,比之德宗朝,可谓有过之而无不及。

明乎这些背景,晚唐诗人曹邺写出《官仓鼠》,也就不足为奇了。

早在《诗经·硕鼠》中,就有将贪官比作大老鼠的了不起的创意了。不过曹邺还是有其创造性的发展。《官仓鼠》不再是哀求的口吻和向往美好的乐园的虚幻，而是突出揭露老鼠的令人吃惊的贪鄙和有恃无恐，并进一步追问造成这种现象的根源，将矛头指向了最高统治者，其现实性和战斗性，是远远超过《诗经·硕鼠》的。

【原文】

感弄猴人赐朱绂[1]

罗隐[2]

十二三年就试期，五湖烟月奈相违[3]。
何如买取猢孙弄[4]，一笑君王便着绯[5]。

【注释】

①弄猴人：耍猴子的艺人。赐：被赐予。朱绂(fú)：红色官服。

②罗隐：833～909年，字昭谏，新城(今浙江富阳市新登镇)人，晚唐著名诗人。本名横，因屡试不中，遂改名罗隐，自号江东生。大中十三年底至京师，应进士试，屡次不第。咸通八年乃自编其文为《谗书》，益为统治阶层所憎恶，所以罗衮赠诗说："谗书虽胜一名休。"后来又考过几次，最终还是未考中，自称"十二三年就试期"，史称"十上不第"。据载他"貌古而陋"、"乡音乖刺"，"恃才忽睨。众颇憎忌"，不为公卿所喜。55岁时成为吴越王钱镠幕僚，仍狂傲不改，但钱镠不以为忤。着《江东甲乙集》、《淮南寓言》及《谗书》、《后集》并行于世。《唐才子传》说他"诗文凡以讥刺为主，虽荒祠木偶，莫能免者"，其诗风在晚唐属于浅易明畅一派，善于提炼民间口语，读来有如白话，如"今朝有酒今朝醉，明日愁来明日愁"(《自遣》)。有诗集《甲乙集》传世。清人辑有《罗昭诗集》。

③就试：应试。五湖：这里指太湖，泛指罗隐的故乡。烟月：烟波明月，指山水景物。相违：相离。

④此句一作"何如学取孙供奉"。猢孙：猴子。

⑤一笑君王：使君王一笑。着绯：穿红色官服，红色官服是高级官员的象征。

【经典原意】

考了十二三年的试，家乡太湖边的烟波明月无奈都远离欣赏不到。哪里比得上买只猴子要要，只要能使君王一笑，立即就穿上了高级官员才能穿的红色官服。

【当代阐释】

可以人而不如猴乎

据《幕府闲燕录》载："唐昭宗播迁，随驾伎艺人，止有弄猴者。猴颇驯，能随班起居。昭宗赐以绯袍，号孙供奉。"

学问不如耍猴，儒士不如耍猴人，让罗隐感慨万分，实际上，罗隐虽未考上，但因其才华已名扬四海，十试不第的真正原因，是因他恃才傲物，诗文每多讥讽，触怒权贵，故功名路断。

实际上，《幕府闲燕录》记载的意思，似乎是赐猴着绯，孙供奉也更像是对猴的称呼，不知是否罗隐听到的传闻有误。不过如果是这样，人而不如猴的局面，只能是对读书人更深的刺痛。另外，记载中看出，逃难的过程中，唐昭宗居然还带着猴子，更有甚者，还让猴子随全体朝班官员一起朝见皇帝，也实在是昏庸到令人发指的程度。

其实，罗隐也知道是统治阶层不容于己，他对自己的才华有绝对的自信，对统治阶层把官位私相授受、黑白颠倒的现实非常愤怒，他写了一首《黄河》："莫把阿胶向此倾，此中天意固难明。解通银汉应须曲，才出昆仑便不清。高祖誓功衣带小，仙人占斗客槎轻。三千年后知谁在，何必劳君报太平。"意谓就像黄河永远也不可能清，朝廷也不可能清明了。诗中句句借黄河喻朝廷，非常巧妙。诗歌表明了与唐王朝决绝的态度。

罗隐"十上不第"，曾作一首《嘲钟陵妓云英》："钟陵醉别十余春，重见云英掌上身；我未成名君未嫁，可能俱是不如人。"正话反说，诙谐中寓深刻愤慨。

罗隐有一首七律《筹笔驿》，歌咏诸葛亮的生平事迹："抛掷南阳为主忧，北征东讨尽良筹。时来天地皆同力，运去英雄不自由。千里山河轻孺子，两朝冠剑恨谯周。唯余岩下多情水，犹解年年傍驿流。"对诸葛亮与刘备明君贤相的风云际会深表羡慕，对他遭逢愚庸之主刘禅感到深深的遗憾和同情。这首诗其实也是感慨自己生不逢时，遭遇愚暗的朝廷和时代。“时来天地皆同力，运去英雄不自由”因为概括了一种普遍规律，成为千古名句。

罗隐还有一首《蜂》：“不论平地与山尖，无限风光尽被占。酿得百花成蜜后，为谁辛苦为谁甜？”写的是蜜蜂，寓的是劳动者，与李绅《悯农》之“四海无闲田，农夫犹饿死”异曲同工。

九、长安大道连狭斜，青牛白马七香车

——赋写繁华的都市诗

【导读】

唐代都市繁荣与商业发达的写照

本章所选诗歌主要是两类，一类描写都市和城市生活，代表作品如卢照邻《长安古意》、杜甫《赠花卿》；另一类表现商业生活，代表作品如王建《汴路即事》、元稹《估客乐》。

本章作品因为所反映的对象的特殊性，决定其内容既有其独特的丰富性，又有其不可避免的复杂性。描写唐代都市繁荣的一类诗歌，如卢照邻《长安古意》，既写了长安的繁华、热闹，与众不同的皇城气派，也写了“挟弹飞鹰杜陵北，探丸借客渭桥西”等浮华浪荡的生活和犯罪行为，既写了人们对爱情的执著追求，也写了青楼勾栏的夜夜笙歌，既写了富贵奢华的城市生活，也写了“年年岁岁一床书”清静日子。描写商业发展情况的诗歌，既有王建《汴路即事》这样正面反映商业繁荣的诗篇，也有元稹《估客乐》对不法奸商欺诈平民、勾结贪官的行为进行揭露，从而对商人和商业持否定态度的诗篇。

唐代长安是当时东亚的政治、文化中心，各国使者、商旅络绎不绝，国际商贸与文化交流频繁。长安城独特的政治、经济、文化地位相适应的繁荣与丰富在卢照邻《长安古意》中有详尽的描述。当然，那繁荣的市场和令人赞叹的都市生活，主要属于上层阶级，它并没有给下层社会带来多少好处，王建《羽林行》就是最好的佐证。唐王朝成员及其庇护下的贵戚、高官、宦官以至能有机会分享利益的“鸡犬”们都是特权阶层，但老百姓有时不仅没有得到好处，反而深受其害。《长安古意》、《羽林行》都没有直接描写下层人民的生活，但如此奢华需要多少受害者来提供、如此无法无天的生活需要多少受害者来承受并不难想象。

白居易《登观音台望城》"百千家似围棋局，十二街如种菜畦"的描写，一方面反映长安的独特风貌和皇城气派，宋人将它赞誉为"畦分棋布，闾巷皆中绳墨"的"一代精制"（吕大防《长安志图》），另一方面，这样的呆板整齐也可能恰恰束缚了居民生活生产的实际需要，设计者突出的只是皇权、皇威。

除了长安城之外，其他城市自然也有它的繁华，本章所选杜甫的《赠花卿》反映的就是成都的繁华热闹和奢华享乐，这块得天独厚的"天府之国"，相对安定，自然条件优裕，历来是官员们奢华享乐的乐土。

与城市生活相伴相随的除了争豪竞奢的社会风气，还有功利主义思想的盛行。王梵志《吾富有钱时》就揭示了当时具有普遍性的嫌贫爱富的社会风气。

唐代商业题材诗歌很多，表现了唐代商业活动的方方面面。例如反映商贾之乐和商贾之苦的作品在唐诗中都有不少，而表现商人长期在外，闺中人独守空房的思妇怨叹之作则更多。本编所选的王建《汴路即事》、元稹《估客乐》主要反映当时商业发展的繁荣和商人作假欺诈、官商勾结、欺行霸市、贫富不均等客观社会现实，对我们了解唐代都市和商业具有重要的意义。唐代商业题材诗歌对商人的批判是主流，这主要是因为商业没有足够的规范和监督，官商勾结导致社会严重贫富不均，这其实与封建社会的官场腐朽是如出一辙的社会问题，是封建专制体制本身的痼疾。当然，唐诗中表达对商人同情的诗歌也不少，这充分表现了唐代诗人对社会观察的客观全面。

【原文】

长安古意[1]

卢照邻[2]

长安大道连狭斜，青牛白马七香车[3]。
玉辇纵横过主第，金鞭络绎向侯家[4]。
龙衔宝盖承朝日，凤吐流苏带晚霞[5]。
百丈游丝争绕树，一群娇鸟共啼花[6]。
游蜂戏蝶千门侧，碧树银台万种色。
复道交窗作合欢，双阙连甍垂凤翼[7]。
梁家画阁天中起，汉帝金茎云外直[8]。
楼前相望不相知，陌上相逢讵相识[9]。
借问吹箫向紫烟，曾经学舞度芳年[10]。
得成比目何辞死，愿作鸳鸯不羡仙[11]。
比目鸳鸯真可羡，双去双来君不见。
生憎帐额绣孤鸾，好取门帘帖双燕[12]。
双燕双飞绕画梁，罗帏翠被郁金香[13]。
片片行云著蝉鬓，纤纤初月上鸦黄[14]。
鸦黄粉白车中出，含娇含态情非一。
妖童宝马铁连钱，娼妇盘龙金屈膝[15]。
御史府中乌夜啼，廷尉门前雀欲栖[16]。
隐隐朱城临玉道，遥遥翠幰没金堤[17]。
挟弹飞鹰杜陵北，探丸借客渭桥西[18]。
俱邀侠客芙蓉剑，共宿娼家桃李蹊[19]。
娼家日暮紫罗裙，清歌一啭口氛氲[20]。
北堂夜夜人如月，南陌朝朝骑似云[21]。
南陌北堂连北里，五剧三条控三市[22]。

弱柳青槐拂地垂，佳气红尘暗天起[23]。
汉代金吾千骑来，翡翠屠苏鹦鹉杯[24]。
罗襦宝带为君解，燕歌赵舞为君开[25]。
别有豪华称将相，转日回天不相让[26]。
意气由来排灌夫，专权判不容萧相[27]。
专权意气本豪雄，青虬紫燕坐春风[28]。
自言歌舞长千载，自谓骄奢凌五公[29]。
节物风光不相待，桑田碧海须臾改[30]。
昔时金阶白玉堂，即今唯见青松在[31]。
寂寂寥寥扬子居，年年岁岁一床书[32]。
独有南山桂花发，飞来飞去袭人裾[33]。

【注释】

①古意：是六朝以来诗歌中常见的标题，表示这是托古以咏今的拟古之作。

②卢照邻：约635~680年，字升之，号幽忧子，幽州范阳（今河北涿县）人。曾任新都尉，染风疾，去官，居太白山，以服饵为事；又客东龙门山，疾甚，足挛，一手又废；后不堪疾病折磨，自投颍水死。为"初唐四杰"之一。

③狭斜：指小巷。七香车：用多种香木制成的华美小车。

④玉辇：本指皇帝所乘的车，这里泛指一般豪门贵族的车。主第：公主府第。第：房屋。络绎：连续不断，前后相接。侯家：王侯之家。

⑤龙衔宝盖：车上张着华美的伞状车盖，支柱上端雕作龙形，如衔车盖于口。承朝日：承受早晨阳光的照耀。凤吐流苏：车盖上装饰着的凤凰的嘴端挂着流苏。流苏：以五彩羽毛或丝线制成的穗子。

⑥游丝：春天虫类所吐的飘扬于空中的丝。

⑦复道：又称阁道，两楼之间的空中通道，因其下还有道路，所以称为"复道"。交窗：有花格图案的木窗。合欢：植物及其花的名字，这里指复道、交窗上的合欢花形图案。双阙：本指皇宫门前的左右门楼，这里借指豪贵家的门阙。甍（méng）：屋脊。垂凤翼：形容两侧屋脊相连正如一只凤凰的两翼下垂。

⑧梁家：指东汉外戚梁冀家。梁冀为顺帝梁皇后兄，以豪奢著名，曾在洛阳大

兴土木，建造宅第。画阁：这里指贵族们华丽的住宅。金茎：铜柱。汉武帝刘彻于建章宫内立铜柱，高20丈，上置铜盘，名仙人掌，以承露水，故又名承露盘。

⑨"楼前"两句：写士女如云，难以辨识。讵(jù)：同"岂"。

⑩吹箫：用春秋时箫史吹箫故事。《列仙传》："萧史善吹箫，秦穆公以女弄玉妻之，一旦皆随凤凰飞去。"这里用以比喻神仙般的生活。向紫烟：指飞入天空。紫烟：指云气。

⑪比目：鱼名。《尔雅·释地》："东方有比目鱼焉，不比不行，其名谓之鲽。"比目鱼、鸳鸯鸟，皆是成双成对出入，故古人用比目鱼、鸳鸯鸟比喻男女相伴相爱。

⑫生憎：最恨。帐额：帐檐。孤鸾：孤独的鸾鸟，象征独居。鸾：传说中一种神鸟。双燕：象征自由幸福的爱情。

⑬帏：帐。翠被：以翠羽织成锦而做的被子。郁金香：花名，这里指用它制成的香料，古人用以熏衣被。这里是指罗帐和被子都用郁金香熏过。

⑭行云：流动的云，形容发型美丽，如浮动的轻云。蝉鬓：古代妇女的一种发式，类似蝉翼的式样。初月上鸦黄：额上用黄色涂成弯弯的月牙形，是当时女性面部化妆的一种样式。鸦黄：嫩黄色。

⑮妖童：豪门权贵家打扮妖冶的歌童。铁连钱：指马的毛色青而有连环的圆钱状花纹。娼妇：指舞女。盘龙：这里指金屈膝上的盘龙雕纹。屈膝：铰链。用于屏风、窗、门、橱柜等物，这里是指车门上的铰链。

⑯"御史"两句：写权贵骄纵恣肆，御史、廷尉都无权约束他们。御史：官名，司弹劾。廷尉：官名，掌刑法。乌夜啼、雀欲栖：均暗示执法官没有权势，门庭冷落。《汉书·朱博传》："(御史)府中列柏树，常有野乌数千，栖宿其上，晨去暮来，号曰朝夕乌。"《史记·汲郑列传》："始翟公为廷尉，宾客阗门，及废，门外可设雀罗。"

⑰朱城：宫城。玉道：指修筑得讲究漂亮的道路。翠幰：用翠羽装饰的车帷幕。金堤：坚固美好的河堤。

⑱挟弹飞鹰：拿着弹弓架着鹰去打猎。杜陵：在长安东南，汉宣帝陵墓所在地。探丸借客：指行侠杀吏，助人报仇等蔑视法律的行为。《汉书·尹赏传》："长安闾里少年，群辈杀吏，受赇报仇，相与探丸为弹，得赤丸者斫武吏，黑丸者斫文吏，白者主治丧。"又《汉书·朱云传》有"借客报仇"之语。借客：找人来替某人报仇。渭桥：在长安西北，秦始皇时所建，横跨渭水，故名。

⑲芙蓉剑：古剑名，春秋时越国所铸。这里泛指宝剑。娼家：妓女。桃李蹊：指娼家的住处。语出《史记·李将军列传》："桃李不言，下自成蹊。"此借用，一则

桃李可喻美色，二则暗示这里是吸引游客纷至沓来的地方。蹊：小径。

⑳啭：宛转歌唱。氛氲（yūn）：香气浓郁。

㉑北堂：指娼家。人如月：形容娼家女的美貌。南陌：指娼家门外。骑似云：形容骑马的来客云集。

㉒北里：即唐代长安平康里，是妓女聚居之处，因在城北，故称北里。“五剧”句：长安街道纵横交错，四通八达，与市场相连接。五剧：交错的路。三条：通达的道路。三市：许多市场。控：引，连接。“五剧”、三条”、“三市”都是用前人成语，其中数字均非实指。

㉓ 佳气红尘：指车马杂沓、尘土飞扬的热闹景象。

㉔金吾：即执金吾，汉代禁卫军官衔。唐代设左、右金吾卫，有金吾大将军。此泛指禁军军官。“翡翠”句：写禁军军官在娼家饮酒。翡翠本为碧绿透明的美玉，这里形容美酒的颜色。屠苏：美酒名。鹦鹉杯：即海螺盏，用一种状如鹦鹉的海螺加工制成的酒杯。

㉕襦（rú）：短衣。燕赵歌舞：战国时燕、赵二国以“多佳人”著称，歌舞最盛。此借指美妙的歌舞。

㉖转日回天：极言权势之大，可以左右皇帝的意志。“日”、“天”喻皇帝。

㉗意气：任性使气。灌夫：字仲孺，汉武帝时期的一位将军，勇猛任侠，好使酒骂座，交结魏其侯窦婴，与丞相武安侯田蚡不和，终被田蚡陷害，族诛（见《史记·魏其武安侯列传》）。萧相：指萧望之，字长倩，汉宣帝朝为御史大夫、太子太傅。元帝即位，辅政，官至前将军，“备位将相”，后为宦官石显所诬陷，饮鸩自尽。

㉘青虬（qiú）、紫燕：均指好马。坐春风：在春风中骑马飞驰，极其得意。

㉙凌：超过。五公：指张汤、杜周、萧望之、冯奉世、史丹，皆汉代著名权贵。

㉚节物：指节令、时序。桑田碧海：即沧海桑田，喻指世事变化很大。《神仙传》卷五：麻姑对王方平说：“接待以来，见东海三为桑田。”

㉛金阶白玉堂：形容豪华宅第。青松：指坟墓。

㉜扬子：汉代扬雄，字子云，在长安时仕宦不得意，后在天禄阁校书，闭门著书。这里是作者以扬雄自比。

㉝桂花：淮南小山《招隐士》：“桂树丛生兮山之幽，偃蹇连蜷兮枝相缭。”言避世隐居之意。裾（jū）：衣襟。

【经典原意】

长安大道平阔宽广，四通八达的小巷纵横交错；路上穿梭不息的是青牛白马拉着的用数种香木制作而成的华美小车。豪门贵族所乘的车子华贵得像是皇帝乘坐的辇,金鞭催促着牛马穿梭于公主的府邸、侯王的豪宅。车的支柱上端雕着龙形,叼衔着遮阳、避雨的华美伞盖,车盖上的凤嘴挂着五彩羽毛或丝绳制成的穗子,这华美的车盖、流苏在朝日的光辉、晚霞的绚烂中更加色彩辉煌。道旁两侧、空中飞腾着春天虫类吐在空中的细丝,它们争相在大树面前围绕飘动;一群群娇美的小鸟在烂漫春花中宛转歌唱。这些春花、春鸟、蝴蝶、绿树,在千门万户富贵之家周围争春,映照得银色的高台五彩缤纷。富贵之家的阁道和木格窗上雕刻着合欢花,府第门前的左右门楼两侧屋脊相连,正如一只凤凰的两翼下垂。就像东汉外戚梁冀家的阁楼拔地而起直冲苍天,正如汉武帝建在建章宫内的铜柱直插云霄般雄壮。豪富之家是如此之多,人们在楼前相望却相互不了解,路上相逢也都互不相识。这是个曾经在苦练舞蹈中度过了美好的青春年华,向人探问昔日善吹箫引凤的萧史曾和弄玉夫妇双双成仙的故事。如果能够像比目鱼一样成双成对,即使用死亡来换取也在所不辞;只要能像鸳鸯那样双宿双栖,即使神仙的日子也不羡慕。您没见比目、鸳鸯真是令人羡慕,它们进进出出总是双双对对。最恨帐前横幅上的孤独的鸾鸟图案,总喜欢在门帘上贴上双飞的燕子。那些豪贵家的舞女梳着如流云般轻盈形如蝉翅的发型,额上用黄色涂成弯弯的月牙形,她们肌肤雪白,含娇带媚,各具情态。那些打扮入时的青年男子,也是豪贵家的娱乐人员,他们骑着带连环圆钱文的名马,歌女们车门上的铰链还雕着盘龙花纹。

权贵骄纵恣肆,司弹劾御史、掌刑法廷尉都无权约束他们,因而执法官毫无权势,门庭冷落,乌啼雀噪。从修筑得讲究漂亮的道路看这红尘滚滚的都市隐隐约约,用翠羽装饰着车帷的豪华之车在坚固美好的河堤边隐没。公子们拿着弹弓架着猎鹰去长安东南杜陵的北边打猎,渭桥西边时有行侠杀吏,助人报仇等蔑视法律的行为。侠客们身带宝剑豪气相邀,共同夜宿在那客人纷至沓来的妓家。美貌的妓女们天黑后穿上华美的紫罗裙宛转歌唱,四座香气浓郁。娼家夜夜美女明媚如月，娼家门外天天骑马的来客云集。长安城北平康里这妓女聚居之处一大片地区都是如此，长安街道纵横交错，四通八达，与市场相连接。这里枝条柔软的柳树、高大茂密的槐树枝干拂地，车马杂沓、尘土飞扬，热闹非凡。禁军军官纷纷来到娼妓之家，美酒盛在罕见的海螺盏里，开怀畅饮。短衣长裤因之而解，美妙的歌舞因之而作。

更另有那豪华有势的宰相和将军，权势之大，可以左右皇帝的意志，他们争权夺利，互不相让。他们任性使气，对文官武将排挤打击。这些人逞豪气，显英雄，乘着难得的好马在春风中飞驰，得意非凡。他们自认为这种歌舞声色的生活可以延续千年，夸耀其奢华超越了历史上闻名的五公。四时节令流转不休，毫不等待，人事不久就发生沧海桑田的改变。过去金阶玉墙的豪华宅第，今天只见坟墓和青松。

我的居所就如当年扬雄闭门著书时一样，寂寞安静，年年岁岁只有一床书籍，唯见南山桂花开花，花朵带着芳香在我衣襟间飘落舞动。

【当代阐释】

宫体诗的新变

这是卢照邻的代表作，也是初唐七言歌行的代表作之一。

全诗分四部分。

第一部分（从“长安大道连狭斜”到“娼妇盘龙金屈膝”）铺陈长安豪门贵族争竞豪奢、追逐享乐的生活。

第二部分（从“御史府中乌夜啼”到“燕歌赵舞为君开”）主要以市井娼家为中心，写形形色色人物的夜生活。

第三部分（从“别有豪华称将相”至“即今惟见青松在”）写长安上层社会除追逐难于满足情欲而外，还有着强烈的权力欲，驱使着文武权臣互相倾轧。

第四部分是最后四句，以汉代穷居著书的扬雄自况，寄寓怀才不遇的感慨，并与前面所写的豪门贵族生活作对照，针砭时世，托物言志，表达了自己高洁的追求，结束全篇。

《长安古意》在拟古的七言诗中可称洋洋巨制。全诗感情充沛，对世俗的生活进行了揭示，对奢靡的生活和争权夺利、互相倾轧的权贵进行了批判，表达了自己清净而有所追求的生活态度的坚持和肯定，也对纯洁坚定的爱情进行了肯定，对世事无常、荣华难久的人生规律以及人类应有的生活态度进行了深入的思考。

在宫体余风尚炽的初唐诗坛，虽然卢照邻的这首诗语言华艳富赡，犹有六朝余习，结尾仍有"劝百讽一"传统诗赋的影子，但确实在内容上有了极大的充实和创新，艺术上也一改浮艳、陈旧的气息，而有了清词丽句，语言流畅而凝练有神、含义丰富。所以，明代胡应麟称赞这首诗："七言长体，极于此矣！"(《诗薮》内编卷三)

卢照邻的一生与病魔抗争，也因此英年早逝。他尚且能给我们留下如此珍贵的文化遗产，更使我们对他钦佩备至。

【文化常识】

初唐四杰

指初唐文学家王勃、杨炯、卢照邻和骆宾王。《旧唐书·文苑·杨炯传》："炯与王勃、卢照邻、骆宾王以文词齐名，海内称为王杨卢骆，亦号为四杰。"四杰活动于唐朝高宗、武后时期，他们反对六朝以来颓靡绮丽的风气，指出了一些革新意见。四杰所作虽未完全摆脱六朝影响，但开始把诗文从宫廷引向市井，从台阁移到江山和边塞，题材扩大，风格也较清新刚健，对唐代文学风气的转变起了一定作用。诗歌形式上，他们将五言律诗推向成熟。

【原文】

吾富有钱时

王梵志[1]

吾富有钱时，妇儿看我好。
吾若脱衣裳，与吾叠袍袄。
吾出经求去[2]，送吾即上道。
将钱入舍来，见吾满面笑。

绕吾白鸽旋，恰似鹦鹉鸟。
邂逅暂时贫③，看吾即貌哨④。
人有七贫时，七富还相报。
图财不顾人，且看来时道。

【注释】

①王梵志：初唐诗僧，白话诗人。其诗语言浅近，在当时颇有影响，明清以后因作品不容于正统，大部已佚，《全唐诗》未收。敦煌藏经洞发现其诗手抄本后，才又获国内外重视。王梵志的诗歌以说理为主，重视惩恶劝善的社会功能。某些诗篇具有讽刺世态人情的积极意义，诗的风格浅显平易而时带诙趣，开创了以俗语俚词人诗的通俗诗派。

②经求：出外经商。

③邂逅：偶遇。

④貌哨：脸色难看。

【经典原意】

我富裕有钱的时候，妻子儿女对我很好。我一脱衣服，他们就替我把衣服叠好了。我出外经商，就送我上路。我拿钱回家时，见到我满面笑容，围绕着我就像白鸽盘旋，又像那鹦鹉鸟，我每说一句话他们都完全遵照执行。偶遇我一时贫困，他们见到我就脸色难看。人有贫困的时候，往往随后也还有富贵的时候。贪爱钱财而不真心待人，将来我若富裕，也必不会以好态度对待你们。

【当代阐释】

别具一格的白话诗人

王梵志是初唐白话诗僧，因为其诗通俗易懂，而又富于哲理，不少诗对社会人情有细致的观察和深入的思考，因此他的诗在唐初是很流行的。这首诗就是讽刺警告庸俗的贪财者。

当庸俗、势利、贪财浇薄的世风表现在夫妻、父子之间的时候，其寒凉确实是最入骨的。古代最典型的例子是苏秦。他贫寒的时候，长途跋涉而回，父母不待见他，嫂子不给他做饭，妻子自顾自纺织，根本不理他。而当他佩六国相印回家时，却受到了全家人热烈的欢迎。可以想象，苏秦当时的感慨万端；更可以想象，苏秦在受家人白眼时的悲哀滋味。苏秦可以既往不咎，毕竟，他是先贫后富，成功的得意可以忽略一切，成功的得意也需要人分享。此外，还有汉代著名的朱买臣，也以"马前泼水"报了"一箭之仇"。

但如果是先富后贫呢？王梵志就从这更残酷的角度"把无意义的东西撕破给人看"，从而赋予悲剧以喜剧的色彩。由富入贫能使人最深切地感受世态的寒凉，从而对社会有透彻的了解。曹雪芹因此写出了《红楼梦》。鲁迅在回忆少年生活时也说："有谁从小康之家而坠入困顿的么？我以为在这条路中，大概可以看见世人的真面目。"这种心酸的经历也在某种程度上成就了鲁迅。据学者研究，王梵志也曾经历了类似的社会地位的巨变，而且很可能与他最后出家有关。

诗中"绕吾白鸽旋，恰似鹦鹉鸟"两句，用了两个非常形象而又新鲜的比喻，使全诗有很强的艺术美，全诗对比强烈，富于哲理，以口语成诗，语言流畅优美，浅切形象，言近旨远，发人深省，别具淡而有味的情趣，可以说是一首非常成功的诗歌。诗歌体现了诗人锐敏的观察力和细致的捕捉题材的能力，把诗人的不平之鸣寓于不太长的篇章之中，可以说是很见功力的。

王梵志还有广为接受的二首诗，诗名就叫《诗》，相当于无题：

我有一方便，价值百匹练。

相打长伏弱，至死不入县。

他人骑大马，我独跨驴子。

回顾担柴汉，心下较些子。

前一首表现了"衙门八字开，有理无钱莫进来"的残酷现实，后一首表现"比上不足，比下有余"的社会心理，都凝练而富于哲理，可谓善取材，也都同样表现了语言完全口语化的特征。

王梵志还有一首《诗》："城外土馒头，馅草在城里。一人吃一个，莫嫌没滋味。”用惊警的比喻说明人生苦短的道理，尤其是把城中活人喻作“馅草”，简直令人惊心动魄。虽然带了佛教空无的观点，但联想别具一格，亦有可取。

不难推测，王梵志对中唐以白居易为代表的平易浅切一派诗人产生了较大影响。

【原文】

赠花卿[1]

杜甫

锦城丝管日纷纷[2]，半入江风半入云[3]。
此曲只应天上有[4]，人间能得几回闻。

【注释】

①这首诗作于上元二年(761年)，诗人时在成都。花卿：即花敬定，唐朝武将，曾平定段子璋之乱。杜甫《戏作花卿歌》“成都猛将有花卿，学语小儿知姓名”，即此花卿。卿：尊称。

②锦城：四川省成都市。丝管：管弦乐器，这里指管弦乐，指代音乐。纷纷：繁多而纷乱，这里是繁盛的意思。

③半入江风半入云：乐声随江风飘散，飘到江上，飘入云层。“半入”并非各半。

④天上有：以仙乐比之。天上：双关语，表面上指天宫，实指皇宫。下句的“人间”也就相应地实指民间。

【经典原意】

成都城中丝弦管乐交奏，每天都从早到晚响个不停。乐声随风飘散，飘到江上，飘入云层。这样美妙的乐曲只在天宫才有啊，人世间能得几回赏听？

【当代阐释】

华美乐章，含蓄讽意

此诗约作于上元二年(761年)，此诗人杜甫定居成都，诗歌是诗人在武将花敬定的府上，听到那悠扬动听的乐曲，从而写此诗赠给主人的。

这首诗文字上看，是一首很优美的诗歌，尤其是对于音乐的描写和赞美，把无形的音乐写得令读者神往，令人很容易联想出音乐的美妙，“半入江风半入云”一句，尤为佳句。

但随后，读者可能会有一点疑问，“丝管日纷纷”的生活是不是有点寻欢作乐得过头了？作者是否有自己的讽刺含义在内？回答应该是肯定的。

更需要进一步思索的是，“此曲只应天上有，人间能得几回闻”中的“天上”还常常指皇宫，“人间”还常常指地方和民间。那么诗人是否还有所讽呢？回答仍然应该是肯定的。

古代乐舞分等级，春秋时期，鲁国的季氏是大夫，理应只可享有四佾之乐舞，但他僭用了天子才能用的八佾，孔子得知其事，予以批评。《论语·八佾》：“孔子谓季氏八佾舞于庭，是可忍，孰不可忍也！”历代沿袭，礼仪、乐舞、奏乐等等，均有等级之别，不得擅自逾越。明代杨慎《升庵诗话》却说：“花卿在蜀颇僭用天子礼乐，子美作此讥之，而意在言外，最得诗人之旨。”

花敬定是成都尹崔光远的部将，曾在平定梓州刺史段子璋叛乱中立过功。但他居功自傲，放纵士卒大掠东蜀；又目无朝廷，僭用天子音乐。这首诗可能是在花敬定举行的一次宴会上即兴之作，诗中描写了宴乐之盛，委婉地讽刺他恃功骄恣。

最值得一提的是，“锦城丝管日纷纷”，作者讽刺的对象不仅仅是花敬定，而是整个成都官员们腐化堕落的写照，具有由点到面、点面结合的普遍意义。

这首诗表现了一个富于强烈社会责任感的诗人的忧世情怀。“世人皆醉我独醒”，所以诗人的心最热，眼最冷，身最寒。这令人油然想起那首《茅屋为秋风所破歌》。

【原文】

汴路即事[1]

王建

千里河烟直，青槐夹岸长。
天涯同此路，人语各殊方。
草市迎江货[2]，津桥税海商[3]。
回看故宫柳，憔悴不成行[4]。

【注释】

①本诗描写汴州(今河南开封市)水运发达、商业繁荣的景象。汴路:汴河水路,即大运河中通济渠这段。汴州为中原与江淮沟通的枢纽,本诗通过汴州的水路繁华表现唐代商业的繁盛。

②草市:乡村集市。江货:江路运来的特产货物。

③津桥:(汴州)渡口的桥边。税海商:向海外来汴州的商人们收税。

④故宫柳:隋炀帝行宫边的杨柳。憔悴:衰败。刘禹锡《杨柳枝》词有“炀帝行宫汴水滨,数株残柳不胜春”句,本诗这两句用以表现运河的历史悠久和时移世易的历史感。

【经典原意】

汴河延伸千里,两岸人烟繁密,炊烟袅袅,杨柳夹岸,枝条披拂。南来北往的客人都经过这一水路,汴州商人们的语言来自八方,各不相同。乡村的集市迎来江路运来的特产货物,汴州渡口的桥边官府人员正向海外来汴州的商人们收税。回头看见隋炀帝行宫边的杨柳,因时移世易、历史悠久,早已衰败得不成行列。

【当代阐释】

唐代商业繁荣的写照

商业是社会发展的一个标志。人们都注意到宋代商业的发展,市民阶层的壮大,唐代的商业却似乎没有引起人们足够的注意。王建这首诗体现了唐代商业的繁荣，从某种程度上补充了史料的不足，也给予人们生动的形象感受。

“天涯同此路”表现了水路的繁忙，“人语各殊方”则体现了交通要道和要塞城市的凝聚力。“草市迎江货”写城市或乡村因交通而繁荣，“津桥税海商”表明不仅是国内四面八方的人们贸易往来，更有来自海外的远来商贾和货物。

包括汴河水路在内的大运河是由隋炀帝发起开通的，所以诗末自然地点到隋炀帝的行宫，一方面暗讽隋炀帝为一己之私欲开通运河，如今早已物是人非，但运河却成了国家的交通要道；另一方面，表现运河的历史悠久和时移世易的历史感慨，拓展了诗歌的纵深度。

【原文】

羽林行①

王建

长安恶少出名字②，楼下劫商楼上醉。
天明下直明光宫③，散入五陵松柏中④。
百回杀人身合死⑤，赦书尚有收城功⑥。
九衢一日消息定⑦，乡吏籍中重改姓⑧。
出来依旧属羽林，立在殿前射飞禽。

【注释】

①《羽林行》，一名《羽林郎》，为乐府旧题，属《杂曲歌》。“羽林”即羽林军，皇帝的侍卫军。从汉代开始，历代封建王朝，都用“羽林”称呼或代指皇帝的禁卫军。唐代也置有左右羽林军。

②恶少：品行很坏的少年。

③下直：从值班的岗位下来，指下值休息。“直”同“值”。明光宫：汉宫殿名，这里指唐皇宫。

④五陵：西汉五个皇帝的坟墓，也是豪门贵族居住的地方。

⑤合死：该死，指应当处以死刑。赦书：皇帝颁发的赦免罪行的文书。

⑥九衢：长安城中的大街，借指京城。

⑦乡吏籍：农村乡吏掌管的花名册。重改姓：再次把姓名改回，指把原来因畏罪而更改的姓名又改回来，重新恢复原来的姓名。重：再次。

【经典原意】

长安的不良少年是很有名的，他们刚在楼下抢劫了商人的财物，马上又跑到酒楼上喝得烂醉。天亮从皇宫值班的岗位下来，马上分头藏入五陵一带的松柏林中为非作歹。他们多次杀人本该处以死刑，但皇帝却又下赦书释放他们，说他们有收城之功。一旦他们被赦的消息从京城传出，他们便在乡吏簿籍中重新恢复原来的姓名。这些人从躲藏的地方出来后，依旧能在羽林军中服役，站在宫殿前逍遥自得地射杀飞鸟。

【当代阐释】

有恃无恐的犯罪

这首诗大胆地揭露了中唐时期羽林军的作恶多端，写的是羽林军，却把批判的矛头直指当时的最高统治者——皇帝，更重要的是，触及中唐重要弊政——宦官专权。

"长安恶少出名字，楼下劫商楼上醉"，指出羽林军的来源是"长安恶少"，他们明目张胆地抢劫商人财物，肆无忌惮地转身上楼醉酒，如此毫无顾忌，究竟是什么身份呢？原来是皇宫侍卫！"天明下直明光宫，散入五陵松柏中"，刚从皇宫里值班完毕，就又散入到五陵松柏林中去劫路杀人，简直就是皇帝豢养的一群歹徒。从"散入"二字可以看出，这些杀人越货的人数量众多，气焰嚣张。

羽林恶少有包天之"胆"，实则是因为有通天之"势"，皇帝和宦官是其总后台。

恶少们直到"百回杀人"、罪大恶极才被问成死罪；但很快就得到皇帝的赦书，说他们"收城"有功，可以将功折罪。中唐时期，宦官专权成为朝政一大弊端，皇帝常让根本不懂军事的宦官统兵或监军，他们常常信口雌黄，虚报战功。宦官的势力大到可以随便发动政变、废立皇帝，对皇帝有生杀予夺之权。羽林军由宦官统属，他们或依靠宦官的遮蔽和宠信，或以财货重赂宦官首领，“赦书”之事，自然就可以由他们一手操办。

末四句，写羽林恶少们逍遥法外，即使已被朝官定了死罪，最多不过更改姓名，暂避乡间，一旦被赦的消息从京城中得以证实，他们就又恢复了原来的姓名和职位，仍然可以“立在殿前射飞禽”，仗势欺人了。

这首诗对了解中唐政治的腐朽、黑暗、是非颠倒，以及了解当时朝政最重要的弊端——宦官专政，具有极为重要的意义。

【原文】

早春呈水部张十八员外①二首（其一）

韩愈

天街小雨润如酥②，草色遥看近却无③。
最是一年春好处④，绝胜烟柳满皇都⑤。

【注释】

①水部：官名，水部郎中的省称。张十八：张籍，他在大家庭兄弟辈中的排行是第十八，时任水部员外郎。

②天街：京城的街道。酥：酥油，乳制品。润如酥：像酥油那样柔润滑腻。

③遥看：远望。

④最是：正是、恰好是。处：时候。

⑤绝胜：远远胜过。烟柳：指烟柳笼罩的暮春景象。皇都：指京城长安。

【经典原意】

长安街上，初春的细雨润滑如酥，地上刚刚萌出的细细春草，远看嫩绿一片，走近一看，却稀疏细小，几近于无。早春正是京城中一年春光最美的时节，远远胜过烟柳满城的暮春时节。

【当代阐释】

初春的发现者

都市里的人们最容易陷于麻木，物候的变化常常被动地去接受。而作为士大夫的韩愈却对早春的特征有敏锐的捕捉。

“天街小雨润如酥”，新颖的比喻表现对濛濛春雨的独特观察和欣喜情怀。

“草色遥看近却无”更是全诗的精华所在，独具只眼。初春亲近过大自然的人，只要有对美敏感的心灵，一定曾对春天这一独特的物候特征有过切身体会，但也就掠眼而过而已。韩愈发现了，记录了，并且概括得如此精当，能引起任何一个有过类似观察的人的强烈共鸣。

大自然从来不缺乏美，只是缺乏发现美的眼睛和记录美的精彩文笔。这两句诗，诗人只用简朴的文字，抓住初春常见的两个细节：“小雨”和“草色”，来描绘早春的独特景色，描绘出早春时节润泽、清新之美感，构思新颖，文笔独到。

“最是一年春好处，绝胜烟柳满皇都”，用新鲜的视角，将初春与人们普遍赏爱和关注的烟柳满城的盛春之景进行对比，突出初春的独特美感，也表现了对大自然珍爱赏玩的童心。

“新年都未有芳华，二月初惊见草芽”（韩愈《春雪》），“草树知春不久归，百般红紫斗芳菲”（韩愈《晚春》），因为有爱美的眼睛，所以总有优美的诗句从笔底流出，这就是有宏博文化功底的唐代大诗人韩愈。

【原文】

登观音台望城[1]

白居易

百千家似围棋局，十二街如种菜畦[2]。
遥认微微入朝火[3]，一条星宿五门西[4]。

【注释】

①本诗描写长安皇城凌晨百官上朝的景象。

②十二街:长安城中皇城内的街道。皇城内南北七街,东西五街。

③入朝火:因天未明,百官上早朝时所持灯火。

④星宿:星官名,天上疏密成行的一组恒星。这里比喻百官入朝的灯火在街上形成的行列。五门:指大明宫,宫南面有延政门等五门。唐高宗以后,皇帝在大明宫听政,百官在此上朝。

【经典原意】

长安城百千家的分布像围棋的棋局一样,十二条街道把城市分割得像整齐的菜畦。远看百官上朝时所持的灯火亮着点点微微的红点,就像天上的星宿一样在大明宫以西排成行列。

【当代阐释】

孤独而自得其乐的观察

这首诗描写诗人凌晨登观音台望长安皇城的景象。登高望远,代有佳作,但这篇是写长安城、写上朝、写凌晨、写百官上朝的灯火。这个时间、地点、景象、视角却是非常独特的,一般人很少经历,诗歌中少见,好诗更为少见。

全诗由三个比喻组成,形象鲜明。尤其"百千家似围棋局,十二街如种菜畦",一雅一俗,却同样生动,使读者感觉景象如在目前,极富生活情趣。诗歌后两句描写远观入朝官员火把,微微泛红的星星点点排列成行,止如天上的星宿,把炽热的火把远观的那种冷感、诗人凌晨远观的独特感受描绘出来,很自然地联想天际,确实表现了艺术描绘的高妙。

【原文】

估客乐[1]

元稹

估客无住着[2],有利身则行。

出门求火伴[3]，入户辞父兄。
父兄相教示，求利莫求名！
求名有所避，求利无不营。
火伴相勒缚[4]，卖假莫卖诚！
交关但交假[5]，本生得失轻[6]。
自兹相将去[7]，誓死意不更。
一解市头语，便无邻里情。
鍮石打臂钏[8]，糯米吹项璎[9]。
归来村中卖，敲作金石声。
村中田舍娘，贵贱不敢争。
所费百钱本，已得十倍赢。
颜色转光净，饮食亦甘馨。
子本频蕃息，货贩日兼并。
求珠驾沧海，采玉上荆衡[10]。
北买党项马，西擒吐蕃鹦[11]。
炎洲布火浣，蜀地锦织成[12]。
越婢脂肉滑，奚僮眉眼明[13]。
通算衣食费[14]，不计远近程。
经游天下遍，却到长安城。
城中东西市，闻客次第迎。
迎客兼说客[15]，多财为势倾。
客心本明黠[16]，闻语心已惊。
先问十常侍，次求百公卿[17]。
侯家与主第，点缀无不精[18]。
归来始安坐，富与王者勍[19]。
市卒酒肉臭，县胥家舍成[20]。

岂唯绝言语，奔走极使令㉑。
大儿贩材木，巧识梁栋形。
小儿贩盐卤，不入州县征。
一身偃市利，突若截海鲸㉒。
钩距不敢下㉓，下则牙齿横。
生为估客乐，判尔乐一生。
尔又生两子，钱刀何岁平㉔。

【注释】

①估客:贩卖货物的商人。估客乐:乐府古题。

②无住着:没有固定的住处。

③火伴:即伙伴。

④勒缚:约束。

⑤交关:和别人打交道。交假:指玩弄手段,不真诚待人。

⑥本生(shèng):本钱。得失:这里是偏义复词,指损失。

⑦相将:相随。

⑧鍮(tōu)石:一种黄色有光泽的矿石,即黄铜矿,或自然铜,外表像金子。又指人造鍮,即以炉甘石(菱锌矿)与铜共炼而得的一种铜锌合金。

⑨项瓔:项珠。糯米吹项瓔:指把糯米熬成胶质,加进某种药物,吹出富于光泽的项珠。

⑩荆衡:古时传说荆山产玉,山在古荆州地带,衡州与荆州均为古楚国地区,二地相近,连类而及,故称荆衡。

⑪党项:古羌族部落名,产马。西擒吐蕃鹦:"西"指陇关以西,那里产鹦鹉,当时陇西被吐蕃所占领。

⑫炎洲:唐时在今四川省西南部设羁縻州,又叫炎洲。此地产石棉制品。布火浣:即火浣布,石棉制成,能耐火烧。蜀地:今四川一带,产锦有名。

⑬越婢:指唐时浙江流域一带的婢女。奚僮:奚族的年轻奴仆。奚,族名,东胡后裔,鲜卑族的一部。

⑭通算:通盘筹算。

⑮说客:告诉估客。

⑯明黠：精明狡猾。

⑰常侍：官名，经常在皇帝左右，一般由宦官充任，权势很大。公卿：高级官吏。

⑱侯家：王侯之家。主第：公主居住的地方。点缀：布置打点，指估客用财货贿赂权势阶层。

⑲勍(qíng)：强，这里指势力相当。

⑳市卒：管理市场秩序的军人。县胥：县官府里的小官。

㉑岂唯：岂只。绝言语：不说话。这里指市卒、县胥得到贿赂以后，二话不说，给估客方便，不再为难他。

㉒偃市利：压倒别人，独占市利。突：突出。截海鲸：横截海洋的巨大鲸鱼。

㉓钩距：钓鱼的工具。

㉔钱刀：钱币。

【经典原意】

商人没有固定的住所，哪里有利可图就往哪里去。出门寻求可同行或合作的伙伴，回家辞别父亲和长兄，父亲和哥哥教导他："你只去求利，不要去求名。为了求名就得有所顾忌，而为了求利什么事都能做。"同行的伙伴也约束、警告他："你卖东西时一定要弄虚作假，千万别老实巴交死心眼，和别人打交道也要会耍心计，这样本钱才会少受损失。"

从此他与这些伙伴相随而去，终生不再改变弄虚作假谋求厚利的原则。一旦掌握了做生意的门道，就再也没有同乡、邻里的感情了。他用颜色酷似金子的鍮石来打制"金"臂环，用糯米加入一些药物吹出光滑润泽的"玉珠"项链。回来老家的村中售卖，煞有介事地把假货敲得叮当作响，强调其金玉的质地。村中没怎么见过世面的农妇，不敢讨价还价就买下了货品。商人所费的本钱，已经获得十倍的赢利。

从此他的脸上红润白嫩起来，饮食也是吃香喝辣。他的本钱加上利息又不断为他生出更大的利息来，一天天市场上的货物、钱财都被他垄断了。为了寻觅好的珍珠不惜扬帆大海，为了搜求美玉又千里迢迢前往荆州、衡州这些产玉的地方。远上北方购买党项的良马，向吐蕃治下的陇西购买鹦鹉。到炎洲去购求火浣布，到蜀地去采购织锦。细皮嫩肉的越地婢女、眉清目秀的奚族僮仆也都在其贩卖范围之内。商人做这些生意时都是通盘筹算衣食交通的费用来计算赢利，而不在意路程远近是否费事。

商人经营游历遍及天下，这天来到了长安城中。京城东西两市的店主听说这位大商人来了，一个个地先后迎了出来。这些迎接的人还告诉商人，财物多了如果不和有权势的人交好，就会受到他们的倾轧。这位商人本来就机灵狡猾，再听别人这么一提醒不觉一激灵，赶忙上上下下打点起来。先了解由宦官充任的权势熏天的十常侍的情况，再打听文武百官中的权要之人，加上王侯之家和公主府第，无不奉送钱财，细细打点。安顿好这些京城权贵，商人才敢放心安坐，由于生意顺畅处处通行，商人很快就富可敌国。他对下层管事之人，诸如管理市场的军人、县令手下的小吏，也都请吃请喝、出手大方，使他们日日酒足饭饱，家中也盖上了新房。这些人不仅毫无异议地对他打开方便之门，而且多方为他奔走效劳。

商人的大儿子在贩卖木材，对盖房用的梁栋等取材之事一清二楚，小儿子则明目张胆地贩卖私盐，根本就不用向州县缴纳相关捐税。他一人就压倒别人，独占市利，气焰嚣张就像横海之鲸。谁也不敢对他有所限制，否则就要受到他的报复，就像海中巨鲸向人龇牙扑来。

唉！你这辈子做商人真是享乐无边啊，我可以肯定你是可以享受终生了。如今你又有了两个成年的儿子，这贫富严重不均的现象何时才能消失呢？

【当代阐释】

贫富不均的忧患

唐代商业繁荣，从这首诗歌可见一斑。但令人忧思的是，此时的商业并不正常：假冒伪劣，贿赂公行，欺行霸市，官商勾结。狡猾机灵的奸商发家致富，垄断市场，造成社会财富严重不公、贫富悬殊。这引起了元稹这位中唐有思想、欲有所作为者的忧思。

当然中唐至此已经很难有所作为了。诗中“先问十常侍，次求百公卿”两句也极为明显地向我们透露：中唐皇权早已掌握在宦官手里，宦官是凌驾于百官之上，甚至对皇帝有生杀予夺之权的手握重兵的实力派。同时社会风气也肮脏腐朽，上上下下沆瀣一气，唯利是图。官商勾结，有财有势者垄断了社会财富。此时的唐王朝已经江河日下，差不多是回天无力了。

当然，诗人的忧思表现出来的强烈的社会责任感还是令人感动的。而此诗对于了解唐代商业、了解中唐社会现状则是极为有益的。可以说，本诗是一篇描绘中唐社会生活画卷的诗史。

【文化常识】

元白

中唐诗人元稹、白居易的并称。二人交谊甚笃，同为新乐府运动的倡导者，文学观点相同，作品风格相近，故并称。二人的诗歌创作在中唐诗坛影响很大。但无论在诗歌理论等方面，还是诗歌创作方面，元都逊于白。清代赵翼在《瓯北诗话》中就说“白自成大家，而元稍次。”

元白并称，当时已行于世，《新唐书·白居易传》载：白居易“初与元稹酬咏，故号元白。”宋代严羽《沧浪诗话·诗体》并称他们的诗体为“元白体”。他们强调诗歌的讽喻作用，注重反映现实，语言较为通俗，诗风平易浅切，并都长于新乐府、七言歌行等诗体。在中唐诗坛上，元白的影响很大。《旧唐书·元稹白居易传》指出：“若品调律度，扬榷古今，贤不肖皆赏其文，未如元白之盛也。”

十、还君明珠双泪垂，恨不相逢未嫁时

——曲径通幽的闺情诗

【导读】

唐代妇女的生活状态

本编所选的闺情诗，大体分为两类，第一类是反映宫女生活的诗，王建《宫人斜》、白居易《上阳白发人》、杜荀鹤《春宫怨》都是；第二类是反映普通妇女生活的。第二类又有几种情况，一是反映夫妻生活的，李白《子夜吴歌》（其三）、张籍的《节妇吟》、朱庆余的《闺意上张水部》等都是，二是反映大家庭生活的，有王建的《新嫁娘》（其三），三是反映未嫁女子的生活的，有秦韬玉的《贫女》。

本编诗歌还有一个特点，就是诗歌中的女性常常是男性诗人借她来自喻，说的是女子的生活，其实表现的是官场、考场或个人发展的情况。张籍的《节妇吟》、朱庆余的《闺意上张水部》、王建的《新嫁娘》（其三）、秦韬玉的《贫女》都有这一特点。借美人喻君子，借女性喻士子，用男女关系比喻君臣、上下级关系，用家庭关系比喻社会关系，是中国文学的传统手法，例如在屈原的作品中这一点就已很突出。当然，诗中反映的也还是当时女性的真实生活，所以仍不妨将它们作为闺情诗来阅读。而且首先是因为它们写得如此精彩生动的闺情，其次是诗歌又能与诗人要表达的社会喻义切合无缝，我们才觉得这些诗歌的突出。因此，把闺情写好了，是这一类诗的前提。与此相关的另一点是，从这类诗歌可以看出，男性的生活和女性的生活只是圈子不一样，实质却有很多类似之处。

唐代的反映宫女生活的诗歌数量多，佳作也多，这反映唐朝宫女数量众多，已经成为一个较为严重的社会问题，并引起了广泛的社会关注。当然，还有两个原因，一是唐代知识阶层受到的思想束缚较少，诗歌敢于触及宫廷生活，二是，有一部分宫词乃诗人借宫女命运比喻自身的遭遇。

在此还需要谈谈唐代的妇女的社会地位。此前一般认为，唐代是一个思想观念比较开放的时代，贞节观念相对淡薄，烈女较少，离婚改嫁较为容易；夫妻关系相对平等，妇女常有户外活动、社交生活；武则天的当政，更是妇女地位的一个证明。这与李唐统治者来自陇西，生活方式中融入了大量的少数民族的特征，并从而影响到社会风气有关。

但最近又有学者提出一些实例，证明唐代妇女的节烈风气很盛，所谓唐代妇女的开放生活只是一种误读。汉代妇女盛行自由改嫁，到唐代中、上层妇女则大多选择守寡，其原因在于魏晋隋唐逐渐形成的士族礼法门风向皇室和普通民众传播普及。

其实，以上两种结论都是正确的。只是前者乃将唐代与此后的宋元明清各朝相比，后者将唐朝与汉朝等此前的相对开放的朝代相比。我们知道，封建社会对人性尤其是妇女的束缚大体是一个逐渐加强的过程，宋明理学“存天理，灭人欲”，“饿死事小，失节事大”等观念的提出、统治阶级对它的利用才使社会对妇女的束缚越来越严酷，以至于到明清时期发展到登峰造极的地步。

【原文】

子夜吴歌·秋歌①

李白

长安一片月②，万户捣衣声③。
秋风吹不尽，总是玉关情④。
何日平胡虏⑤，良人罢远征⑥。

【注释】

①子夜吴歌：南朝乐府旧题有《子夜歌》，又称《子夜吴歌》，属吴声歌曲。《唐书·乐志》说到其来源："《子夜吴歌》者，晋曲也。晋有女子名子夜，造此声，声过哀苦。"《乐府解题》："后人更为四时行乐之词，谓之《子夜四时歌》。"李白的《子夜吴歌》也是分咏四季，这是第三首咏秋。并由原来的五言四句扩展为五言六句。

②长安：今陕西西安市。

③捣衣：洗衣时将衣服放在砧石上，用棒敲打。

④玉门关：指对玉门关征人的思念之情。玉门关：在河西走廊西端的敦煌市境内，位于敦煌市城西北约 90 公里处。相传，古时候西域和田等地的美玉从塔里木盆地经此处输入中原，玉门关由此而得名。玉门关的设立，始自西汉武帝时，距今已有 2000 多年的历史。

⑤平胡虏（lǔ）：平定侵扰边塞的敌人。胡：古代泛称北方和西方的少数民族。

⑥良人：指丈夫。罢：结束。

【经典原意】

长安城一片月色，千家万户传来捣衣的声音。秋风总是吹不尽对在玉门关远征的爱人的思念之情。什么时候才能扫平那些入侵的敌人呢？到那时丈夫就可以停止远征了。

【当代阐释】

秋风中的愿望

《子夜吴歌》一作《子夜四时歌》，共四首，写春夏秋冬四时。李白诗也是如此，这里所选是第三首。《子夜吴歌》旧题一般四句，多写女子思念情人的哀怨，本诗作六句，用于思妇对征人的思念之情，这是诗人的创造。

“长安一片月”，秋高月朗，长安城中几乎家家户户都在利用晚间的闲暇洗衣服，捣衣声此起彼伏。这充满生活情味的声音，这相对来说安静、闲暇的时段，这“玉户帘中卷不去，捣衣砧上拂还来”的清冷月光，都使思妇油然生出对正常家庭生活的渴望。秋风肃肃，寒意微微，使人不禁想要寻找温暖，同时又使人不由挂念起远征的亲人是否温暖，想起这些，离情别绪就像总也吹不尽的秋风，无休无止。这四句，情由景生，情景交融，画面宏阔，意境深远，却又选择了一个点：一个思妇，在这朗月静夜的长安城来表达深曲思致。“秋风吹不尽，总是玉关情”，秋风与思念之情搅在一起，分不清哪是秋风，哪是思念，比喻新鲜，联想别致，表达自然，接合无缝。王夫之说：“前四句是天壤间生成好句，被太白拾得”（《唐诗评选》），这一评论恰到好处地道出了这四句诗的清新自然，正如李白自己提倡的“清水出芙蓉，天然去雕饰”。

五、六句直接表白思妇心声，沈德潜曰：“本闺情语而忽冀罢征。”（《说诗晬语》）这使诗歌思想内容深化，由一个人的思念转化为全社会的心声，由对家庭团聚的渴望转入对国家安宁、社会和平的期待，具有更加普遍的社会意义，表达了当时劳动人民对和平生活的基本需求和强烈意愿。

【原文】

节妇吟①

张籍

君知妾有夫②，赠妾双明珠。
感君缠绵意③，系在红罗襦④。
妾家高楼连苑起⑤，良人执戟明光里⑥。
知君用心如日月，事夫誓拟同生死⑦。
还君明珠双泪垂，恨不相逢未嫁时。

【注释】

①此诗题下注云:“寄东平李司空师道”。李师道是当时藩镇之一的平卢淄青节度使,又冠以检校司空、同中书门下平章事的头衔,其势炙手可热。后叛唐。中唐以来,藩镇割据,他们往往用各种手段,勾结、拉拢文人和中央官吏,以增强自己实力。而一些不得意的文人和官吏也往往去依附他们。因此这是一首具有双层面内涵的唐诗。在文字层面上,它描写了一位忠于丈夫的妻子,经过思想斗争后终于拒绝了一位多情男子的追求,守住了妇道;在喻义的层面上,它表达了作者忠于朝廷、不被有权势的藩镇拉拢、收买的决心。节妇:能守住节操的妇女,特别是对丈夫忠贞的妻子。吟:一种诗体的名称。

②妾:古代妇女对自己的谦称。

③缠绵:情意深厚。

④罗:一类丝织品,质薄、手感滑爽而透气。襦:短衣、短袄。

⑤苑:帝王及贵族游玩和打猎的风景园林。

⑥良人:丈夫。戟:一种古代的兵器。明光:明光殿,此指皇宫。

⑦事:服侍、侍奉。拟:打算。

【经典原意】

你知道我已有丈夫,却还赠送我一对明珠。我感激你对我的深情爱意,就把这明珠系在红罗短袄上。我家里高楼大厦占地广阔,我的丈夫在京城执著戟当保卫皇宫的禁军。我虽然明白地知道你赠我明珠的意思,也很赞赏你的光明坦荡。但我立誓要忠于我的丈夫,和他同生共死。因此,我只好流着泪把明珠送还给你,只遗憾我们为什么没能在我结婚以前相遇。

【当代阐释】

优雅的政治诗兼美丽的爱情诗

张籍此诗题下注:“寄东平李司空师道”。洪迈《容斋随笔》写道:“张籍在他镇幕府,郓帅李师古又以书币辟之,籍却而不纳,作《节妇吟》一章寄之。”如此,则这首诗主要是政治诗,全诗是个比喻。

那么我们就先把它当政治诗来看看。

政治诗中的“妾”是张籍自喻，“君”是指李师道。李师道，父李正己，兄李师古，相继为淄青节度使。师古死，师道于元和元年十月，继任郓州大都督府长史，充平卢军及淄青节度副大使知节度事。当时的节度使虽是棣王李审，但他只是作为皇家成员名义上的遥领，李师道虽是副大使，却是实际上的节度使。他们父、兄、弟三人踞有平、卢、淄、青一带前后40年，是今天的河北南部、山东北部地区的独霸一方的大军阀。李师道终因造反失败，于元和十四年被魏博节度使田弘正所杀。张籍诗题称“李司空师道”，《容斋随笔》称“郓帅李师古”，这里有矛盾，据考证，只有李正己的官衔有“检校司空”，师古、师道都是“检校尚书左仆射”，因此也很可能是写给李正己的，如果这样，那么做诗的时间还靠前。

李正己父子权势极大，张籍忠于朝廷，不受他们的征聘，他当然需要措辞委婉。所以一方面指出对方与朝廷争夺人才，一方面表示忠于朝廷的坚决态度，一方面对对方重视自己表示感激。可以说，面面俱到，婉转周全，不卑不亢，是一首非常成功的政治诗。

再从爱情诗的角度来看，这也是极为成功的一首爱情诗。

首二句说你知道我是有夫之妇，还要对我用情，微有谴责之意，但也可以理解为女主人公理解了对方确实很爱自己，才以至于顾不了别的了。次二句表达感激、理解之情。“妾家”四句表明自己家庭富裕美满，自己绝不变心，因此只有拒绝。末二句拒绝对方爱意，再次以遗憾表感激。可以说，这位女性既有理有节，又有情有性，处理得圆满周到，富于艺术性。绝大部分读者都会不由自主地深深喜爱和钦佩这位睿智而美丽的女性。

另外，关于此女是否算节妇，引发了不少争论。这与不同的时代特征有关。

唐代风气较开放，从最高统治者到老百姓，思想都较开明。唐代对妇女的束缚相对较少，女性的地位较高，虽然男女的地位并不平等，但比之后面几个朝代，实在是妇女的天堂。唐代张籍给他这首诗题作《节妇吟》，肯定了这个女人是一个节妇。在北宋姚铉编的《唐文粹》

里，也把这首诗编在“贞节”类目下。

到南宋时，以理学家提出“存天理，灭人欲”，加之有些本来并不偏颇的学术理论常常被统治者别有用心地利用，因此对妇女的压迫增强。到明清时期，情况发展到可怕的程度，妇女不得不遵从节烈原则，牺牲自己以成全家国。明清妇女节烈与任何时代相比都登峰造极，不但数量多，种类繁，程度惨烈，情节离奇，而且妇女也被熏陶得绝大多数完全主动认同于节烈道德观。

明末的唐汝询，在此诗后评批曰：“系珠于襦，心许之矣。以良人贵显而不可背，是以却之。然还珠之际，涕泣流连，悔恨无及，彼妇之节，不几岌岌乎？”（《唐诗解》）清初贺贻孙在他的《水田居诗筏》对此诗有类似的批评，并同时说：“忠臣节妇，铁石心肠，用许多转折不得，吾恐诗与题不称也。”清沈德潜的《唐诗别裁》不选这首诗，并在张籍的小传中说明：“文昌有《节妇吟》，……玩辞意，恐失节妇之旨，故不录。”他与贺贻孙一样，认为诗中的女主人公已不能算作节妇了，并且似乎担心对当时世风有坏的影响。明代的瞿佑甚至为此作了一首充满卫道气息，今日看来毫无美感，令人难以卒读的《续还珠吟》：“妾身未嫁父母怜，妾身既嫁家室全。十载之前父为主，十载之后夫为天。平生未省窥门户，明珠何由到妾边。还君明珠恨君意，闭门自咎涕涟涟。”

由上可以看出，从南宋开始，尤其是明清两代，对人性的压制和对妇女的迫害变得严重，以至于学者也都逐渐戴上了卫道的面具。

当然也有较开明的学者，比如明代的钟惺在《唐诗归》中就评此诗说：“节义肝肠，以情款语出之，妙妙。”

清朝的徐增在《而庵说唐诗》谈论这首诗说：“君子之道，贵在守己，不恶人妄为。若在今人，则怒形于色，掷珠痛骂矣。”一方面可以看出作者的开明态度，一方面也看出当时的世风是迥然不同于唐代的。

此诗受汉代乐府诗《陌上桑》、《羽林郎》影响，前代学者已有指出。胡震亨《唐音癸签》也说张籍诗是“祖国风，宗汉乐府”。王安石《题张籍诗集》说张籍诗：“看是寻常最奇崛，成如容易却艰辛。”用来评价他的这一首诗也很恰当。

此诗全诗用两韵：第一韵四句，用五言；第二韵六句，用七言。前一部分五言四句叙述本事，后一部分七言六句因事抒情。全诗结构富于特色，叙事抒情有机结合，表现了人情美、人性美，因此受到人们的喜爱。

【原文】

新嫁娘[①]三首（其三）

王建

三日入厨下，洗手作羹汤[②]。
未谙姑食性[③]，先遣小姑尝[④]。

【注释】

①新嫁娘：新娘。

②羹：用肉或菜调和五味做成的带汁的食物。羹汤：此处泛指菜肴。

③未谙（ān）姑食性：还不熟悉婆婆的口味。谙：熟悉。姑：古代指婆婆。

④遣：让。小姑：丈夫的妹妹。

【经典原意】

新婚的第三天，新娘来到厨房，她洗干净手开始为全家烹制菜肴。因为还不了解婆婆的口味，菜一做好她就叫小姑来尝尝，看口味是否合适。

【当代阐释】

家庭温馨抑或风波险恶

古时候，新娘嫁到婆家后的第三天，俗称“过三朝”。按照习俗，新娘要在这日下厨房作菜肴。由于这位新娘不了解婆婆的口味，于是就叫小姑先尝一尝。此诗把新嫁娘细心、聪慧和勤劳的形象刻画得活灵活现。

读完这首诗,人们对新嫁娘的细心周到和聪明充满欣赏和喜爱之情,诗歌也极富生活情趣。这是这首诗受到人们喜爱的原因,也是诗歌的诗味所在。

这首小诗,采用白描手法,不着一字议论,十分简洁明快。诗人抓住日常生活中的一个细节,来表现生活的情趣,表达出人们对美好生活的向往和喜爱,因此备受人们喜爱。

当然,透过这首诗,也还可以有另一方面的阅读和思索。

“过三朝”,还有它特定的意义,一是新家庭对她料理家务能力的一次测验,二是表示新媳妇从今往后要正式开始侍奉公婆。对于新娘来说,此事非同小可,不仅“众口难调”,更重要的是要通过婆婆这一关。所以,俗话说“新媳妇难当”。“多年媳妇熬成婆”,有些婆婆一辈子低眉顺眼伺候公婆,甚至受到欺压和虐待,现在终于扬眉吐气了,善良的因此怜惜媳妇,不善的未免变本加厉地把自己受到的遭遇加之于新媳妇身上。

封建社会不仅规定了单方面的“七去”或曰“七出”之条(《大戴礼记·本命》),就是夫家随时可以休掉这个女子,赶出家门。如:“不顺父母,去。”就是女子随时可能因为这个原因被夫家休去。但是否“不顺父母”是由男家单方面决定的,有时没有公理可言。这从《窦娥冤》等古代文艺创作可见一斑。至于女子,一般来说当然没有要求离婚的权利,离了婚她也没有地方可去,回娘家有时受到的蔑视和冷遇恐怕也未必比在夫家的遭遇好受些,这就是为什么封建束缚最厉害的明清朝,很多女子也只有自杀的命运了。《礼记·内则》规定得很具体:“子甚宜其妻,父母不悦,出。”也就是说,无论夫妻感情多么好,只要父母对这个媳妇看不顺眼,照样一脚踢出家门。著名诗人陆游,与他的爱妻唐婉生离死别的故事,就是这种情况。更早的还有著名的诗歌《孔雀东南飞》,讲述的也是汉代如出一辙的悲情故事。古代已婚女性很多短命而逝,除了医疗条件差的原因外,受到巨大的压迫身心难以承受也是极为重要的原因。这就是鲁迅先生反复提到的“吃人”的礼教的真实含义之一。

由此可见，新媳妇在婆婆面前，进退行事需倍加小心。新妇不知婆母口味，必须先意承志，以获欢心。“洗手作羹汤”时，既有沉重的心理压力，更不可不小心谨慎。这位新娘聪明机敏，知道小姑最熟悉婆婆口味，所以先让她尝尝。如果运气还好的话，凭借她的机智和谨慎，或许能在婆家正常生存下去吧。

有人还说王建写此诗，乃意在比喻初入仕途的士子的情况，这也可以说得通。至于封建官场之风波险恶，就更加一言难尽了。

【原文】

宫人斜[①]

王建

未央墙西青草路[②]，宫人斜里红妆墓。

一边载出一边来，更衣不减寻常数[③]。

【注释】

①宫人斜：唐代把宫女的墓地叫做宫人斜。宋宋敏求《春明退朝录》卷上：“唐内人墓谓之宫人斜，四仲遣使者祭之。”

②未央：未央宫，汉代宫殿名，隋末被毁。这里指代皇帝的宫殿。

③更衣：泛指侍候皇帝的人，也用于指妃嫔的一个等级。这里是前者。

【经典原意】

皇宫西墙外有一条长满青草的小路通向宫人斜，这里是累累的宫女坟墓。皇宫这头不停地往外抬出死去的宫女，那头却源源不断地从民间采集宫女入宫，因此侍候皇帝的人数从来也不会因为宫女的死去而减少。

【当代阐释】

悲惨的命运，露骨的揭示

封建社会中宫女的命运十分悲惨，这个问题唐朝似乎更加突出。

这可能有两方面的原因，一是唐朝宫女数量确实多，唐玄宗内宫人数达40 000余人，创历代之最；二是唐朝政治相对宽松，没有那么多文字狱，文人敢于写宫廷的事。因此，唐代揭示宫女命运的诗篇格外多。不过揭示得最露骨的恐怕要算这一首了。

本诗选取宫女坟墓作描写对象，本身就令人有悚然生寒之感，而"一边载出一边来，更衣不减寻常数"更深刻揭示了宫女的命运无异于蝼蚁，她们全部生存的意义就是皇宫中的仆人，而且是远远超过实际需求数量，同时终身不能享受正常人生的仆人。她们的生死在宫廷看来真是轻于鸿毛。

唐朝有时也往外放一些宫女，不过那是特殊时期的特殊举措，例如新皇帝即位，而这个皇帝又对宫女有恻隐之心。不过，宫女中的多数人将在宫中白头到老，白居易《上阳白发人》说得最清楚："入时十六今六十，同时采择百余人，零落年深残此身。"宫女死后有专用的安葬地，称宫人斜。晚唐杜牧也有一首《宫人冢》诗："尽是离宫院中女，苑墙城外冢累累。少年入内教歌舞，不识君王到去时。"同样深刻地揭示了没有正常人间生活、没有任何家庭欢乐的宫女凄惨的一生。唐中宗时，一年的元宵节，中宗和韦后不知怎么忽然大发雅兴，"放宫女数千人看灯"，结果"多有亡逸者"(《旧唐书》卷七)，据说中宗、韦后觉得家丑不可外扬，也就不了了之，没有追捕，便宜了这些宫女。由此可以看出，幽闭深宫的宫女们是如何渴望自由，甚至不惜为此冒生命危险。

陆龟蒙也有一首《宫人斜》："草著愁烟似不春，晚莺哀怨问行人。须知一种埋香骨，犹胜昭君作虏尘。"其实，究竟宫女与出塞和番的王昭君谁的命运更为悲惨，也是仁者见仁，智者见智的。据史料记载王昭君本是一个普通宫女，她是在朝廷考虑出塞人选时自己申请去的。嫁给呼韩邪单于后，她逐渐适应了匈奴的生活，和匈奴人相处得很好。她把中原的先进文化带进匈奴，使匈奴和汉朝和睦相处了60年。昭君在匈奴生一二女，死后，匈奴人把她葬在大青山，为她修建了坟墓，当地人民把她奉为神仙。如此看来，还是昭君的人生丰富多彩而且更有意义一些。

【原文】

上阳白发人①

白居易

上阳人，红颜暗老白发新。
绿衣监使守宫门②，一闭上阳多少春。
玄宗末岁初选入，入时十六今六十③。
同时采择百余人，零落年深残此身④。
忆昔吞悲别亲族，扶入车中不教哭。
皆云入内便承恩⑤，脸似芙蓉胸似玉。
未容君王得见面，已被杨妃遥侧目⑥。
妒令潜配上阳宫⑦，一生遂向空房宿。
宿空房，秋夜长，夜长无寐天不明。
耿耿残灯背壁影⑧，萧萧暗雨打窗声⑨。
春日迟⑩，日迟独坐天难暮。
宫莺百啭愁厌闻⑪，梁燕双栖老休妒⑫。
莺归燕去长悄然，春往秋来不记年。
唯向深宫望明月，东西四五百回圆。
今日宫中年最老，大家遥赐尚书号⑬。
小头鞋履窄衣裳，青黛点眉眉细长⑭。
外人不见见应笑，天宝末年时世妆⑮。
上阳人，苦最多。
少亦苦，老亦苦，少苦老苦两如何。
君不见昔时吕向美人赋⑯，
又不见今日上阳白发歌⑰。

【注释】

①本诗题下自注:“愍怨旷也。”愍:同“悯”,怜悯,同情。怨旷:怨女和旷夫,指不能及时嫁娶的男女,这里偏指怨女。上阳:指当时东都洛阳的皇帝行宫上阳宫。在唐时东都洛阳西南。

②绿衣监使:唐代管理内宫事务的宦官,为从六品下或从七品下。按唐制,六、七品官穿绿色或浅绿色公服。

③今:指贞元中。

④零落:凋谢,这里喻死亡。残:剩余,留下。

⑤内:大内,皇宫。承恩:得到皇帝的宠幸。

⑥杨妃:即杨贵妃。侧目:斜着眼看,形容忌恨的神情。

⑦潜配:瞒着皇帝暗中发配。

⑧耿耿:微明的样子。

⑨萧萧:雨声。

⑩迟:迟缓,指春日渐长

⑪啭(zhuàn):鸟啼。

⑫休:停止,不要,不再。

⑬大家(gū):宫中近臣或后妃对皇帝的称呼。尚书:指女尚书,宫中女官的名称。

⑭青黛:青黑色的石粉,古代妇女用以画眉。

⑮时世妆:流行的妆扮。

⑯作者自注:“天宝末,有密采艳色者,当时号花鸟使。吕向献《美人赋》以讽之。”

⑰上阳白发歌:即指本篇诗作。

【经典原意】

上阳宫人啊,上阳宫人,当年的花容月貌已经无形之中渐渐消失;如今已是垂暮之年,白发如银。绿衣的宫监把守着宫门;自从我被幽闭在这上阳宫里,不知已经过了多少春。说起来,还是玄宗末年被选进皇宫,进宫的时候刚十六,现在已是六十的老人了。一起被选的本来有一百多个,可是,日久年深,凋零净尽,如今只剩下我一人。

想当年,少年的我吞声忍泪与亲人惜别,被扶进车子里。那些人不让我流泪哭泣,都对我说进了皇宫便会承受皇帝的恩宠。我那时候青春年少,确实称得上如花似玉。谁知进入皇宫,还没能见到君王一面,就被贵妃冷眼斜视。我遭到嫉妒,被瞒着皇帝暗中发配到东都的上阳宫,从此一辈子独守空房。独守空房的秋夜是那样漫长,睡不着觉,总也等不到天亮。只有一盏残灯照着我的人影映在墙壁上,夜雨潇潇,敲打着门窗。春日的白天是那样漫长,我孤独地坐着,觉得天黑得是那样的慢。宫里的黄莺儿尽管宛转动听,可我早已听烦。梁上的燕子双宿双飞,可惜我年岁已老,也就别再嫉妒了。春去秋来,莺归燕离,总是那么不知不觉,我已经记不清究竟过了多少年。我常对着深宫明月伫望,总之已经见过它圆缺四五百回之多了。今天,在这上阳宫中,数我岁数最大。现今的皇帝就远远地赐了个“女尚书”的称号给我。我穿的还是小头鞋子、窄窄的衣裳;仍用那青黛画眉,把眉毛画得又细又长。幸亏外边的人们没看见我,如果他们看见了一定要笑话我的,因为这种妆扮,还是天宝末年的时髦样子。

上阳宫里的人哪,苦可以说是最多。年轻的时候苦,老的时候也苦。一生孤苦,又能如何呢?你没有看到从前开元年间的吕向就写过《美人赋》?又没有看见今日白居易写的《上阳宫人白发歌》?

【当代阐释】

宫女生活的长篇史诗

唐代著名大诗人白居易继承并发展了《诗经》以来的现实主义传统,积极倡导新乐府运动,创作了《新乐府》五十首,并在序中特意标明这些诗篇乃“为君、为臣、为民、为事而作,不为文而作也”。这组诗广泛而深刻地揭露了当时的各种弊政和不合理现象,表现了对人民苦难的深切同情,反映了作者进步的政治态度和思想观点。

本篇是白居易《新乐府》五十首中的第七首,是一首著名的政治讽喻诗。原诗前有一小序说:“天宝五载以后,杨贵妃专宠,后宫人无复进幸矣。六宫有美色者,辄置别所,上阳是其一也。贞元中尚存焉。”元和四年(809 年)三月,白居易在上呈皇帝的奏章《请拣放后宫内人》

中指出："宫内人数，积久渐多。伏虑驱使之余，其数尤广。上则虚给衣食，有供亿靡费之烦；下则离隔亲族，有幽闭怨旷之苦。事宜省费，物贵徇情。"《上阳白发人》则是用诗歌的形式写的同类题材作品。

嫔妃制度是封建社会的一大罪恶。封建帝王为了满足一己之私欲，强选民女，幽闭深宫，葬送她们的青春，剥夺她们基本的人生幸福。这首诗采用倒叙的手法，通过描写一位上阳宫女被囚禁达40多年的典型事例，强烈控诉了封建帝王这一残酷的罪行。诗中对宫女饱含极为深切的同情，表现了作者的人道主义精神。

据记载，唐天宝末年，朝廷专设所谓"花鸟使"，到民间专为皇帝密采美女。诗中的这位宫女，被掠夺离开亲人时，连哭都不准哭。"皆云入内便承恩"，只是管事人员的哄骗之词，实际是连君王的面也未得见就终生独守空房。

作者在《长恨歌》中描述贵妃的受宠，曾说："后宫佳丽三千人，三千宠爱在一身。"一人受宠，他人遭殃，封建社会帝王广选妃嫔的制度决定了这一点。"未容君王得见面，已被杨妃遥侧目"，怀着妒忌的贵妃，秘密地将她这样美貌的宫女从京城长安发配到东都洛阳的上阳宫。这就是"打入冷宫"了，实际无异于囚禁。确实，在美女如林的内宫，宠妃们要固宠，就很可能会想出一些仗势欺人、损人利己的阴损招数。乐史《杨太真外传》就记载有杨贵妃"以妒悍忤旨"被送回娘家的细节。

这位宫女深锁宫中，既嫌"秋夜长"，又怨"春日迟"，天明盼着天黑，天黑又盼着天明，这种没有希望、没有未来的生活是一种怎样的残酷！？

时光如水，那颗充满希冀、盼望、失望、怨恨、不甘的心终于如同死灰，如今，看到梁上双双飞栖的燕子，再不去妒忌它们了。其实，是内心终于明白，妒忌又有什么用呢？羡慕又能怎么样呢？哀莫大于心死，不妒的悲哀更甚于妒。但她与那些同时进来的姐妹们相比，已经是不幸中之大幸，毕竟她还活着。可是，这是一种怎么样的活着啊！

40余年后，上阳人成了宫中年纪最大的宫女，为了表示恩惠，皇帝赐给她一个宫中尚书的官职。但这么一个有名无实的称号，能抵偿她一生被幽禁的悲哀吗？这恰恰证明了"皇恩"的虚伪。她依然延续着天宝末年的时装样式，因为几十年不与外界接触，她根本就无从知道这几十年的流行式样是如何变迁的。

最后，作者以天宝时期吕向的《美人赋》与本篇并提，表明几十年来这个问题丝毫没有得到解决，尽管有识之士不时地进行呼吁。

诗歌表现了作者人道主义情怀和"救济人病，裨补时阙"的崇高理想，显示出诗人"惟歌生民病，愿得天子知"的良苦用心。

这首诗熔叙事、抒情、写景、议论于一炉，语言通俗浅易，间或采用"三三七"的句式和"顶针"句法，长短句式错落有致，音韵转换灵活。在唐代以宫女为题材的诗歌中，堪称佳作。

唐代诗歌以宫怨为主题的很多，如王昌龄、张祜等都是写宫词的名家，不过以绝句居多。如本篇一样以一个宫女的不幸为典型，加以细致、具体生动的刻画和叙写的如史诗般的长篇诗作，在唐代诗歌史上是并不多见的。

【文化常识】

新乐府运动

是指中唐时期由白居易、元稹倡导的，以创作新题乐府诗为中心的诗歌革新运动。参与者主要有张籍、王建、李绅等人。所谓新乐府，即"新题乐府"，相对于古乐府而言。指的是一种用新题写时事的乐府诗，不再以入乐与否作标准。新乐府诗始创于杜甫，为元结、顾况等继承，又得到白居易、元稹大力提倡。宋代郭茂倩指出："新乐府者，皆唐世之新歌也。以其辞实乐府，而未尝被于声，故曰新乐府也。"（《乐府诗集》）明代胡震亨说：乐府内又有往题新题之别。往题者，汉魏以下，陈隋以上乐府古题，唐人所拟作也。新题者，古乐府所无，唐人新制为乐府题者也。

白居易提出"文章合为时而著，歌诗合为事而作"，明确提出了诗人对诗歌社会功能和价值的思考和追求。他的《与元九书》，是一篇全面、系统地宣传现实主义创作主张的文学理论篇章。

新乐府运动是贞元、元和年间特定时代条件下的产物。755年的安史之乱后，唐代文学逐渐由浪漫主义转向现实主义。杜甫是这一转变的标志。到贞元、元和年间，诗歌方面出现了白居易等人倡导的新乐府运动，散文方面有韩、柳的古文运动，小说方面则传奇达到空前的繁荣。这是士人们希望通过改良政治、缓和社会矛盾，使得唐王朝中兴的思想在文学方面的反映。

【原文】

闺意上张水部①

朱庆余②

洞房昨夜停红烛，待晓堂前拜舅姑③。
妆罢低声问夫婿，画眉深浅入时无。

【注释】

①诗题一作《闺意》。张水部：张籍，时任水部员外郎。

②朱庆余（生卒年不详）：越州（今浙江绍兴）人，宝历二年（826年）进士及第，官秘书省校书郎，诗学张籍，近体尤工，清丽浅切，而巧思动人。有《朱庆余诗集》。

③舅姑：公婆。

【经典原意】

咋夜洞房里燃烧看喜庆的花烛，新娘今天一早将要去堂上拜见公婆。她打扮好了轻轻问自己的丈夫：我这样画眉浓淡合适吗？是否符合当今时兴的样式？

【当代阐释】

一箭双雕的妙作

中国古代风俗，头一天晚上结婚，第二天清早新妇要去拜见公婆，这是婚后第一次家庭内部的拜见，所以非常正式。这首诗描写的重点，在于新娘去拜见公婆之前的心理状态。由于这次的拜见事关自己留给公婆的印象好坏，所以新娘极为郑重。她一定起得很早，精心打扮，很可能经过"事事四五通"的反复斟酌，然而她仍不太有把握，就低声征询身边丈夫的意见。这既温馨地表现了这对小夫妻间的恩爱、信任之情，也表现了新娘此时忐忑不安的心理和严肃认真对待即将到来的场面的态度。诗人抓住现实生活中的一个细节，刻画精微，充满生活情趣，令人惊叹作者对题材的捕捉能力和构思表现能力。

作为"闺意"诗，这首诗已经算是选材独到、意境优美、艺术完整的优秀之作了。不过作者的本意，在于表达自己作为一名应试举子，在面临关系到自己政治前途的一场考试时所特有的不安和期待。

朱庆余曾得到张籍的赏识，张籍也很乐于荐举帮助这样有才华的士子，二人可算相知甚深了。临到要考试了，朱庆余还怕自己的作品不一定符合主考的要求，因此以新妇自比，以新郎比张籍，以公婆比主考，写下了这首诗，征求张籍的意见。这里夫妇关系的比喻可以看出朱庆余对张籍的信任和亲密感情。

张籍在《酬朱庆余》诗中答道："越女新妆出镜心，自知明艳更沉吟。齐纨未足时人贵，一曲菱歌敌万金。"他把朱庆余比作美丽而善歌的越女，其容貌才华远远超过平庸而浑身裹满绫罗绸缎的世俗女子。一来一往，表现了二人的相知相惜之情，可谓文坛佳话。

应进士科举，对于当时的知识分子来说，确实是正如女子出嫁一样的终身大事：得之，前景广阔，不得，终生蹭蹬。这正如一个女子嫁到人家，得到丈夫和公婆的喜爱，就能顺心如意，反之，则很可能境遇悲惨，甚至无立足之地。诗人如此巧妙的联想和比喻使我们对他这种一箭双雕的构思和表达不得不感到惊叹。

朱庆余很善于写女性，他还有一首选材构思非常别致的描写宫女不幸的《宫词》，也不妨在这里介绍一下：

寂寂花时闭院门，美人相并立琼轩。

含情欲说宫中事，鹦鹉前头不敢言。

【原文】

贫女

秦韬玉[1]

蓬门未识绮罗香[2],拟托良媒益自伤。
谁爱风流高格调,共怜时世俭梳妆[3]。
敢将十指夸纤巧,不把双眉斗画长。
苦恨年年压金线[4],为他人作嫁衣裳。

【注释】

①秦韬玉,京兆(今陕西西安市)人。早年有诗名,但进士不第。后依附当时有权势的宦官田令孜,充当幕僚,担任丞郎之类的官职。黄巢起义军攻占长安后,韬玉跟从僖宗入蜀,田令孜又将他升任为工部侍郎、神策军判官。中和二年(882年)敕赐进士及第。秦韬玉有文学才华,一些诗反映了一定的社会现实。

②蓬门:蓬茅编扎的门户,指贫女的家。绮罗香:指富贵人家妇女的服饰。

③共怜时世俭梳妆:认识时世艰难而妆饰从俭。

④苦恨:甚恨。压金线:按捺金线,指刺绣。

【经典原意】

出身贫苦家庭,我从未见识富贵人家那些绫罗绸缎与脂粉香料。也想托媒说亲,却因为贫穷而独自黯然神伤。谁能欣赏气质风流高雅,格调不同凡响的人呢?又有谁能与我一样认识时世艰难而妆饰从俭呢?敢在人前夸口,我有一双善绣的巧手,但却不涂脂画眉,与人争艳斗强。最恨年复一年,拈针引线辛勤刺绣,都只是为他人赶制新嫁娘的衣裳。

【当代阐释】

贫女与寒士的悲苦

诗中的贫女勤劳、聪慧、自尊自爱、洁身自好,“敢将十指夸纤巧,不把双眉斗画长”,更突出表明她机敏能干、富于才华,品行高洁而不同流合污。通过描绘读者可知她人品、才华确实令人敬佩。但这样的女子却因为贫寒、没有家族势力的支持而嫁不出去，岂不让人唏嘘？“苦恨年年压金线，为他人作嫁衣裳”概括力强，容易引起人们的广泛共鸣，历来为人传诵。

可以说，写女子的诗篇，这不愧是一篇佳品。

而如果我们把这首诗歌理解为贫穷士子对身世的感伤，也未尝不可。易地而处皆然啊！

正是如此，几乎历代的评论家都注意到了诗歌的双重含义。

王文濡所说：“此诗全是比体，以贫女比贫士，言虽有才具，难邀知遇，而性复高傲，不肯求媚于世，所以年年寄人篱下，徒藉笔耕以糊口耳。词意明显。”（《历代诗评注读本》）清代贺裳在《载酒园诗话》又编中说：“秦韬玉诗无足言，独《贫女》篇遂为古今口舌。‘苦恨年年压金线，为他人作嫁衣裳’，读之辄为短气，不减江州夜月，商妇琵琶也。”清沈德潜也说这首诗“语语为贫士写照”。（《唐诗别裁》卷十六）

此诗为秦韬玉在宦官田令孜门下做幕僚时所作，可能是诗人怀才不遇、有志难酬的自我写照。因其不凡的艺术概括力，读者很容易透过贫女的心曲而倾听到封建社会富有才华却被沉埋的有识之士的不平之鸣。

总之，这首诗语意双关、含蕴丰富，以一个未嫁贫女的独白，倾诉她抑郁惆怅的心情，折射出诗人怀才不遇、寄人篱下的憾恨，进而为一切洁身自好、怀才不遇者鸣不平。

一首诗而有双重含义，而且人物富于典型性，表达富于概括力和感染力，不得不说，不论写贫女，还是咏贫士，这都是一首难得的佳作。

宋代曹衍亦有《贫女》一诗：“自恨无媒出嫁迟，老来方始遇佳期。满头白发为新妇，笑杀豪家少年儿。”诗意应该是受到本诗的启发。

【原文】

春宫怨

杜荀鹤[①]

早被婵娟误[②]，欲妆临镜慵[③]。

承恩不在貌，教妾若为容④？
风暖鸟声碎，日高花影重。
年年越溪女⑤，相忆采芙蓉⑥。

【注释】

①杜荀鹤：846～907年，字彦之，自号九华山人，池州石埭（今安徽太平）人，出身寒微，四十六岁方举进士。朱全忠篡唐称帝后，任他为翰林、知制诰，仅五日而卒。杜荀鹤是晚唐著名的现实主义诗人，部分作品反映了唐末军阀混战局面下的社会矛盾和人民的悲惨遭遇，宫词也很有名。他提倡诗歌要继承风雅传统，反对浮华。其诗语言通俗、风格清新，后人称“杜荀鹤体”。有《唐风集》。

②婵娟：形态美好的样子。

③慵：懒。

④若为容：又教我怎样饰容取宠呢。

⑤越溪女：指西施浣纱时的女伴。越溪：即若耶溪，在浙江绍兴，是当年西施浣纱的地方，这里借指宫女的家乡。

⑥芙蓉：荷花。

【经典原意】

早年我被美丽的容貌所误，落入宫中。现在我刚想对镜梳妆打扮，又因为没有意义而放弃行动。蒙恩受幸，并不在于美丽的容颜，让我为取悦谁而梳妆打扮、修饰仪容呢？在和暖的春风中，鸟儿啾啾啼鸣，太阳到了正午，花影显得深暗。我真想念仍年年在越溪浣纱的女伴，回想当年自由自在地在莲池里采摘荷花的欢乐情景，真是恍若隔世。

【当代阐释】

承恩不在貌，得志非因才

本诗首联写宫女因貌美而入宫，受尽孤寂，无心梳妆，颔联写取宠不在容貌，而在手段，因此自己的美貌就没有意义了。颈联描写春景，风和日丽，鸟语花香，更衬托出宫女空虚寂寞的情感，除了无聊地在这些熟悉得不能再熟悉的风景里虚耗生命，她也没有什么事情可做。末联追忆往日的采莲女伴和欢乐时光，更表现了对自由的无限向往和对自己形若囚徒的命运的悲怨之情。“风暖鸟声碎，日高花影重”，因为观察细腻，富于概括力，易于唤起人们相似经历的回忆与联想，成为历来为人所推崇的名句。

和许多其他慨叹女性命运的文人诗一样，这首诗既是代宫女抒怨，也含有自叹无人赏识之意。朝臣得宠主要不是凭仗才学，正与宫女“承恩不在貌”如出一辙。仕途的凶险与宫禁斗争的复杂也很有可比性。宫女羡慕采莲女自由欢乐的生活，宦途失意的人们也常常幻想隐逸的自由，但二者的结局一样：回不去原来的生活，也达不到幻想的境界。

关于此诗作者，历来有所争议。欧阳修和吴聿认为是周仆的作品，而胡仔《苕溪渔隐丛话》却断定为杜荀鹤所作，并说：“故谚云：杜诗三百首，惟在一联中，‘风暖鸟声碎，日高花影重’是也。”在没有定论的情况下，我们暂且视之为杜诗。

杜荀鹤有一首《自叙》，与此诗表达的情感似乎不无联系，不妨放在这里对照着看：

酒瓮琴书伴病身，熟谙时事乐于贫。
宁为宇宙闲吟客，怕作乾坤窃禄人。
诗旨未能忘救物，世情奈值不容真。
平生肺腑无言处，白发吾唐一逸人。

十一、楼前百戏竞争新，帷有长竿妙入神

——叹美惊技的咏艺诗

【导读】

异彩纷呈的唐代艺术及相关诗歌

本编所选的诗歌涉及弹琴、舞蹈、绘画、马球、射猎、杂技各方面，大体涵盖音乐、美术、体育等几大类。

唐代舞蹈，在南北朝的基础上有了进一步的发展，是中国古代舞蹈的极盛时期。据《乐府杂录》记载："舞有健舞、软舞、字舞、花舞、乌舞。"可见花样之多。健舞主要有"柘枝"、"剑器"、"胡旋"、"胡腾"等，都是从西域传入中原的舞蹈。大概因为这些舞蹈富于特色，在唐代令人耳目一新，所以诗人们在诗歌中多有表现。本编所选的杜甫《观公孙大娘弟子舞剑器行》和李端的《胡腾儿》就记载了舞剑器和胡腾舞的精彩和在唐代的传播情况，此外白居易也有《胡旋女》诗。又如字舞，王建《宫词》对此有过形象的描述："罗衫叶叶绣重重，金凤银鹅各一丛，每遇舞头分两向，'太平万岁'字当中。"

杂技，在唐代是宫廷和民间都很盛行的一种艺术。唐代杂技出现了许多技艺高超的杂技艺人，唐代笔记小说《封氏见闻录》也描写了宫廷的绳技、高跷、人上叠人"至三四重"等高超技艺。唐人"载竿"之艺极高，有"爬竿"、"顶竿"、"车上竿戏"、"掌中竿戏"等不同内容。刘晏《咏王大娘戴竿》就是表现长竿表演的。除刘晏外，许多诗人都描写过杂技，如白居易就有"舞双剑、跳七丸、袅巨索、掉长竿"(《新乐府·五部伎》)的描绘。

唐代的艺术门类非常多样，元稹在《西凉伎》中写道："前头百戏竞缭乱，丸剑跳掷霜雪浮，狮子摇光毛彩竖，胡姬醉舞筋骨柔。"这里提到了舞狮。白居易《西凉伎》记载："西凉伎，假面胡人假狮子，刻木为头丝作尾，金镀眼睛银帖齿，奋迅毛衣摆双耳，如从流沙来万里，紫髯

深目两胡儿，鼓舞跳梁前致辞。"《乐府杂录·龟兹部》记载："狮子郎，传自龟兹。"可见中国传统的舞狮也来自西域。

本编所选的韩愈《汴泗交流赠张仆射》，写的是精彩的马球比赛。马球运动由西域传入中原，由于统治者的提倡，马球运动在唐代十分风行，并且女子也打马球，故宫博物院收藏的唐代《妇女打马球图》铜镜，上面所刻的就是四个骑奔马打球的妇女形象。

本章所选的涉及的弹琴、绘画、射猎等传统技艺和活动的诗歌，也都精彩神妙。限于篇幅，本编没有选入关于唐代书法的诗篇，其实，唐代书法是晋代以后的又一高峰，尤其盛唐，出现了张旭、怀素、颜真卿和柳公权等著名的书法家。例如张旭，我们在本书杜甫《饮中八仙歌》、李颀《赠张旭》中对他的书法有所了解。又如怀素，晚唐诗人韩偓有一首佳作《草书屏风》："何处一屏风，分明怀素踪。虽多尘色染，犹见墨痕浓。怪石奔秋涧，寒藤挂古松。若教临水畔，字字恐成龙。"从诗中我们可以知道怀素的作品非常生动，而且很有个性。

唐代是一个艺术形式异彩纷呈的时代，唐诗对此作了忠于现实而又高于现实的艺术描绘，使我们今天能欣赏到诗歌和其他艺术品类的双美。

【原文】

听蜀僧濬弹琴①

李白

蜀僧抱绿绮，西下峨嵋峰②。
为我一挥手，如听万壑松③。
客心洗流水④，余响入霜钟⑤。
不觉碧山暮，秋云暗几重。

【注释】

①蜀：今四川西部。蜀僧濬：四川一位法名濬公的和尚。

②绿绮：琴名。晋傅玄《琴赋序》："司马相如有绿绮。"相如是蜀人，弹者是蜀僧，故以绿绮称呼蜀僧之琴。峨嵋：山名，在今四川峨嵋县南。

③挥手：指弹琴。壑：山谷。

④客：李白自指。洗流水：言听了琴声，心中如流水洗过一般纯净。并暗用"高山流水"的典故，来比喻蜀僧善弹，自己则是其知音。《列子·汤问篇》载，春秋时钟子期能听出伯牙琴中的曲意，时而是志在高山，时而是志在流水，伯牙乃许为知音。

⑤余响入霜钟：琴声余音袅袅，与薄暮时的寺院钟声融合在一起。霜钟：指钟声。《山海经》："丰山……有九钟焉，是知霜鸣"。郭璞注："霜降则钟鸣，故言知也。"

【经典原意】

蜀僧濬公怀抱着古琴，来自西边巴蜀的峨嵋峰。他为我挥手奏弹一曲，指间犹如流泻出万壑松声。我心顿时似被流水荡涤。古琴的袅袅余音，应和着寺院悠悠的晚钟。我醉心于听琴，不知不觉青山已被暮色笼罩，天空中秋云一重重暗了下来。

【当代阐释】

不要人夸颜色好，只留清气满乾坤

四川是诗人的故乡，僧人从四川来，两人一见大概就有一种格外亲切的感觉吧。“为我一挥手，如听万壑松”，“为我”，可见僧人乃专为李白弹奏。高妙的琴音，“如听万壑松”，松本清雅高洁，是隐士和君子的象征，这一比喻表达琴声的清雅不凡。“客心洗流水”，表达诗人的强烈的主观感受：听了蜀僧的琴声，感觉自己的心好像被流水洗过一般的纯净。同时又暗含典故。《列子·汤问》：“伯牙善鼓琴，钟子期善听。伯牙鼓琴，志在登高山，钟子期曰：‘善哉，峨峨兮若泰山！’志在流水，钟子期曰：‘善哉，洋洋兮若江河！’”这就是“高山流水”的典故，借此典故，诗人表现蜀僧和自己通过音乐而建立的知己之感。“客心洗流水”一句，用清新自然的笔触和典故，表现音乐的清越脱俗，显示了诗人卓尔不凡的语言技巧。这不禁让人想起元代画家兼诗人王冕《墨梅》中的诗句：“不要人夸颜色好，只留清气满乾坤。”

本诗的一大特色是，虽写音乐，但除了“万壑松”之外，没有别的比喻形容琴声，而是着重表现听琴时的感受，表现弹者、听者之间感情的交流。另外，因为是僧人，是古琴，所以作者对琴音着重表现的是其清雅脱俗。这与白居易的《琵琶行》表现妓女兼商妇琵琶音的“嘈嘈切切错杂弹，大珠小珠落玉盘”，与李颀《听安万善吹觱篥歌》描写少数民族龟兹的觱篥音的“长飙风中自来往”、“上林繁花照眼新”，是完全不同的风格。

全诗一气呵成，势如行云流水，明快畅达，空灵蕴藉，表现了李白一贯的“清水出芙蓉，天然去雕饰”的风格。读完李白这首清越不凡的诗篇，我们也不觉“客心洗流水”了。

【原文】

观公孙大娘弟子舞剑器行并序①

杜甫

大历二年②十月十九日，夔府别驾元持宅③，见临颍④李十二娘舞剑器，壮其蔚跂⑤。问其所师，曰：“余公孙大娘弟子也。”开元五载，余尚童稚，记于郾城⑥观公孙氏舞剑器浑脱⑦，浏漓顿挫⑧，独出冠时⑨。自高头宜春、梨园二伎坊内人，洎⑩外供奉，晓是舞者，圣文神武皇帝⑪初，公孙一人而已。玉貌锦衣，况余白首，今兹弟子，亦匪盛颜。既辨其由来，知波澜莫二⑫。抚事慷慨，聊为《剑器行》。昔者吴人张旭，善草书书帖，数常于邺县⑬见公孙大娘舞西河剑器⑭，自此草书长进，豪荡感激，即公孙可知矣。

昔有佳人公孙氏，一舞剑器动四方。
观者如山色沮丧⑮，天地为之久低昂。
㸌如羿射九日落，矫如群帝骖龙翔⑯。
来如雷霆收震怒，罢如江海凝清光。
绛唇珠袖两寂寞，晚有弟子传芬芳。
临颍美人在白帝，妙舞此曲神扬扬。
与余问答既有以，感时抚事增惋伤。
先帝侍女八千人，公孙剑器初第一。
五十年间似反掌，风尘澒洞昏王室⑰。
梨园子弟散如烟，女乐余姿映寒日。
金粟堆南木已拱⑱，瞿塘石城草萧瑟⑲。
玳筵急管曲复终⑳，乐极哀来月东出。
老夫不知其所往，足茧荒山转愁疾。

【注释】

①公孙大娘：唐玄宗时的舞蹈家。弟子：指李十二娘。剑器：指唐代流行的武舞，舞者为戎装女子。

②大历二年：公元767年。

③府别驾：州都督府的别驾。别驾：官名。元持：人名。

④临颍：今河南省临颍县西北。

⑤蔚跂（qí）：指舞蹈优美而又雄壮有力。

⑥开元五载：公元717年。郾（yǎn）城：今河南省郾城县。

⑦剑器浑脱：把剑器舞和浑脱舞结合起来的一种舞蹈。浑脱：唐代流行的一

种武舞，从波斯传入。

⑧浏漓顿挫：形容舞蹈活泼酣畅，节奏沉雄有力。

⑨独出冠时：在当时最为独特而突出。

⑩洎(jì)：及。

⑪圣文神武皇帝：指唐玄宗。

⑫波澜莫二：形容师徒舞技相仿，不相上下。

⑬邺县：今河南省安阳县。

⑭西河剑器：剑器舞的一种。

⑮色沮丧：观众看她的舞蹈，感到惊心动魄，脸色都变了。

⑯㸌：闪烁。矫：矫健。群帝：众位天神。骖(cān)龙翔：驾着龙车在天上飞翔。

⑰澒(hòng)洞：广大无边。

⑱金粟堆：唐玄宗墓——泰陵，在陕西省蒲城县东北的金粟山。木已拱：坟墓旁的树已经有一人合抱粗了。语出《左传》。此时玄宗已死5年。

⑲瞿塘石城：即诗歌上文中的白帝城，也即夔州。

⑳玳筵：丰富华贵的宴席。玳：玳瑁，这里指以玳瑁装饰的琴瑟等，象征华贵。

【经典原意】

唐大历二年十月十九日，我在夔府别驾元持家里，观看临颍李十二娘跳剑器舞，觉得舞姿矫健多变非常壮观，就问她是向谁学的？她说："我是公孙大娘的学生。"玄宗开元五年，我还年幼，记得在郾城看过公孙大娘跳剑器浑脱舞，流畅飘逸而且节奏明朗，超群出众，在当时堪称第一。从皇宫内的宜春、梨园弟子到宫外供奉的舞女中，擅长此舞的，在唐玄宗初年，只有公孙大娘一人而已。当年她容貌美丽，服饰华贵，如今转眼我已是白首老翁，眼前她的弟子李十二娘，也已经不是姿容艳丽的韶华岁月了。既然知道了她舞技的渊源，就知道她们师徒的舞技必定一脉相承，抚今追昔，心中无限感慨，就写下了《剑器行》这首诗。听说过去吴地人张旭，他擅长书写草书字帖，曾在邺县多次观看公孙大娘跳西河剑器舞，从此草书书法大有长进，豪放不羁，慷慨激昂，由此可知公孙大娘舞技之高妙了。

从前有个丽人，名叫公孙大娘，每当她跳起剑器舞来，就要轰动四方。观看人聚集如山，公孙大娘舞姿高超令观众心惊魄动脸变色，似乎天地也随之起伏变幻。她舞姿干脆利落，犹如后羿射落九日，矫健敏捷，恰似天神驾龙飞翔，起舞时势如雷霆万钧，令人屏息，收舞时沉静蕴藉，好像江海凝聚的波光。鲜艳的容颜、绰约的舞姿，都已远去，幸好现在有弟子把艺术继承发扬。临颍美人李十二娘，在白帝城表演，她的剑器舞精妙无比神采飞扬。她和我因有机缘而交谈良久，我忆昔抚今，更增添无限叹惋哀伤。当年玄宗皇上的侍女，约有八千人，剑器舞公孙大娘要数第一名。五十年的光阴飞逝，正好比翻一下手掌的瞬间，连年战乱烽烟弥漫，朝廷前景飘摇昏昧。那些梨园弟子如烟四散，只留李氏的舞姿，掩映冬日的寒光。金粟山玄宗墓前的树木，已经合抱，瞿塘峡白帝城一带，秋草萧瑟荒凉。丰富华贵的宴席上急促的乐曲，又一曲终了，明月初出，我在这乐极的宴会上悲从中来。我常年漂泊，在荒山走得脚下起茧，越走就越觉彷徨，不知该往何处去。

【当代阐释】

国破家亡的彷徨

唐代的舞蹈分为健舞和软舞两大类，剑器舞属于健舞类。晚唐郑嵎《津阳门诗》说："公孙剑伎皆神奇。"并自注说："有公孙大娘舞剑，当时号为雄妙。"司空图《剑器》诗说："楼下公孙昔擅场，空教女子爱军装。"可见这是一种女子穿着戎装表演的舞蹈，以雄健刚劲的姿势和浏漓顿挫的节奏为主要特征。

这首诗歌，诗人用一系列的比喻和联想表现公孙大娘的绝妙舞姿，使我们对杜甫的绝妙文笔不得不叹赏佩服。

诗人写此诗时，年已 55 岁，饱经忧患，滞留异乡，忽然看到李十二娘的剑器舞，猛然触动自己儿时看过一次、终生难忘的公孙大娘的剑器舞，再一打听，居然二人是师徒关系！时光飞速流转，诗人不由自主地回忆起往昔的和平、繁华、富裕、强盛，再回头看看今日的藩镇割据、宦官专权、战乱不已、民不聊生，真是感慨万千啊！

全诗选取"观剑器舞"这么一个侧面来反映时事，抒发感慨。因为序言已经交待得十分明白，所以诗歌直接由昔日盛况写起。诗歌有三分之二的篇幅都在写50年前公孙大娘舞蹈的风华绝代，这不也正是“开元全盛日”国家风华绝代时期的写照吗？谁知“五十年间似反掌，风尘澒洞昏王室”，今日早已“梨园子弟散如烟”，歌舞尚且如此，国家夫复何言？诗歌写的是歌舞，反映的是国家；两个舞女，代表的是国家盛衰悬殊别如天地的两个时代；两场舞蹈，跨越的是战乱悠悠、繁华永逝的漫漫半个世纪。宫廷乐舞人员命运尚且如此，何况地方百姓？士大夫杜甫尚且漂泊流离，何况草民？

杜甫曾经雄心万丈：“自谓颇挺出，立登要路津。致君尧舜上，再使风俗淳”（《奉赠韦左丞丈二十二韵》），今日却“足茧荒山”，无处可投、无可作为，不知所往、不知所措。杜甫曾见过“开元全盛日”“稻米流脂粟米白，公私仓廪俱丰实”（《忆昔》），今日却“风尘澒洞昏王室”，充满社会责任感而又报国无门的诗人该承受了如何的心灵折磨呢？在这动荡衰败的时代，热爱艺术的诗人有幸目睹当年剑器舞全国第一的公孙大娘的弟子的舞蹈，勾起他美好的童年回忆，是莫大的欣喜和精神安慰，但今昔对比，国势的一落千丈、一蹶不振，则更使他黯然神伤！

更为令诗人烦恼的还在于，即使在这样的动乱衰败的国家大势下，只要能暂时偏安，仍处处是“玳筵急管”，朝欢暮乐，只有诗人一个人在“乐极”的狂欢气氛下“哀来”，真是“世人皆醉我独醒”啊。这层意思，诗人没有明说，毕竟，还要顾及元持的面子，并且诗人也并不是针对一个人。但细细体会诗句，是能看出来的。朝廷腐败，将官纵乐，军队苦乐不均，地方民不聊生，国家江河日下，志士报国无门，这就是“老夫不知其所往，足茧荒山转愁疾”的真正原因了。

【国学故事】

杜甫与严武

严武是杜甫人生最后阶段最重要的一个朋友。杜甫有不少诗歌与严武有关，他也得到严武的很多帮助，但杜甫与严武二人的关系十分复杂。

杜甫晚期流落四川。在亲朋的帮助下在成都西郊建立草堂，安了家。正好他的世交朋友严武前来任剑南东、西川节度使，二人有不少交往，严武也给了杜甫不少帮助。后来严武第二次任剑南节度使，请杜甫任幕僚，检校工部员外郎，这是杜甫一生最高的官位，所以后世人们称杜甫为杜工部。杜、严是世旧，两人从小就相识。杜甫长严武 14 岁，但是严武少年得志，官场地位一直比杜甫高，加之他为人倨傲，所以两人关系并不平等。

据说杜甫性格有时过于随便，触怒过严武。最严重的是有一次杜甫喝醉了，坐到严武的椅子上，瞪视着严武说："想不到严挺之竟有这样的儿子。"严武本来就暴躁，见杜甫对他这么不恭敬，表面上没说什么，心里却很恨他。有一次不知为点什么原因，就要杀梓州刺史章彝和杜甫，旁边的人赶紧去报告严武的母亲。严武的母亲急忙赶过来解救杜甫，严武这才罢手，只杀了章彝一个人。这章彝本来与杜甫并不相识，但严武离开四川时似乎托他照管过杜甫，二人有了较深的友谊。这次严武杀章，史书说是"因小忿杀之"，为何杀杜甫，则没有记载。或许杜甫看不过严武随意杀人，何况又是友人，出言相救而险受牵连。后来杜甫反复要求，终于辞去了在严武治下的属官职位。

《新唐书》说严武虽然与杜甫关系最好，但有好几次想杀杜甫。可见严武性格之暴躁。房绾是当初提拔严武的恩人，但后来因得罪皇帝而从宰相贬为严武属下的一个刺史，严武对他很傲慢。《新唐书》又说李白作《蜀道难》，就是表达对房绾与杜甫二人在严武属下危险处境的担心。严武 40 岁就死了，死后，他母亲哭道："而今以后，我知道我不用再担心因为儿子惹祸被朝廷治罪，而被抓去做官府的奴婢了。"

由上可见，严武是个性情暴戾的官场得志者。作为杜甫晚期的一个最重要的依靠，严武并不是一个儒雅君子，倒是一介鲁莽武夫。可以想见杜甫晚期的处境是相当不如意的。

【原文】

汴泗交流赠张仆射①

韩愈

汴泗交流郡城角，筑场千步平如削②。
短垣三面缭逶迤，击鼓腾腾树赤旗。
新秋朝凉未见日，公早结束来何为③。
分曹决胜约前定，百马攒蹄近相映④。
球惊杖奋合且离，红牛缨绂黄金羁⑤。
侧身转臂着马腹，霹雳应手神珠驰⑥。
超遥散漫两闲暇，挥霍纷纭争变化⑦。
发难得巧意气粗，欢声四合壮士呼。
此诚习战非为剧⑧，岂若安坐行良图。
当今忠臣不可得，公马莫走须杀贼⑨。

【注释】

①此诗为韩愈贞元十五年(799年)在徐州张建封幕下时作。汴:汴水,在徐州之西。泗:泗水,在徐州之南。交流:汇合而流。张仆射:张建封,贞元四年(788年)为徐州刺史,徐泗濠节度使,贞元十二年(796年)加检校右仆射。

②郡城:指徐州城。筑场:修筑马球场。

③公:指张建封。结束:装束,打扮好。

④分曹:分为人数相等的两队。攒蹄:形容马跑得飞快,前后蹄紧接如同聚集在一起。攒:聚集。

⑤红牛缨绂(fú):用红牛毛做成的穗状装饰物。黄金羁:用黄金制成的马笼头。

⑥著马腹:人身贴在马肚子上。霹雳:指击球声。神珠:指马球。

⑦超遥:远离。挥霍:变化迅速的样子。

⑧剧:游戏。

⑨公马莫走须杀贼:韩愈在《上张仆射第二书》中说:“以之驰球于场,荡摇其心腑,振挠其骨筋,气不及出入,走不及回旋,远者三、四年,近者一、二年,无全马

矣。然则球之害于人也决矣。”可与此诗参看。

【经典原意】

汴水和泗水在徐州城的一角交汇，张仆射让人在此修建了千步宽的马球场，场面平整如削。短墙三面逶迤缭绕，围起马球场。远远听见击鼓腾腾，望见红旗飘扬。此时正是初秋，太阳未出，微觉寒凉，张仆射早早全身装束妥当，来干什么呢？原来按事先约定，打马球人员分为两队，今天要在此决一胜负。上百匹骏马上场挨挨挤挤，光彩鲜明相互映照。

比赛一开始，只见球仗挥舞，马球激射，人马时分时合。马身上披着用红牛毛做成的穗状装饰物，口上套着用黄金制成的马笼头，光彩非凡。只见队员侧身转臂整个人都贴在马肚子上，挥杖一击，马球应手而飞。两队人马一会儿远离分散，似乎很闲暇，一会儿又飞马向前，杂乱争夺，战况激烈。有时发球艰难却得了巧劲打得极妙，自己振奋狂喜，周围战士也欢呼一片。

这确实是对战争的演练，并不仅仅是游戏，但哪里比得上主将安坐帐中，与众人运筹谋划良好的作战和防守的方法。当今像你这样忠心耿耿的能臣十分难得，建议国家的马匹不要用来奔跑打球，而应该用于沙场杀敌。

【当代阐释】

别具一格的马球诗

唐贞元中，张建封为徐、泗、濠节度使，在徐州东北隅建马球场，经常进行比赛，韩愈此时在其幕下，写此诗相赠。这首诗作于德宗贞元十五年(799 年)秋。

诗题前四字取自诗的第一句，采用了许多诗人所常用的以诗的首句或首句数字为题的做法，后四字说明这是一首赠诗。

马球是一项很古老的竞技运动，对于马球的起源问题，至今还没有形成一个较为统一的认识。大致而言，有源于中原、波斯和吐蕃等三种说法。唐代中国马球运动盛极一时，这从大量的文献记载和出土文物中可以得到证明。

张建封喜爱射猎、击球等游戏活动。诗中用大量的文字作了精确的描述，把马球这一极不容易表现的活动写得如在眼前。诗人通过场面描写、气氛渲染、细节捕捉，将击球的军士的高超技艺、球场的纷纭变化写得活灵活现，令人叹为观止。

诗歌结尾却忽然转换诗意，从赞颂军士出众的击球本领，转换到要求主帅为保家卫国而运筹帷幄，国家马匹不应用于游戏作乐，而要用在杀敌立功的旨意上来。这一诗意转换似乎有些突兀，这大概与韩愈既有高超的艺术修养，乐于用精妙之笔写难得之景，而内心又不赞同张建封疏于国事，沉迷游乐有关。此外，这种写法也与汉赋"劝百讽一"的传统一脉相承，可见韩愈对前代优秀文化遗产的广收博取。

诗歌结尾的劝诫措辞虽然委婉，骨子里的语意却无比坚决，他还专门写了《上张仆射第二书》来劝张仆射停止这种不利于战马的活动。应该说，对一个顶头上司这么反复劝诫是需要勇气的，也可见韩愈的忧国忧民之心。

【原文】

雉带箭①

韩愈

原头火烧静兀兀，野雉畏鹰出复没②。
将军欲以巧伏人，盘马弯弓惜不发③。
地形渐窄观者多，雉惊弓满劲箭加。
冲人决起百余尺，红翎白镞随倾斜④。
将军仰笑军吏贺，五色离披马前堕⑤。

【注释】

①本诗为韩愈在徐州时随张建封射猎而作。雉(zhì)：野鸡。

②原头:原野。火:猎火,用以驱赶鸟兽。兀兀:静止的样子。鹰:猎鹰。

③将军:指徐泗濠节度使张建封。伏人:使人佩服。

④红翎:红色的箭羽。白镞:白色的箭头。

⑤五色:指雉的彩色羽毛。离披:散乱的样子。

【经典原意】

原野上用以驱赶鸟兽的猎火静止燃烧着,野鸡刚从猎火将近的草丛中飞起,看见盘旋的猎鹰,又慌忙落回草丛。将军想要有不凡的表现来使人折服,就盘转马头,弯弓搭箭,却不轻易发射。猎火的包围圈慢慢缩小,地形渐渐逼仄,围观呐喊者众多,声势浩大,野鸡受惊飞起,这时将军立即将弓拉满射出劲箭。野鸡在人群中往天上冲起一百多尺,随后只见它与带着红色羽毛、白色箭头的箭支一起倾斜。将军高兴得仰天大笑。在众将士和官吏的祝贺声中,野鸡五彩的羽毛散乱,在马头边从天而落。

【当代阐释】

龙跳虎卧的场景描写

唐德宗贞元十五年(799 年),韩愈时在徐泗濠节度使张建封幕中。张建封虽为武将,但也能文,他在给韩愈的《酬韩校书愈打球歌》中自称"仆本修持文笔者,今来帅镇红旗下",自认为首先是个文人,他与韩愈有文字往来,易于交流,这可能也是韩愈在他幕下能写出不少妙篇的原因之一吧。

本诗写随从张建封射猎的情景。

二句写猎场的情境:原野上猎火熊熊,四周却沉静肃穆。一个"静"字,描写出众人屏息敛声,全神贯注地侯伺猎物的情态。随后写烈火逼近的草丛,野鸡被惊出草木丛,一见猎鹰,吓得急忙又躲藏起来。这两句场面描写充满情趣。

三、四句写将军,描绘了一幅塑像的形态,表现将军猎射时的独特风采,令人想起司马迁《史记》中描写的汉朝飞将军李广的精妙射技和独特个性,"度不中不发,发必应弦而倒"。同时,诗中"欲以巧伏人"

和“惜不发”的心理描写表现出很强的人情味和生活情趣。

接着两句描写将军如何“巧伏人”。猎火渐近，包围圈不断缩小，正当野雉受惊乍飞的一刹那，将军引弓劲射，准确地命中雉鸡。“惊”、“满”、“劲”、“加”，一系列动作和情景的描绘令人感觉如在目前。

七八句写野鸡，表现那种中箭后激射而起和随即力尽而堕的形象，确实妙笔生花。

末两句先写将军是得意，众人的庆贺，气氛欢快热烈。这当口，那只五彩毛色的野雉，才毛羽散乱地在将军的马前堕下。末句似有些突兀，因为要不我们差点忘了这只鸡了。这么一堕，一惊，一喜，将欢快的气氛推向高潮，全诗却戛然而止，诗笔颇有神来之妙。

据说宋代大文学家苏轼非常喜爱这诗，亲自用大字书写，以为妙绝。清人朱彝尊《批韩诗》评此诗：“句句实境，写来绝妙，是昌黎极得意诗，亦正是昌黎本色。”汪琬《批韩诗》也说此诗“短幅中有龙跳虎卧之观”。《唐宋诗醇》评论这首诗说：“篇幅有限，而盘屈跳荡，生气远出，故是神笔。”可见后人对此诗的推崇。

【原文】

听颖师弹琴①

韩愈

昵昵儿女语，恩怨相尔汝②。
划然变轩昂，勇士赴敌场③。
浮云柳絮无根蒂，天地阔远随飞扬。
喧啾百鸟群，忽见孤凤凰。
跻攀分寸不可上，失势一落千丈强④。
嗟余有两耳，未省听丝篁⑤。
自闻颖师弹，起坐在一旁⑥。
推手遽止之，湿衣泪滂滂⑦。
颖乎尔诚能，无以冰炭置我肠⑧。

【注释】

①本诗为元和十一年(816年)作。颖师:一位来自印度的僧人,李贺《听颖师弹琴歌》有“竺僧前立当吾门,梵宫真相眉棱尊”句。

②昵昵:亲热而细柔。尔汝:你我,表示彼此亲昵。

③划然:突然。轩昂:高昂。

④跻:升,登。千丈强:千丈有余。

⑤丝篁:弦乐器和管乐器,泛指乐器。这里指音乐。

⑥起坐:忽起忽坐,激动不已的样子。

⑦遽:(jù)匆忙,急忙。滂滂:水不停涌出,形容泪流不止。

⑧冰炭置我肠:意思是自己被音乐所感动,情绪随着乐声而激烈变化。

【经典原意】

琴声初起,像一对小儿女轻言细语卿卿我我,一会儿互相埋怨,一会儿又恩爱无比。忽然琴声变得高亢激昂,正如勇士浩荡勇猛地冲向敌营。一会儿琴声转为悠扬,正如浮云轻飘、柳絮轻扬,无根无蒂地在高天阔地之间随风游走。忽然琴声又繁复起来,宛如百鸟叽叽啾啾地争鸣,猛然一声清越之音响起,正如百鸟俱寂,唯余孤凤长鸣。这时音乐又好比有人在攀登悬崖峭壁,艰难的寸步难上,忽然一失足,落下了千丈深渊。惭愧呀我空有一双耳朵,对音乐太外行不懂欣赏。听了你这变化莫测的神妙琴声,我忽坐忽起感情激荡。我连忙伸手阻止颖师继续往下弹,因为我已经泪如雨下,连衣服都沾湿了。颖师啊,你的琴艺确实高妙,只是别让我的五脏六腑一会儿如被冰镇、一会儿如被火烧!

【当代阐释】

动人心魄的音乐

韩愈的这首诗,前半部分用一系列的比喻,表现音乐的神妙莫测、变化多端。后半部分,则从自己听音乐受到的强烈感情激荡来表现音乐的超凡感染力,表达了自己因音乐感发,喜怒哀乐,变化倏忽,百感交集,莫可名状的强烈感受。

唐代是一个诗和音乐完美结合的时代,诗常被谱之以曲,可以随处演奏咏唱，也出现了不少描写音乐美妙的佳作，其中韩愈的《听颖师弹琴》，白居易的《琵琶行》，李贺的《李凭箜篌引》最具代表性，被清人方扶南推许为“摹写声音至文”。

【原文】

咏王大娘戴竿①

刘晏②

楼前百戏竞争新③，唯有长竿妙入神④。
谁谓绮罗翻有力⑤，犹自嫌轻更着人⑥。

【注释】

①戴竿：应为将又长又大的竹竿顶在肩、头、臂、膝等部位的一种杂技。宋代乐史《杨太真外传》载：“上（唐玄宗）一旦御勤政楼，大张声乐。时教坊有王大娘，善戴百尺竿，上施木山，状瀛洲方丈，令小儿持绛节，出入其间，而舞不辍。时刘晏以神童为秘书省正字，10岁，慧悟过人。上召于楼中，贵妃（杨玉环）坐（之）于膝上，为施粉黛，与之巾栉。贵妃令咏王大娘戴竿，晏应声曰：‘楼前百戏竞争新，惟有长竿妙入神。谁谓绮罗翻有力，犹自嫌轻更著人。’上与妃及嫔御皆欢笑移时，声闻于外，因命牙笏黄纹袍赐之。”

②刘晏：718～780年，曹州南华（今山东东明）人，字士安。少以神童入仕，一生经历了唐玄宗、肃宗、代宗、德宗四朝，长期担任财务要职，代宗朝还两任宰相，管理财政达几十年，功效卓著，被誉为“广军国之用，未尝有搜求苛敛于民”的著名理财家。为政清廉，建中元年（780年），因杨炎所陷被害，家中所抄财物唯书两车，米麦数石而已。

③百戏：各种各样的技艺表演，相当于今天的杂技。

④惟有：同“唯有”。亦有版本作“唯有”。

⑤绮罗：本来指绫罗绸缎，这里指女子。番：反而。

⑥更着人：再添加人上去。

【经典原意】

楼前各种各样的技艺表演各自争奇斗艳，其中最为神妙的是王大娘的竹竿表演。谁知女子反而比男子还更有力气,那又长又大的竹竿她还嫌轻,又让人爬上竹竿继续进行表演。

【当代阐释】

精彩的杂技诗

据说这是一首刘晏10岁作的诗篇。当时他以神童的身份任秘书省正字的官职,一次陪同唐玄宗和杨贵妃观看杂技表演而作。

不论这一传说是否真实,诗歌确实写得很精彩,读者有如在目前之感。楼前有“百戏”,但诗人只选取了长竿;表演动作纷繁,但诗人只选取最精彩的一个片段:杆上带人;可惊可叹之处很多,诗人只着重赞扬了这个女性演员的力量。

“楼前百戏竞争新”,虽未一一描述,其花样繁多热闹非凡不难想见。“惟有长竿妙入神”,相比得出的结论,扣人心弦。后二句虽未说细节,却给人以更多的想象。

这首不仅形象生动,令人印象鲜明,更为人们了解和研究唐代的杂技艺术提供了重要的材料。

【原文】

胡腾儿[①]

李端[②]

胡腾身是凉州儿[③],肌肤如玉鼻如锥[④]。
桐布轻衫前后卷,葡萄长带一边垂[⑤]。
帐前跪作本音语,拈襟摆袖为君舞。
安西旧牧收泪看,洛下词人抄曲与[⑥]。
扬眉动目踏花毡,红汗交流珠帽偏。
醉却东倾又西倒,双靴柔弱满灯前。
环行急蹴皆应节[⑦],反手叉腰如却月[⑧]。
丝桐忽奏一曲终,呜呜画角城头发[⑨]。

胡腾儿，胡腾儿，故乡路断知不知。

【注释】

①胡腾儿：跳胡腾舞的青年。

②李端（生卒年不详），字正己。赵州（今河北省赵县）人。大历中进士。任秘书省校书郎，官至杭州司马。李端才思敏捷，工于诗作，为唐代“大历十才子”之一。有《李端诗集》，《唐才子传》卷四有传。

③胡腾身：跳胡腾舞的这个人。凉州：今甘肃省武威市。

④肌肤如玉鼻如锥：说明胡腾舞者是西域人。锥：锥子，一种有短圆柱把手，带锐利刺端用来钻孔的工具。

⑤桐布：用梧桐木织的布。葡萄长带：长长的衣带上有着葡萄的花纹。

⑥安西旧牧：在安西都护府（治所在今新疆维吾尔自治区库车县）做过长官的人。洛下：洛阳。词人：诗人。抄曲与：抄下曲词送给胡腾儿合舞演唱。

⑦环行：急速旋转。蹴：踢、踏。应节：合着音乐的节奏。

⑧反手叉腰如却月：反手叉向腰间向后弯下腰去，像反着的月牙。

⑨丝桐：指乐器。画角：报警或进军的号角。

【经典原意】

跳胡腾舞的青年来自凉州，他的肌肤洁白如玉，鼻子像锥子头一般高高拱起。他穿着用梧桐木做的衣裳，衣服有的部分向前卷有的部分向后卷，身旁长长的衣带，上面有着葡萄的花纹，服饰富于民族特色。

他在营帐前跪下，用本民族的方言作陈述。随后就拈起衣襟摆动袖子开始为宾主舞蹈。营帐中曾做过安西都护府的长官的幕主强忍着泪水观赏，来自洛阳的诗人则抄下曲词送给胡腾儿合舞演唱。只见舞者在彩色花纹的地毯上扬眉动目地舞蹈，热汗交流，珠帽倾斜。有时如喝醉了般的东倒西歪，只见灯前到处都是他细巧的靴子闪动的影子。急速旋转、快速踢、踏都能应和着音乐的节奏。这时一首乐曲刚刚终了，城头报警的号角忽然吹起。战争又爆发了。胡腾青年啊胡腾青年，你可知道你回故乡的道路已经被战争切断了呢？

【当代阐释】

家事、国事、天下事

代宗时，河西、陇右一带20余州被吐蕃占领，原来居住于该地区的许多少数民族人们沦落异乡，以歌舞谋生。本诗通过舞蹈场面的描写，表现了我国各民族之间的文化交流和友好感情，也表达了对胡腾儿为代表的少数民族人民流离失所、故土难归的深切同情，对万方多难、边疆不平、战事频仍的时代寄寓深切的感慨。

"胡腾舞"是唐代著名健舞之一，是我国西北地区的一种民族舞蹈。大体从西域石国（唐属安西都护府管辖，故址在今中亚塔什干一带）传入中原。

诗中的"胡腾儿"为西域人的长相，身着民族服装，跳独具民族特色的舞蹈。

胡腾儿起舞之前，按汉民族的习惯下跪行礼，不懂汉语，只能以乡土语言陈词。曾作过安西都护府的长官因为国土缩小、战事频仍而感慨时事、忧心国事，此时看到昔日熟悉的舞蹈，不禁满眼含泪。来自中原的诗人也不管艺人能否读懂并演出自己的创作，就真情抄写相赠，表现了汉族与各兄弟民族之间的深厚感情和友好的文化交流。

此后，诗歌通过一系列的白描描写胡腾舞独特的舞姿和动作，淋漓尽致而精炼动人。另一个唐代诗人刘言史也有一篇《王中丞宅夜观舞胡腾》，其中有"石国胡儿人见少，蹲舞尊前急如鸟"，"跳身转毂宝带鸣，弄脚缤纷锦靴软"等句，可与本诗参看。从二诗可知，胡腾舞以迅急敏捷、腾踏跳跃见长，舞蹈节奏快，始终伴随奔放跳跃的旋律而舞，舞者以急促多变、纷繁复杂的舞步及高难度的腾跃、空转、大幅度的弯腰等技巧动作为其特征，舞姿矫捷豪放、刚中有柔、刚柔相济。

诗末"丝桐忽奏一曲终，呜呜画角城头发"，乐曲演奏刚告一段落，城头战斗的号角呜呜响起，可见时局的紧张。不仅边地沦陷，各地甚至京畿亦烽火不断。"胡腾儿，胡腾儿，故乡路断知不知？"战争频仍，藩镇割据，导致胡腾儿"故乡路断"，诗人既对胡腾儿深切同情，也对国事深深叹惋。

本诗固然是写舞蹈，但舞蹈背后的山河破碎、战乱频仍更令人揪心。欣赏舞蹈的不是欢快的心，而是悲慨的灵魂。一曲舞罢，就听到国家形势又进一步恶化的消息，这样的结尾是余味无穷的。

"大历十才子"的另一个代表卢纶曾盛赞李端："校书才智雄，举世一娉婷。赌墅鬼神变，属词鸾凤惊。"本诗可以说是李端不凡的才智和强烈的社会责任感的一个重要的证明。

【文化常识】

胡旋舞

胡旋舞是胡腾舞之外另一种从西域传入的健舞。

唐代舞蹈主要分健舞、软舞两种，健舞主要表现矫健之美；软舞主要表现柔和之美。《胡旋舞》属于健舞。"胡旋舞"是通过丝绸之路传来的西域舞种之一。其特点是动作轻盈、急速旋转、节奏鲜明。此舞是因为在跳舞时须快速不停地旋转而得名的。《通典》卷一四六载："舞急转如风，俗谓之胡旋。"《新唐书·礼乐志》："胡旋舞，舞者立球上，旋转如风。"元稹《胡旋女》也说此舞"承奉君恩在圆变。"

胡旋来自中亚康国一带（今乌兹别克斯坦撒马尔干一带）。唐代在康国设康居都护府。白居易在《胡旋女》一诗中说："胡旋女出康居。"据《新唐书·西域传》载，当时康国、史国、米国（属中亚一带）都曾向宫廷里送胡旋舞女。

胡旋舞传入中原后，风靡一时，在宫廷尤为流行，长安人人学旋转，学胡舞成了一时的风尚。大约50年的时间盛行不衰。白居易有《胡旋女》诗一首：

胡旋女，胡旋女。
心应弦，手应鼓。
弦鼓一声双袖举，回雪飘飖转蓬舞。
左旋右转不知疲，千匝万周无已时。
人间物类无可比，奔车轮缓旋风迟。
曲终再拜谢天子，天子为之微启齿。

胡旋女，出康居，徒劳东来万里余。

中原自有胡旋者，斗妙争能尔不如。

天宝季年时欲变，臣妾人人学圜转。

中有太真外禄山，二人最道能胡旋。

梨花园中册作妃，金鸡障下养为儿。

禄山胡旋迷君眼，兵过黄河疑未反。

贵妃胡旋惑君心，死弃马嵬念更深。

从兹地轴天维转，五十年来制不禁。

胡旋女，莫空舞，数唱此歌悟明主。

从此诗可以看出，胡旋舞者以女性为多，也不乏能舞的男性。

白居易诗中借胡旋舞来警醒沉迷享乐的统治者。当然，安史之乱发生，并非因为胡旋舞，而迷恋胡旋也错在唐玄宗本人，而不是罪在胡旋舞。

中唐时，西域乐舞更是风行一时。王建《凉州行》记："城头山鸡鸣角角，洛阳家家学胡乐。"元稹《法曲》记："自从胡骑起烟尘，毛毳腥膻满咸洛。女为胡妇学胡妆，伎进胡音务胡乐。《火凤》声忧多咽绝，《春莺》啭罢长萧索。胡音胡骑与胡妆，五十年来竟纷泊。"这些诗作生动地反映了胡乐新声风靡中原的盛况。

【国学故事】

大历十才子李端的故事

李端很有才华，考中了进士，在朝廷任校书郎。他常与韩翃、钱起、卢纶等人一起作诗写文，互相唱和，在京城里很有名，当时号称大历十才子。当时平定安史之乱的名将郭子仪的小儿子郭暧娶了唐代宗的女儿升平公主，升平公主贤明有才，特别喜欢诗人。李端等十人常常在郭暧家中聚会。每次宴集赋诗，公主在帘后坐看，诗写得好的人就奖励百匹缣。有一次，郭暧因为任了新官职，约了十才子来聚会，说："谁先写好诗有赏。"这时李端先献上自己的诗，其中有妙句是："熏香荀令偏怜小，傅粉何郎不解愁。"公主立即赏了他百匹缣。

“李校书确实有才，不过这篇一定是早已想好的。希望你再写一首来证明自己敏捷的才华，必须用我的姓作诗歌的韵脚。”李端提笔就写：“方塘似镜草芊芊，初月如钩未上弦，新开金埒（liè）教调马，旧赐铜山许铸钱。”郭暧说：“这首诗写得更好了。”钱起等人才真正对他服了气。

【原文】

题王右丞山水障[①]二首（其二）

张祜[②]

右丞今已殁[③]，遗画世间稀。
咫尺江湖尽[④]，寻常鸥鸟飞。
山光全在掌，云气欲生衣。
以此常为玩，平生沧海机[⑤]。

【注释】

①王右丞：王维，唐著名诗人，画家。障：同幛，古时用以绘画或题字的卷轴，用绢制成。

②张祜（hù）：？ ~853年，字承吉，南阳人（河南省南阳县），以宫词得名。长庆中，令狐楚曾表荐他，但他未前往应官。入诸侯幕府，多不合，遂离去。尝客淮南，爱丹阳曲阿地，筑室隐居。集十卷，今编诗二卷。

③殁：死，去世。

④咫：八寸为一咫。

⑤玩：玩赏。沧海机：隐居的想法。

【经典原意】

王维已经去世，他的画在世间遗留下来的是少之又少。他在尺幅的画面中画尽了江河湖海的气象，画面上那些飞翔着的鸥鸟就像平常的活的鸟儿一样。望着画面，感觉山光水色全在自己的手掌之中，仿佛云气就要缭绕到自己的衣裳周围。因为常常爱不释手地观赏王维的画卷，我产生了永远隐居于江湖的想法。

【当代阐释】

亦幻亦真的妙画

王维是文人画的始祖，他是唐代山水田园诗人的代表，也是山水画的杰出代表。但王维的绘画真迹今天已经看不到了。若不是张祜的诗歌，我们对王维的山水画就了解得更少了。从这首诗可以看出，即使是张祜所处的中晚唐之际，王维的画作也已经珍稀难觅了。

诗歌的三、四句，写王维的山水画有尺幅千里之势，所画鸥鸟活灵活现，简直就像现实生活中正生活着的鸟。

五、六句写细玩画意，仿佛已经进入画中，山光在自己的视野和手掌之中，云气也好像已经在自己周围缭绕。

王维的画美，受到众人的推崇，但我们很难想象是如何美。张祜写出王维绘画的超妙不凡，其灵动的画面，仿佛就是活生生的现实。这画面是如此有感染力，以至于张祜由此而要下定决心弃红尘、隐江湖了。

当然，张祜隐居，是他内心本有避开红尘、亲近自然的强烈意愿。这也是为什么他对王维的画有如此深刻的感受和领悟，王维的画为何能令他如此动容和沉迷的内在原因。可以说，王维与张祜，虽然时代不同，难以谋面，但心灵是息息相通的。一切文艺创作和读者、阅者、观众之间，都需要这种心灵的共鸣。

【国学故事】

王维诗、书、画、乐全面发展

大家都知道王维是个著名的诗人，其实他还是个著名的画家，以及书法家、音乐家。

有一次，有人得到一幅奏乐图，不知道具体画的是什么，王维仔细看了看，笑了起来。别人问他笑什么，他说："这画的是正在演奏《霓裳羽衣曲》的第三迭第一拍时的情景。"有人不信，立即召集演奏人员进行演奏，一对照，果然如此。人们不禁大为佩服：想不到他对音乐如此精通，观察力如此敏锐。

王维的绘画很有名，又善写草书、隶书。当时的达官贵人、英雄豪杰都邀为上宾，玄宗皇帝最亲密的兄弟宁王、薛王待他如师若友。

他的绘画画思神妙，所画山水云石出神入化，人们认为他天机独得，难以企及。

他购买了前代诗人宋之问留下的辋川别墅，风景非常优美。他又是个心境淡泊，不慕名利的人，就天天与好朋友裴迪游玩其中，以写诗为乐，并互相赠送。他的许多好诗都是描绘辋川别墅及其周围的景致的。

王维去世后，到唐代宗时，王维的弟弟王缙的官职做到了宰相。有一天，喜欢文学的唐代宗对他说："我曾经在我兄弟叔侄的府中听过演奏王维的诗篇，不知他的诗篇现在还留下来多少？你把他的文集整理整理送上来吧。"王缙说："我哥哥在开元年间就有千余篇诗，可惜经历'安史之乱'后连十分之一也没留下。"随后，王缙就在亲朋好友中尽力收集，总算编成了一个400多篇的集子，交了上去，代宗很高兴，重重奖赏了王缙。

宋代苏轼评论王维："味摩诘之诗，诗中有画。观摩诘之画，画中有诗。"这一评论得到历代人们的广泛认可。王维诗歌取得如此高的成就，与他诗、书、画、乐全面发展是有密切联系的。

十二、天子呼来不上船，自称臣是酒中仙

——传神写照的绘形诗

【导读】

穷形尽相绘百态

本编绘形诗大体包括两类，一是咏物诗，一是描写人物形象的人物诗。

唐代优秀的咏物诗描绘生动，新颖传神，如郭震《莲花》“脸腻香薰似有情，世间何物比轻盈。湘妃雨后来池看，碧玉盘中弄水晶”，将盛开的莲花进行拟人化描绘，并比作来看雨后荷叶的湘妃，非常传神，而“碧玉盘中弄水晶”描写雨后荷叶上滚来滚去的水珠，也富于情趣。这首诗与本编所选的王昌龄《采莲曲》“荷叶罗裙一色裁，芙蓉向脸两边开。乱入池中看不见，闻歌始觉有人来”之以人比作莲，有异曲同工之妙。再如罗隐之《菊》“雪裁纤蕊密，金拆小苞香”，描写细腻传神。本编所选的贺知章《咏柳》也以描绘细腻、风神生动、设想奇妙为特征。

借物抒怀，咏物明志是唐代咏物诗的特征之一，本编所选杜甫的《房兵曹胡马》就是最好的例子，诗中咏马是一个层次，更重要的含义却是借马的风神气度表现诗人的对自我境界的描述和追求。又如王维的《辛夷坞》“木末芙蓉花，山中发红萼。涧户寂无人，纷纷开且落”，从花的角度说，写得精妙传神，富于意境。不过，这也只是第一层含义。诗中的芙蓉花同时也是诗人精神境界的外化，或者从某种程度说，是诗人追求既富于艺术内涵而又认真率性的天性的象征，是诗人的自我写照，是借大自然表现内心对自我的观照。

唐代咏物诗品类繁多，佳作也甚多。本编所选的咏物诗既有咏植物的——贺知章《咏柳》，又有咏动物的——杜甫《房兵曹胡马》。

本编所选的描写人物的诗歌数量多，品类丰富，有描写小孩的，如

胡令能的《小儿垂钓》；有描写女性的如王昌龄的《采莲曲》（其二）；有描写个体人物的，如高适的《听张立本女吟》；有描写人物群像的如杜甫的《饮中八仙歌》。此外，李颀《赠张旭》是描写书法家的，李白《嘲鲁儒》则是描写迂腐的儒士的，确实异彩纷呈。

唐代人物诗是唐诗中富于特色的一类，其中李颀的人物诗比较突出，除了本编选取的《赠张旭》外，《送陈章甫》、《别梁锽》等篇也有个性鲜明、形象突出的人物描绘。李颀人物诗富于独创性，描写重视突出人物个性、气质，人物有浓厚的生活气息。当然，唐代善写人物形象的诗人并不止李颀一人，本编所选的高适、李白、杜甫等人的人物诗作也都风神生动。此外，如杜甫的《丽人行》，虽因人物描绘本身不是诗歌主体，故未归入本编，但"态浓意远淑且真，肌理细腻骨肉匀。绣罗衣裳照暮春，蹙金孔雀银麒麟。头上何所有，翠为㔩叶垂鬓唇。背后何所见，珠压腰衱稳称身"的人物形象描绘，也是极为生动形象的。

无论人物诗还是咏物诗，唐代都有不少佳作，它们上承《诗经》现实主义传统和优秀艺术手法并加以发展，成就远远高于此前几个朝代的同类诗歌。

【原文】

咏柳

贺知章[1]

碧玉妆成一树高[2]，万条垂下绿丝绦[3]。

不知细叶谁裁出，二月春风似剪刀。

【注释】

①贺知章:659～744年，字季真，唐会稽人，自号“四明狂客”。年轻的时候就以文词知名，书法也很好，擅长草书和隶书。性格爽直，豁达而健谈。武则天证圣元年(695年)中进士，任太常博士。官至太子宾客、检校工部侍郎、秘书监。他写的诗清新通俗，《回乡偶书》、《咏柳》等都是脍炙人口的名篇。

②妆：装饰。

③丝绦：丝织的长带。

【经典原意】

高高的柳树像全用碧玉装扮而成，万千条柳枝宛如垂下的万千条绿色的丝织锦带。不知这满树纤细整齐的嫩绿柳叶是谁耐心剪裁出来的？原来那二月的春风就像锋利的剪刀啊！

【当代阐释】

童心的奇迹

柳树是人们常见的植物，贺知章对这一寻常之物的描绘能流传千古是自有其原因的：“碧玉”的联想，“绿丝绦”的比喻，“不知细叶谁裁出”句独具一格的设问以及把“造化”(大自然)拟人化的手法，“春风似剪刀”的妙想，无不独步千古。这一切的形成，莫不依赖于诗人的一双纯洁爱美的眼睛，一颗“童心”。

【原文】

听张立本女吟①

高适

危冠广袖楚宫妆，独步闲庭逐夜凉。
自把玉钗敲砌竹②，清歌一曲月如霜。

【注释】

①张立本：不详，可能是作者朋友。

②砌：台阶。

【经典原意】

她穿着优雅的楚国宫廷风味的服装：高高的发冠、宽大的长袖、细细的腰身，独自在庭院清凉夜色下悠闲漫步。月朗星稀，撒在庭院的月色皎洁如霜，只见她拔下玉钗，在台阶边的竹树上轻轻敲打着节奏，唱出一首宛转悠扬的清越之歌。

【当代阐释】

清人清境唱清曲

诗中的女子穿着一种高冠宽袖窄腰的古楚国宫廷风味的女装，这身典雅的装束令人不难想见少女清雅脱俗、亭亭玉立的风姿。她独步于清凉幽静的月下庭院，金钗轻敲玉竹，漫步而吟，歌声清越。这幅优美的画面令读者一下子被吸引，乃因为景清、人清、曲清。

唐诗本来能唱，诗题为“听张立本女吟”，故“清歌一曲”，应该是吟唱诗歌一首。说不定女子吟唱的正是诗人自己的诗作呢！

张立本，不详何人。《全唐诗》据《太平广记》卷第四百五十四妖魅狐狸的怪异小说，去除过于荒诞的成分，作了一个诗歌来源的故事梗概：“草场官张立本女，少未读书，忽自吟诗，立本随口录之。”《太平广记》中的这个故事当然是穿凿附会的无稽之谈。大概是因为诗歌很美，现实中又难以考证张立本这个人，文士遂据此编出这么一个故事来吸引人的眼球。

高适诗中的这个女子气质高雅，装扮脱俗，艺术修养深厚，居住环境清幽脱俗，既然特意写明是张立本之女，就说明绝不是娼家歌女，那么唯一的可能就是相对富裕家庭中有深厚文化修养的女子，很可能是出于书香门第的士大夫家庭。张立本也极可能是诗人的亲戚或挚友，否则诗人不可能看到这位女子，听到她的歌声。

“此曲只应天上有，人间能得几回闻”，杜甫的这两句诗，用来评价这首诗和诗中女子的清雅之音，都再恰当不过。这首诗创造出一个唐诗中难得一见的清幽高雅的意境，在唐诗中是不可多得的佳作。

【原文】

采莲曲①二首（其二）

王昌龄

荷叶罗裙一色裁②，芙蓉向脸两边开③。
乱入池中看不见，闻歌始觉有人来。

【注释】

①采莲曲：乐府旧题，内容大多描写江南水乡风光，采莲少女的生活。

②罗裙：用绫罗面料做的裙子。泛指妇女衣裙。一色：同一种颜色。裁：裁剪缝制。

③芙蓉：这里指莲花。

【经典原意】

荷叶和采莲女的衣裳，简直就像是用同一颜色的衣料剪裁的。莲花池里的采莲女，明丽的脸庞边开满荷花。这让人实在分不清哪是荷叶哪是衣裳，哪是莲花哪是人面，直到听见歌声，才知道她们往这边来了。

【当代阐释】

明艳灿烂的生活画卷

这是一幅意境清新淡远，诗意情韵悠扬的少女采莲图。一群采莲的少女，她们的裙子绿得像荷叶一样，红润的脸颊与盛开的荷花相映衬，人莲混杂使人难以分清，歌声由池中传来，才知道她们正穿行在荷花丛中采莲呢！全诗生动活泼，富于诗情画意，充满生活情趣。

这首诗有声有色地描绘了采莲少女天真烂漫、光彩照人的形象，以及她们热爱生活、热爱劳动的人生态度。诗歌显示了现实生活美好、光明、灿烂的一面，使人们对生活充满希冀和向往。这不仅表现了诗人善于捕捉生活中美好细节的能力，也表明诗人有一颗热爱生活的心。

全诗语言圆润自然，音节和谐婉转，画面生机盎然，不愧为一首浑然天成的佳作。

【原文】

赠张旭[①]

李颀

张公性嗜酒，豁达无所营。
皓首穷草隶[②]，时称太湖精[③]。
露顶据胡床[④]，长叫三五声。
兴来洒素壁[⑤]，挥笔如流星。
下舍风萧条[⑥]，寒草满户庭。
问家何所有，生事如浮萍[⑦]。
左手持蟹螯[⑧]，右手执丹经[⑨]。
瞪目视霄汉[⑩]，不知醉与醒。
诸宾且方坐，旭日临东城。
荷叶裹江鱼，白瓯贮香秔[⑪]。
微禄心不屑[⑫]，放神于八纮[⑬]。
时人不识者，即是安期生[⑭]。

【注释】

①张旭(生卒年不详),字伯高,苏州人。曾任常熟县尉。唐代大书法家,以草书而闻名。他的草书与李白的诗歌,裴旻的剑舞被并称为“三绝”,《全唐诗》录存其诗六首。

②皓首:白头。穷:穷尽,这里指深入研习。草隶:草书和隶书,泛指书法。

③太湖精:来自太湖的精灵。因张旭是苏州人,苏州在太湖边上,故称。

④露顶:脱下帽子,露出头顶。胡床:一种坐具,因最先从西域引进,故加“胡”字,即折叠椅、交椅。

⑤洒:指挥毫写字。素壁:白色的墙壁。《旧唐书》载:“(张)旭善草书而好酒,每醉后号呼,狂走索笔,挥洒变化无穷,若有神助,时人号为张颠。”(卷一百九十中《贺知章传》)

⑥下舍:居住的地方。

⑦生事:生计,产业。

⑧蟹螯(áo):螃蟹的第一对脚。状似钳,用以取食或自卫。《晋书·毕卓传》:“右手持酒杯,左手持蟹螯,拍浮酒船中,便足了一生。”

⑨丹经:讲述炼丹术的专书。唐朝信道教者甚多,他们迷信炼丹、服用丹丸、飞升成仙等事,常常因此中毒丧命。

⑩霄汉:云霄和天河,指天空。

⑪瓯:原指土窑烧制成一种泥陶凹状器皿,后泛指似小盆的事物。贮:盛着。秔:同“粳”,粳稻,稻之不黏者。

⑫微禄:微薄的俸禄。禄:古代称官吏的俸给,相当于今天的工资。

⑬纮:相当于“维”,指天地的周界。八纮:指宇宙。

⑭安期生:亦称“安期”、“安其生”,仙人名。秦、汉间齐人,一说琅琊阜乡人。传说他曾从河上丈人习黄帝、老子之说,卖药东海边。秦始皇东游,与语三日夜,赐金璧数千万,皆置之阜乡亭而去,留书及赤玉舄一双为报。后始皇遣使入海求之,未至蓬莱山,遇风波而返。一说,生平与蒯通友善,尝以策干项羽,未能用。后之方士、道家因谓其为居海上之神仙。事见《史记》、汉刘向《列仙传》等。《史记·封禅书》:“安期生,仙者,通蓬莱中,合则见人,不合则隐。”安期生实际是被神仙化的文士和隐士。

【经典原意】

张先生天性好喝酒,性情豁达不置产业。一生都致力于研习书法，被人称为“太湖精”。兴致来了就在白色的墙壁上挥毫而写，运笔就像流星一样酣畅流利。居住的房屋四面漏风，秋草满院。要问家中有什么产业？犹如浮萍无根无底。左手拿着蟹钳下酒，右手拿着讲述炼丹术的专书钻研。常常瞪眼看着天空，不知是醉是醒。每每众位客人正在宴席上坐着，他却独自前往东城去了。归来时用荷叶裹着江中新捕的鱼，端着盛着香米饭的白盆。对微薄的俸禄他根本看不上，他的精神世界神游于宇宙。平常人不了解他，就把他看做是安期生一样的不食人间烟火的神仙。

【当代阐释】

才高性诞的张旭

李颀有一些赠送朋友的诗，人物描写生动形象，在表现人物个性方面独具特色，本篇即是他的代表作。

当然，李颀的诗作成功还有一个方面原因，就是张旭本身是一个个性十足的人物：他喝酒信道，率真任性，狂放不羁，傲视王侯，视富贵如粪土，爱艺术如生命。

张旭一生钟情于书法。唐文宗时，下诏将李白诗歌、裴旻剑舞、张旭草书称为“三绝”。

韩愈在《送高闲上人序》中通过赞扬张旭：“往时张旭善草书，不治他伎，喜怒窘穷，忧悲愉佚，怨恨思慕，酣醉无聊不平，有动于心，必于草书焉发之。观于物，见山水崖谷，鸟兽虫鱼，草木之花实，日月列星，风雨水火，雷霆霹雳，歌舞战斗，天地事物之变，可喜可愕，一寓于书。故旭之书，变动犹鬼神，不可端倪。以此终其身，而名后世……为旭有道，利害必明，无遗锱铢，情炎于中，利欲斗进，有得有丧，勃然不释，然后一决于书，而后旭可几也。”虽然韩愈是通过张旭的书法来表达自己的文艺观点：干任何事情都要专心一意，做到“神完而守固”，才能有很高的成就，但我们却从这位大文豪的赞许中能进一步了解张旭。

张旭因草书的精湛被称为“草圣”，但他不仅是一个书法家，还是一个杰出的诗人，尤其是两首写景诗《山中留客》和《桃花溪》，富于清新淡雅的风味，脍炙人口，附录如下：

《山中留客》

山光物态弄春晖，莫为轻阴便拟归。
纵使晴明无雨色，入云深处亦沾衣。

《桃花溪》

隐隐飞桥隔野烟，石矶西畔问渔船。
桃花尽日随流水，洞在清溪何处边？

【原文】

嘲鲁儒①

李白

鲁叟谈五经②，白发死章句③。
问以经济策④，茫如坠烟雾。
足着远游履⑤，首戴方山巾⑥。
缓步从直道，未行先起尘。
秦家丞相府⑦，不重褒衣人⑧。
君非叔孙通⑨，与我本殊伦⑩。
时事且未达，归耕汶水滨⑪。

【注释】

①鲁儒：鲁地的儒士。鲁：春秋时鲁国，在今山东省南部。

②叟：老头。五经：指五部儒家经典：《诗》、《书》、《礼》、《易》、《春秋》。

③死章句：只懂字词语句而不懂大道理。《汉书·夏侯胜传》："章句小儒，破碎大道。"又杨齐贤注："后汉王充、荀淑好博览而不守章句。"

④经济策：治理国家的方略。

⑤着：穿。远游履：鞋名。曹植《洛神赋》："践远游之文履。"

⑥方山巾：有的版本为"方头巾"。古代儒者戴的一种方形软帽，又称方山冠。《后汉书》卷四十《舆服志下》："方山冠以进贤。以五彩谷为之。"

⑦秦家丞相：指李斯，秦始皇三十四年，采纳李斯的建议，焚烧诗书，禁止儒生以古非今；次年，在咸阳坑杀儒生460多人，史称“焚书坑儒”。见《史记·秦始皇本纪》。

⑧褒衣：儒生穿的一种宽大的衣裳。《汉书·隽不疑传》：“褒衣博带，盛服至门上谒。”颜师古注：“褒，大裾也。”

⑨叔孙通：西汉儒学博士，曾为汉高祖刘邦制定朝仪。《史记·叔孙通列传》：“汉五年……叔孙通使征鲁诸生三十余人。鲁有两生不肯行，曰：‘公所事者且十主，皆面谀以得亲贵。今天下初定，死者未葬，伤者未起，又欲起礼乐，礼乐所由起，积德百年而后可兴也。吾不忍公所为！公所为不合古，吾不行。公往矣，无污我。’叔孙通笑曰：‘若真鄙儒也，不知时变。’遂与所征三十人西。”

⑩殊伦：不是一类人。

⑪汶水：今山东大汶河，此指鲁儒的家乡。

【经典原意】

鲁地的老儒生谈论起《诗》、《书》、《礼》、《易》、《春秋》等儒家五经来，满头白发了还只会死抠字词语句而不懂大道理。问及他们治理国家的方略，就茫然无知，宛如坠入了烟雾之中。他们脚穿着远游履，头戴着方山巾，走路时只走直道，装模作样步履缓慢，还没抬脚地面就扬起了尘土。

秦王朝的宰相李斯，不喜欢自以为博学的儒生。你们这些人也不是像叔孙通一样通达时代变化的人，跟我本来就不一样。既然你们还不能通明时事，还是回老家去大汶河边种地吧。

【当代阐释】

对“两脚书橱”的辛辣嘲讽

《嘲鲁儒》这首诗，大约作于开元末年李白移居东鲁之时。李白寓居的瑕丘，就是今天的兖州，其地距孔子故居曲阜仅数十里，儒士众多。李白来到这里，在与“鲁儒”交往的过程中，大概看到不少寻章摘句迂腐难通的儒士，心中鄙视他们，不过从“君非叔孙通，与我本殊伦”来看，更可能的是，他曾受到某些迂腐“鲁儒”的轻视，因此，写此诗对这类人进行辛辣的嘲讽。清《唐宋诗醇》卷八说:“儒不可轻。若死于章句而不达时事,则貌为儒而已。汉宣帝所谓俗儒不达时宜,叔孙通所谓鄙儒,施之此人则可矣。不然以儒为戏,岂可训哉?”强调了真儒与假儒的区别,把李白嘲讽的这一类儒士归入“貌为儒”的假儒行列。

诗歌的开头四句说,那些白发苍苍的“鲁叟”们,以毕生的精力钻研《诗》、《书》、《礼》、《易》、《春秋》这几部儒家经典,似乎很有学问。但是,假如向他们请教一下经国济世的方略,就如坠烟雾,茫然不知所对。这里将鲁儒的精通经书和不谙时务相对比,揭示了他们的无能本质。

接着四句,写儒生对标志身份的仪容煞有介事,故作庄严的丑态只令人感到滑稽。

诗末六句,诗人通过对历史的回顾,说明只有像李斯、叔孙通那样务于实用,才有可能作出一番事业。李斯、叔孙通在历史上都是有争议的人物,李白只是用他们的典故来强调学问只有用来安邦治国、拯济时事才有意义。

自汉代以来,山东的儒学就有齐学与鲁学之分。大体说来,鲁学好古而齐学趋时,鲁学重章句而齐学重世用。汉高祖时的儒生叔孙通,就是属于齐学一派。李白蔑视死守字句的迂腐老儒,希望用自己的所学和才华像叔孙通一样去立一番事业。当然,叔孙通的“事业”其历史功过究竟该如何评价,是个非常复杂的问题。不过李白这里主要用“若真鄙儒也,不知时变”这一典故含义,并不是崇拜叔孙通的功业成就。他拳拳服膺、反复赞扬的是鲁仲连、范蠡、张良、谢安等这样胸襟不凡,既能建功立业、排忧解难,而又品行高洁、不慕名利的志士能人。所以,他反复表述自己的理想是“功成拂衣去,归入五陵源”(《登金陵冶城西北谢安墩》),“事了拂衣去,深藏身与名”《侠客行》。

其实,不作腐儒、要立功业的思想,李白诗中还有多次表述,可以说,这是他一贯的思想。如“拨乱属豪圣,俗儒安可通”(《登广武古战场怀》),“纵死侠骨香,不惭世上英。谁能书阁下,白首太玄经”(《侠客行》)。

中唐的李贺也有一首类似主题的《南园》(十三首其六)：

寻章摘句老雕虫，晓月当帘挂玉弓。

不见年年辽海上，文章何处哭秋风。

不愿在皓首穷经中浪费生命，要安邦治国、建功立业的思想，在唐朝是一个普遍的思潮，不论是开元、天宝这样国力强盛的时期，还是在“安史之乱”后的万方多难时期。

【原文】

房兵曹胡马①

杜甫

胡马大宛名②，锋棱瘦骨成③。
竹批双耳峻④，风入四蹄轻。
所向无空阔⑤，真堪托死生⑥。
骁腾有如此⑦，万里可横行⑧。

【注释】

①房兵曹：不详。兵曹：兵曹参军，官职名。

②胡马：来自西域的马。大宛：古国名，为西域三十六国之一，产汗血马，后亦称骏马为“大宛”。汗血马：古代西域骏马名，流汗如血，故称。后多以指骏马。

③锋：刀锋。棱：物体上的条状突起，或不同方向的两个平面相连接的部分。

④竹批：指斜砍竹筒。峻：山高大而陡，这里指马耳尖锐有力。

⑤空阔：这里指遥远的路途。

⑥堪：可，能。

⑦骁腾：骏马奔驰飞腾。

⑧横行：跨越，纵横驰骋。常用于指在征战中所向无敌。

【经典原意】

来自西域的宝马名字叫做大宛，它背上的骨骼隆起形成刀锋、棱线般的脊柱。它的双耳如斜砍竹筒般的尖锐有力，奔跑起来脚下生风，宛如身子完全没有重量。对于它来说遥远的路途算什么呢？这样的宝马真的可以把生命托付给它啊！若有这样能够奔驰飞腾的骏马，那么万里之远也可以纵横驰骋了。

【当代阐释】

风神超迈的西域名马

这是一首咏物诗，也是一首托物言志诗。一般认为作于开元二十八年(740 年)或二十九年，此时正值诗人漫游齐赵、意气风发的青年时期，因此诗风豪迈，笔力遒劲，反映了青年杜甫锐意进取的精神。

杜甫先写马的骨相：锋棱嶙峋，神清骨峻。接着写马耳：锐如竹筒，状如刀削，这正是良马的重要特征。北魏的贾思勰在《齐民要术》中就说："马耳欲小而锐，状如斩竹筒。"接着写马的奔腾之状：风驰电掣，身若无物。"风入四蹄"非常形象生动而富于创造性。最后几句表明对马的珍爱和信任：堪托死生，可行万里。

读完全诗，我们也不由得为世间有这样的骏马而感到振奋。不过这只是第一层诗意。

本诗是写马，更是写人。诗中的骏马是现实生活中忠实可靠而又能干的朋友的象征，是朝廷得力的忠勇之臣的象征，也是诗人的自我理想和自我写照。这是盛唐国力在文人笔下的体现，也是青春豪气在笔端的流露。试想，从今天来看，即使杜甫没有实现他的政治理想，但从整个唐代诗歌史和整个中国诗史来说，杜甫不正是这样一匹横行万里、风神超迈的骏马吗？

写马的风骨，诗人只写了骨相、耳形和奔腾之态，因为，这三者最能体现马的风神。唐代张彦远在《历代名画记》中评论好的画作说："笔才一二，像已应焉，离披点画，时见缺落，此虽笔不周而意周也。""笔不周而意周"用来评论杜甫此诗也甚为恰当。南齐谢赫在《古画品录》提出作画"六法"，其一为"气韵生动"，其二为"骨法用笔"，用于衡量杜甫对马的风度、气格的描绘手法，也很贴切。

清代钱泳在《履园谈诗》中说："咏物诗最难工。太切题则粘皮带骨，不切题则捕风捉影，须在不即不离之间。”确实，历代咏物诗难得佳品，像杜甫这样风神超迈的作品实在少之又少。

唐代还有一首著名的由中唐“鬼才”诗人李贺作的马诗，用以表达诗人对建功立业的强烈希冀，附录于此，以备参读：

马诗二十三首（其五）

大漠沙如雪，燕山月似钩。

何当金络脑，快走踏清秋。

【国学故事】

杜甫祖父杜审言的故事

杜甫的祖父杜审言，襄州襄阳（今湖北襄樊）人，是高宗、武则天时期的著名文学家。他与李峤、崔融、苏味道被合称为“文章四友”，当时号称“崔、李、苏、杜”。

杜审言中进士后，才华很高，而性格狂放，当时受到人们非议。当时苏味道做天官侍郎，杜审言负责文书工作。这天杜审言出去就对人说：“苏味道必定会死。”人们大惊，赶忙询问缘故，他答道：“他看见我写的文书那么好，一定会羞愧而死。”又有一次他对人说：“就我的文章来说，屈原、宋玉应该做我的部下，就我的书法来说，王羲之应该对我俯首称臣。”

大概由于杜审言太狂，得罪的人多，他被从洛阳丞贬到吉州做司户参军。很可能同样因为恃才傲物，得罪了司马周季重、司户郭若讷。他们就罗织罪名，把他关进牢里，准备杀了他。这天，周季重等人正欢聚喝酒，杜审言才 13 岁的儿子杜并，怀揣利刃突然闯了进来，在酒席上刺杀了周季重。左右护卫赶紧把杜并杀了。周季重临死时说：“杜审言有这样的孝子，我竟不知道。郭若讷害了我了。”杜审言因此被免官，回到东都洛阳。当时著名的文学家苏颋为杜并的孝心和勇敢所感动，为他作了墓志铭。由此可见杜审言的家教之一斑。杜甫的父亲是杜审言的另一个儿子杜闲。

后来武则天召见审言，打算使用他，就问他：“你高兴吗？”杜审言赶忙表示感谢。武则天就让他赋《欢喜诗》,看完诗歌,武则天深深被他的文才所折服,授予他著作佐郎的官职。他最后死在国子监主簿、修文馆直学士的职位上。

当初,杜审言病得很重的时候,宋之问、武平一等人去探问他病情如何,他答道:“被造化(古代指决定万事万物生死的大自然)这小东西整得死去活来,还有什么好说的?只是我活着,我的才华就一直压得你们喘不过气来,现在就要死了,我当然也感到很欣慰,只是遗憾没有同样有才华的人能替代我。”

杜甫的祖父杜审言,就是这样一个才华横溢而又极端自信,以至于流于狂放的人。

【原文】

饮中八仙歌

杜甫

知章骑马似乘船[①],眼花落井水底眠。
汝阳三斗始朝天,道逢曲车口流涎,
恨不移封向酒泉[②]。左相日兴费万钱,
饮如长鲸吸百川,衔杯乐圣称避贤[③]。
宗之潇洒美少年,举觞白眼望青天,
皎如玉树临风前[④]。苏晋长斋绣佛前,
醉中往往爱逃禅[⑤]。李白一斗诗百篇,
长安市上酒家眠,天子呼来不上船,
自称臣是酒中仙[⑥]。张旭三杯草圣传,
脱帽露顶王公前,挥毫落纸如云烟[⑦]。
焦遂五斗方卓然,高谈雄辩惊四筵[⑧]。

【注释】

①知章:即贺知章,越州永兴(今浙江萧山)人,官至秘书监。性旷放纵诞,自

号“四明狂客”，著名诗人。他在长安一见李白，便称他为“谪仙人”，解所佩金龟换酒痛饮。

②汝阳：汝阳王李琎，唐玄宗的侄子。朝天：朝见天子。此谓李痛饮后才入朝。曲：酒母。曲(qū)车：这里指酒车。移封：改换封地。酒泉：郡名，在今甘肃酒泉县。传说郡城下有泉，泉味如酒，故名酒泉。

③左相：指左丞相李适之，天宝元年(742年)八月为左丞相，五年(746年)四月，为李林甫排挤，罢相。长鲸：鲸鱼。古人以为鲸鱼能吸百川之水，故用来形容李适之的酒量之大。衔杯：贪酒。圣：酒的代称。《三国志·魏志·徐邈传》载：“平日醉客，谓酒清者为圣人，酒浊者为贤人。”李适之罢相后，尝作诗云：“避贤初罢相，乐圣且衔杯。为问门前客，今朝几个来?”此化用李之诗句，说他虽罢相，仍豪饮如常。

④宗之：崔宗之，吏部尚书崔日用之子，袭父封为齐国公，官至侍御史，也是李白的朋友。觞(shāng)：大酒杯。白眼：晋阮籍能作青白眼，青眼看朋友，白眼视俗人。玉树临风：崔宗之风姿秀美，故以玉树为喻。

⑤苏晋：开元间进士，曾为户部和吏部侍郎。长斋：长期斋戒。绣佛：画的佛像。逃禅：这里指不守佛门戒律。佛教戒饮酒，苏晋长斋信佛，却嗜酒，故曰“逃禅”。

⑥李白以豪饮闻名，而且文思敏捷，常以酒助诗兴。《新唐书·李白传》载：李白应诏至长安，唐玄宗在金銮殿召见地，并赐食，亲为调羹，诏为供奉翰林。有一次，玄宗在沉香亭召他写配乐的诗，而他却在长安酒肆喝得大醉。范传正《李白新墓碑》载：玄宗泛舟白莲地，召李白来写文章，而这时李白已在翰林院喝醉了，玄宗就命高力士扶他上船来见。

⑦张旭：吴人，唐代著名书法家，善草书，时人称为“草圣”。脱帽露顶：写张旭狂放不羁的醉态。据说张旭每当大醉，常呼叫奔走，索笔挥洒，甚至以头濡墨而书。醒后自视手迹，以为神异，不可复得。世称“张颠”。

⑧焦遂：事迹不详。卓然：神采焕发的样子。

【经典原意】

贺知章骑马就像坐船一样，岁数大，眼睛一花，掉到井里，他乘势就在井底呼呼大睡起来。汝阳王李琎喝了三斗才去见天子，路上看见酒车就直流口水，恨不得把封地移到酒泉去。已罢相的李适之每天喝酒都要花费上万的钱，喝起酒来就像鲸鱼汲取百条河的水一样，他常常端着杯子喝，说自己喜欢酒是为了把宰相的位置让给更有才能的人。崔宗之是个潇洒的青年美男子，他举着杯子、翻着白眼，仰视青天，形象亮丽优雅就像玉树被风吹动了一样。苏晋长期斋戒，常常在佛像前坐禅，但喝醉了就不守佛门那些戒律了。李白喝下一斗之多的酒就诗思敏捷，他常常醉卧长安酒店，连皇帝派人来召唤他都不肯上船，还自称说“为臣我是酒中的神仙”。张旭喝了几杯写的草书就如有神助，人称“草圣”，他常常在王公贵臣面前脱掉帽子、露着头顶，挥笔在纸上写字，那草书就如云如烟般流畅优美。焦遂喝了五斗才神采飞扬，这时他常常高谈阔论，富于辩才，语惊四座。

【当代阐释】

八幅小像组成的人物长卷

这首诗大约是天宝五年(746 年)杜甫初到长安时所作。《饮中八仙歌》是一首别具一格、富有特色的人物“肖像诗”。诗中李白与贺知章、李适之、李琎、崔宗之、苏晋、张旭、焦遂他们八人是同时代的人，又都在长安生活过，在嗜酒、豪放、旷达这些方面有相似之处。据学者考证八人虽都在长安呆过，但并不是同时都在长安，杜甫从“饮酒”这个角度把他们联系在一起，宛如一幅人物长卷，别具一格。

八人中，贺知章资格最老，所以放在第一位。其他按官爵，从王公宰相一直说到布衣。

相传“阮咸尝醉，骑马倾欹，人曰：‘个老子如乘船游波浪中。’”(明王嗣奭《杜臆》卷一)，杜甫化用此典，写出贺知章嗜酒、率性放达的特点，可谓神来之笔，使人物极为鲜明。

第二个人物汝阳王李琎是唐玄宗的侄子，宠极一时，所谓“主恩视遇频”，“倍比骨肉亲”(杜甫《赠太子太师汝阳郡王琎》)，诗人就抓着李琎出身皇族这一特点，写他竟为饮酒而想移换封地，道逢曲车流涎，又表现了他的率真可爱。

第三个人物：被罢相的李适之。他于天宝元年，代牛仙客为左丞相，雅好宾客，夜则燕赏，饮酒日费万钱，天宝五年李适之为李林甫排挤，罢相。诗人一是点明他的奢侈，二是用了惊人新鲜的比喻来描写他的海量，三是用“避贤”语意双关，有讽刺李林甫、同时为李适之打抱不平的意味。

接着出现的是两个名士崔宗之和苏晋。崔宗之袭父位封齐国公，少年得意，意态潇洒，而又自视甚高，不接俗士。苏晋以文章知名当世，据说他曾得慧澄和尚的绣弥勒佛像一面，非常爱赏，说：“是佛好饮米汁（酒），正与吾性合，吾愿事之，他佛不爱也。”由此看来他信佛只是寻求精神境界的相通和佛法义理，并不拘于坐禅之类俗世规矩，是非常有个性、有见解的特立独行之士。

第六个出现的是李白。杜甫用了四句诗来写他，数量之多是八人之最，可见他在杜甫心中的地位。杜甫是李白的知己。杜甫有诗句“佯狂真可哀”一语道出李白嗜酒、狂放皆不过是借佯狂来表达对唐玄宗朝的朝政和诗风的种种不满，这是非知己不能道者，本诗表达的也是这层意思。《不见》中另一句“敏捷诗千首”也与此诗如出一辙，可见杜甫对李白卓越才华的崇敬、钦仰。

还有一个重要的文化人物是人称“草圣”的张旭。他“善草书，好酒，每醉后，号呼狂走，索笔挥洒，变化无穷，若有神助”（《杜臆》卷一）。《国史补》又称：“旭饮酒辄草书，挥笔而大叫，以头揾水墨中而书之。醒后自视，以为神异。”杜甫突出了他狂放不羁，傲世独立的性格和卓立于世的不凡才华。

最后的一个人物是焦遂。焦遂喝酒五斗后方有醉意，那时他才显得神情卓异，高谈阔论，滔滔不绝，语惊四座。短短两句概括性极强，人物形象鲜明。

《饮中八仙歌》的语言幽默谐谑，流畅精确，妙笔纷呈；在音韵上，一韵到底，一气呵成，是一首严密完整的歌行；在结构上，八人既相对独立又彼此映照，构成一个整体，艺术上富于独创性，正如王嗣奭所说：“此创格，前无所因。”《唐宋诗醇》引李因笃语“无首无尾，章法突兀妙是，叙述不涉议论，而八人身份自现，风雅中司马太史也”，评论允当。

【原文】

小儿垂钓

胡令能[1]

蓬头稚子学垂纶[2]，侧坐莓苔草映身[3]。
路人借问遥招手[4]，怕得鱼惊不应人[5]。

【注释】

①胡令能(生卒年不详)，莆田(今福建莆田)人。唐贞元、元和时期人。早年做过修理铁木器之类的工作，写诗出名后，远近的人还叫他"胡钉铰"。后喜欢《列子》，又受禅学影响，隐居莆田。其诗传世仅四首。

②稚子:年龄小的孩子。垂纶:钓鱼。纶:钓鱼用的丝线。

③莓苔:青苔。

④借问:向人打听。

⑤应:回答，理睬。

【经典原意】

一位头发蓬乱的小孩正神态专注地在河边学钓鱼。只见他侧身坐在青苔上，身影掩映在野草丛中。当听到有过路的人问话时，他连忙远远地招手让人靠近再说，因为生怕鱼儿被吓跑他不敢远远应答。

【当代阐释】

富于情趣的儿童题材

这是一首以儿童生活为题材的诗作。在唐诗中，写儿童的题材较少，因此佳作尤其受人喜爱。

胡令能的这首《小儿垂钓》场景完全是来自于生活，语言平白如话，确实是"清水出芙蓉，天然去雕饰"。"莓苔"，泛指贴着地面生长在阴湿地方的青苔，从"莓苔"可以知道小儿选择了一个安静、阴凉的好地方。“路人借问”时，小儿不是遥手而是招手，虽然“怕得鱼惊不应人”，但他并没有拒绝给别人帮助。可见这是一个懂事而热心的孩子。整首小诗就是一幅充满生活情趣的画面。

诗歌作者选取生活中的一个小细节，加以白描，一个真实可爱的垂钓小儿的形象就跃然纸上，在平淡浅易的叙述中表现了无限童趣。可以说这是一篇情景交融、形神兼备的描写儿童的佳作。

好的儿童题材作品，很容易引起人们的共鸣和喜爱。唐代诗人白居易的《池上》也是一首广为传诵的好诗：

小娃撑小艇，偷采白莲回。
不解藏踪迹，浮萍一道开。

以儿童为题材的诗歌并不局限于唐代，此后各代皆有佳作。如清代高鼎《村居》也是一首生活情趣盎然的儿童题材好诗：

草长莺飞二月天，拂堤杨柳醉春烟。
儿童散学归来早，忙趁东风放纸鸢。

儿童题材不仅在诗歌中受欢迎，在其他艺术门类中也被广泛应用，如《百子图》就是绘画和瓷艺中的一个百用不厌的题材，又如杨柳青年画和景德镇瓷器中都有大量儿童题材的作品。